BARRY & DANA STILLER

DIE ERSTEN

EIN FALL FÜR PETER CONRAD

DIE ERSTEN – Ein Fall für Peter Conrad
Barry & Dana Stiller

Der Titel ist auch als E-Book beim neobooks Verlag,
Erika-Mann-Straße 23, 80636 München erschienen.

Herausgeber: Jochen Seelhammer, Raiffeisenstr. 20, 57577 Hamm
Umschlaggestaltung: Kerry Ellis (Llywellyn@99designs.com)

Druck: epubli, ein Service der neopubli GmbH, Berlin

2. Auflage (DE/17/09)

01

Die Beweise waren eindeutig. Wenn er bei seiner Untersuchung keine groben Fehler gemacht hatte, dann würde sich die Welt für immer verändern. Die Bedeutung, vielleicht sogar die Existenz großer Kulturen würde in Frage gestellt, die Grundfesten moderner Gesellschaften konnten ins Wanken geraten. Seine Entdeckung hatte das Potential, Kriege auszulösen. Mit einem Mal war ihm schwindelig, eine Sekunde später speiübel. Jean Scotte trat mit viel zu viel Kraft auf die Bremse, produzierte mit dem geländegängigen Isuzu eine veritable Straßensperre und würgte dann den Motor ab. Hektisch fingerte er am Zündschloss, brachte den Anlasser aber nicht dazu, den sonst so zuverlässigen Vierzylinder wieder zu starten. Er war schweißgebadet, und das lag nicht an der Heizung seines Troopers. Die Kiste musste schleunigst von der Straße, auch wenn mitten in der Nacht auf der eisigen Piste Richtung Quebec kaum jemand unterwegs war. Fluchend riss er den Klettverschluss des wattierten Handschuhs auf, warf ihn in den Fußraum und betätigte den Anlasser erneut – nichts. Er spürte, wie seine Wut in rasendem Tempo anschwoll, und trat die Kupplung ins Bodenblech. Ein letztes Mal drehte er den Zündschlüssel bis zum Anschlag. Als wäre es nie anders gewesen, erwachte der Motor zum Leben und brummte im höher eingestellten Leerlauf vor sich hin. Scotte bugsierte den Wagen so weit an den rechten Fahrbahnrand, wie es der Wall aus Schnee zuließ, den die Räumfahrzeuge in den letzten zwei Monaten angehäuft hatten. Er zog die Handbremse, brachte den

Schaltknüppel des Vierganggetriebes in Leerlaufstellung, schaltete Warnblinker und Fernlicht ein und stieg aus.

Abkühlen, beruhigen, sich darauf konzentrieren, eine wohlproportinierte Zigarette mit Filterstück zu drehen und gründlich nachdenken. In einer Hinsicht hatte der Chef recht. Es galt, die Nerven zu behalten und das weitere Vorgehen zügig, doch mit aller Gelassenheit zu planen. Ein vorschnelles Bekanntgeben seiner Forschungsergebnisse würde unter Umständen mehr Schaden verursachen, als es die wissenschaftlichen Erkenntnisse wert waren. Da war etwas dran. Zu Scottes Verwunderung hatte der Chef aber die Tragweite der Untersuchung gegen Ende ihres kurzen Satellitentelefonats, das er von der Grabungsstelle aus geführt hatte, grundsätzlich heruntergespielt und ihm das Versprechen abgerungen, vorerst niemandem etwas von seiner Entdeckung zu erzählen. Gedankenverloren bewegte Scotte langsam den Kopf hin und her. Völlig unverständlich, der Chef hatte am Ende doch tatsächlich angedeutet, man könne die ganze Sache auch unter den Tisch fallen lassen. Das erspare eine Menge Ärger, Schreiberei und Rechtfertigungen – und außerdem solle er mit dem großen Wort vom 'unumstößlichen Beweis' doch etwas vorsichtiger hantieren. Scotte sah diesen Punkt ganz anders. Ja, man musste einen kühlen Kopf bewahren. Und ja, wenn sie die Ergebnisse veröffentlichten, dann musste alles hieb- und stichfest sein. Aber nein, er würde am Ende nichts zurückhalten oder auch nur abmildern, egal was der Chef davon hielt. Er war sich momentan nicht einmal sicher, ob er die Publikation nicht alleine durchziehen sollte. Einfach würde sich das nicht gestalten, aber warum sollte er die Lorbeeren mit jemandem teilen, der nicht an den Erfolg glaubte? Gäbe es einen Nobelpreis für Archäologie, käme man in diesem Jahr nicht an ihm vorbei, da war sich Jean Scotte sicher. Zudem hatte er die ganze Arbeit fast allein gemacht...

Ein stechender Schmerz machte ihn darauf aufmerksam, dass er seine Selbstgedrehte beinahe ungenutzt hatte herunter brennen lassen. Verwundert stellte er fest, dass es trotz des hellen Schnees unter der frühwinterlichen Wolkendecke des östlichen Kanadas stockdunkel war. Er hatte sich weit von seinem Wagen entfernt. So weit, dass er die Scheinwerfer nur noch als einen einzigen Punkt ausmachen konnte. Wie hypnotisiert starrte er minutenlang in die winzige Lichtquelle. Er konnte noch immer keinen klaren Gedanken fassen. Alles war so kompliziert, was sollte er denn jetzt bloß machen? Der Chef! Wozu hat man schließlich einen Vorgesetzten, hatte der nicht davon gesprochen, die Angelegenheit zügig zu besprechen? Ja, er würde sofort mit ihm reden! Nachdem er sich eine weitere Zigarette, diesmal ohne Filter, gebaut hatte, stapfte er mit großen Schritten zurück zu seinem Trooper.

Normalerweise sah man in jedem kleineren Ort mindestens eine Telefonzelle. Heute schien es, als wolle irgendetwas seine Kontaktaufnahme mit dem Chef verhindern. Beinahe fünfundvierzig Kilometer war er auf der Route 132 nach Quebec unterwegs gewesen, bevor eine heruntergekommene Tankstelle auf der anderen Seite in Sicht kam.

Der zahnlose Alte hinter dem Tresen war unfreundlich, ließ sich aber für fünf Dollar überzeugen, Scotte einen Anruf in die Provinzhauptstadt zu gewähren. Der Pächter registrierte jeden Tastendruck, als zähle er die Ziffern, um ein Telefonat nach Übersee auszuschließen.

Nach dem achten Klingeln wurde abgehoben. »Scotte, wenn Sie es sind, hoffe ich, Sie haben einen guten Grund, zu nachtschlafender Zeit anzurufen, was gibt es?«

Der Alte hob neugierig die Augenbrauen und machte keinerlei Anstalten, sich zu entfernen.

»Ja, hier Scotte. Ich...« Er bedeutete dem Pächter, er solle verschwinden. Der blieb so unbewegt, wie seine Miene interessiert wirkte. »Ich... Es ist sehr wichtig... Moment, bitte.« Er legte die Hand über die Sprechmuschel. »Wenn Sie die Güte hätten, mich ungestört telefonieren zu lassen.« Nach einem kurzen Moment des Zögerns setzte sich der Tankstellenpächter begleitet von mürrischem Gemurmel in Bewegung.

»Was ist da los, Scotte? Wo sind Sie überhaupt? Rücken Sie schon raus mit der Sprache.«

»Ich muss dringend mit Ihnen reden.«

»Hat das nicht Zeit bis übermorgen? Dann bin ich wieder auf dem Gelände. Wir können uns irgendwo treffen und alles in Ruhe durchgehen.«

Scotte schüttelte heftig den Kopf. »Chef, ich fürchte, ich kann so lange nicht warten. Eigentlich hätte ich am Freitag schon alles katalogisieren und inventarisieren müssen. Wie soll ich der Grabungsleitung plausibel machen, dass ich mir fast eine Woche Zeit lasse, den wichtigsten Befund dieser Kampagne zu dokumentieren? Schlimmer noch–«, er stöhnte auf und fuhr mit gesenkter Stimme fort, »die Leitung ahnt ja noch nicht einmal etwas. Und wenn dann auch noch unsere Sponsoren von dieser Geheimniskrämerei Wind kriegen... Ich darf gar nicht daran denken.«

Das Schnaufen der Gegenstelle klang gereizt. »Ich habe Ihnen doch gesagt, Sie müssen Ruhe bewahren. Ich regele das alles. Behalten Sie die Nerven. Sie werden sehen, das wird sich auf ganz natürliche Weise erklären lassen. Vielleicht stellt sich das Ganze als großes Missverständnis heraus.«

Wieder fühlte Scotte Wut in sich aufsteigen. »Hören Sie, ich bin kein Idiot, ich habe nicht fehlerhaft gearbeitet. Ich brauche eine Entscheidung von Ihnen. Ich kann das auch alleine–«

»Beruhigen Sie sich, mein lieber Scotte. Vertrauen Sie mir. Wir werden die beste Lösung für alle finden.« Er machte eine

Pause, aber Scotte blieb bis auf sein heftiges Atmen stumm. »Ich verstehe Sie, nur müssen Sie auch mich verstehen. Selbst wenn ich wollte, ohne die Funde und alle Unterlagen kann ich doch sowieso keine vernünftige Entscheidung–«

»Ich habe alles dabei«, unterbrach ihn der Archäologe.

»Sie haben…« Einige Sekunden schwiegen beide. »Das ändert die Lage natürlich, wenn das so ist…« Der Chef klang nachdenklich. Dann fuhr er in beinahe euphorischem Ton fort: »Warum haben Sie das nicht gleich gesagt, mein lieber Scotte? Das schafft doch alle unsere Probleme aus der Welt. Was halten Sie davon, auf einen Drink bei mir vorbeizukommen? Ich habe letzte Woche einen ganz hervorragenden Scotch geschenkt bekommen. Und wach bin ich jetzt ja sowieso – was halten Sie davon?«

Scotte war verdattert. »Gut... hervorragend, meine ich. Wenn ich Sie nicht störe, ich werde bei dem Wetter wohl eine gute Stunde brauchen.«

»Vorzüglich. Ich erwarte Sie. Sie wissen ja, wo ich wohne.« Ohne eine Antwort abzuwarten, legte der Chef auf.

Scotte verspürte eine leichte Müdigkeit. Kein Wunder, bald würde es hell werden, jedenfalls so hell, wie es die nördlichen Breitengrade und die prall gefüllten Wolken zuließen. Er hatte bis zum Ausgrabungsgelände noch etwa neunzig Kilometer vor sich, und ein leichter Schneefall hatte eingesetzt. Kurz zog er eine Rast in Betracht, wischte den Gedanken aber beiseite. Der Niederschlag würde erfahrungsgemäß kräftiger werden. Wenn er jetzt eine Ruhepause einlegte, würde er wahrscheinlich eingeschneit festsitzen – außerdem wollte er den verbleibenden Rest der Nacht möglichst in seiner Unterkunft schlafen. Er öffnete das Fenster einen Spalt in der Hoffnung, die kalte Frischluft fördere die Konzentration, und beschleunigte den Wagen, bis die Tachonadel achtzig Meilen anzeigte.

Nach einer Viertelstunde hatte sich der Schneefall bereits zu einer weißen Wand entwickelt, die das Licht der Scheinwerfer in alle Richtungen streute und weder Fahrbahn noch Geschwindigkeit erahnen ließ. Scottes Gedanken kreisten um das Treffen mit dem Chef, die Befunde und um die unglaublichen Schlussfolgerungen, die man ziehen musste. Wie würde die Menschheit damit umgehen? *Vielleicht leben wir alle mit einer uralten Lüge, die wir Geschichte nennen.* Auch, wenn er es ein wenig sonderbar fand, war er froh, dass der Chef am Ende doch so zugänglich gewesen war. Geduldig hatte der sich bei Scotch (der tatsächlich vorzüglich war) und englischem Teegebäck alles angehört. Zum Schluss war Scotte sicher, den Chef von seiner Theorie überzeugt zu haben. Überhaupt fühlte er sich von einer Last befreit. Der Chef wusste immer, was zu tun war. Er würde seine Befunde, die Untersuchungsergebnisse und alle Artefakte den richtigen Stellen übergeben und ihm eine Menge Ärger ersparen. Er hatte sogar zugesagt, ihm gegenüber der Grabungsleitung den Rücken freizuhalten. Und vielleicht würde er die Federführung bei den zahlreichen Publikationen, die garantiert folgen würden, übernehmen können. Alles würde gut werden.

Seine Erschöpfung wich langsam einer wohligen Stimmung. Das weiße Licht umströmte ihn gleichmäßig und beruhigend. Begleitet von einem leisen Brummeln glitt er durch die Nacht. Er meinte, jetzt viel klarer zu sehen, viel mehr zu erkennen. Alles war schärfer und deutlicher. Diese Wand aus Schnee war nur auf den ersten Blick eintönig. Wenn man genauer hinsah, erkannte man... das Wesen des Schnees. Sein Innerstes, seine Seele. Jede Schneeflocke war einzigartig, noch nie hatte man zwei identische Kristalle entdeckt. So etwas gab es nicht ohne Grund. Endlich glaubte er, diese Inuit besser zu verstehen. Er war überheblich und blind gewesen, hatte sich darüber lustig gemacht, dass dieses Jägervolk hunderte Worte für die Begriffe Eis und Schnee verwendete. Doch man musste nur richtig hinsehen, dann konnte man es erkennen. Dies hier war kein aggressiver Schneesturm. In dem weißen Wirbel, durch den er heute Nacht schwebte, gab es nichts Böses. Es war freundlich und sanft, der Bote einer guten Zukunft, angefüllt mit Lichtwesen, die ihm den Weg wiesen. Die Inuit hatten recht. Sie hatten immer recht gehabt. Auf einmal schien es ihm gar nicht mehr so abwegig, dass sich im dichten Schneetreiben uralte Kreaturen verbargen, die nur Eingeweihte, die Aufmerksamen erkennen konnten. Diese neue Aufnahmefähigkeit fühlte sich gut an. Wenn es nicht so kitschig geklungen hätte, dann hätte er es Hellsichtigkeit oder Bewusstseinserweiterung genannt.

Scotte hatte keine Ahnung, wie lange er schon mit dem Licht flog oder wie weit er noch reisen sollte – er war sich noch nicht einmal sicher wo sein Ziel lag – oder ob es überhaupt jemals eines gegeben hatte. Es war auch unwichtig. Alles, was zählte, war dieses sanfte, weiße Leuchten der Schneewesen. Sie waren überall; sie durchdrangen seinen Geist so mühelos wie Neutrinos die Materie. So musste es sein. Er schloss die Lider, und das wunderbare Licht blieb, es würde bis in alle Ewigkeit bei ihm bleiben. Als er die Augen nach einiger Zeit wieder öffnete, sah er in der Ferne zwei besonders helle Lichtwesen, umgeben von einer Korona aus warmem Gelb. Wunderschön. Sie kamen näher, aber sie schienen ihn nicht zu bemerken. Er bewegte sich in ihre Richtung, er musste sie erreichen. Als er auf die beiden Wesen zuschwebte, verstärkten sie ihr Licht in kurzen, unregelmäßigen Abständen. Es erschien ihm sonderbar unruhig, beinahe bedrohlich. Hatte er sie erschreckt? Oder versuchten sie, ihm etwas mitzuteilen? Dann kam ein schreckliches Geräusch dazu, ein tiefes Horn des Unfriedens. Wenn es die Lichtwesen gab, da gab es für ihn keine Zweifel mehr, dann gab es sicher auch die Eisdämonen. Kreaturen so groß wie Kodiakbären mit gelben Raubtieraugen, mächtigen Klauen und rasiermesserscharfen

Zähnen, von denen die Inuit mit leisen Stimmen am Lagerfeuer erzählten, wenn sie sich unbeobachtet fühlten. Hatte er die Regeln einer Welt gebrochen, die er gerade erst entdeckte? Hatte er womöglich einen Dämon der Inuit herausgefordert? Er sollte es niemals erfahren. Jean Scotte war tot, bevor der mit fünfhundert Schweinehälften beladene Mack-Truck zum Stehen kam.

0 2

Der Dezember begann in Berlin so regnerisch, wie der November ausgeklungen war. Als sie den Städteexpress aus Leipzig verlassen hatten, standen sie für einige Sekunden wie versteinert auf dem Bahnsteig, dann zogen die beiden Gestalten die Kapuzen ihrer Bundeswehrparkas beinahe synchron über die Köpfe und gingen langsam in Richtung Ausgang. Sie sahen sich weder an noch sprachen sie miteinander. Wären da nicht die olivgrünen Militärjacken gewesen, hätte ein Beobachter glauben können, die beiden seien einander unbekannt. Auch sonst hatte das sonderbare Pärchen wenige Gemeinsamkeiten. Der Mann war von durchschnittlicher Größe und durchschnittlicher Statur, vielleicht etwas schlaksig. Sein Gesicht war schmal, aber unauffällig, dominiert von einer eckigen Rentnerbrille. Er trug abgewetzte Blue Jeans, weiße Adidas Allround mit hohem Schaft und einen ebenfalls oliven Militärrucksack über der linken Schulter. Der hochgerutschte Anorakärmel ließ eine klobige, japanische Quarzuhr erkennen, die besonders unter Nachtschwärmern beliebt war, weil sie eine Displaybeleuchtung hatte – und natürlich, weil sie digital war. Die Frau war ein wenig kleiner, doch wesentlich auffälliger. Das lag vor allem an ihren Blessuren. Sie trug den linken Arm in einer Schlinge, wie der Beobachter aufgrund des ungefüllten Ärmels und der ausgedehnten Ausbeulung ihres Parkas vermuten musste. Auch ihr Gesicht sah mitgenommen aus. Neben einigen Kratzern und kleineren Hämatomen hatte sie ein blaues Auge mit zugehöriger Schwellung, das jedem Boxer zur Ehre gereicht hätte. Dunkles Haar lugte hier und da aus der teddygefütterten Kapuze und rahmte das ramponierte Gesicht ein. Ihr weniges Gepäck trug sie in einem blassroten Nylonnetz, eine der üblichen Einkaufstaschen in der Deutschen Demokratischen Republik. In Kombination mit ihrer dreckverkrusteten Kampfhose aus ausgemusterten Armeebeständen und schlampig geschnürten Kampfstiefeln wirkte die Frau abgerissen und ein wenig heruntergekommen, fast wie eine Obdachlose, während ihr Begleiter eher nach Demonstrant oder Hausbesetzer aus gutbürgerlichem Hause aussah.

Hier in Friedrichshain auf dem Bahnsteig des Ostberliner Hauptbahnhofes wirkten die beiden völlig deplatziert. Nicht, dass durch das Entfernen hoheitlicher Symbole entschärfte Militärkleidung aus der Bundesrepublik und besonders westliche Sportschuhe im Ost-Berlin dieser unruhigen Tage völlig undenkbar gewesen wären. Es war mehr die Unbekümmertheit und Beiläufigkeit ihres aufsehenerregenden Auftrittes, der die beiden als Westler entlarvte. Der Grenzübergang an der Oberbaumbrücke, den sie nach einem guten Kilometer Fußmarsch im Nieselregen benutzten, gab dem Beobachter den entscheidenden Hinweis. Denn dieser Sektoren-Übergang nach Kreuzberg war seit Anfang der siebziger Jahre nur für westdeutsche Fußgänger passierbar.

Erst als die S-Bahn anrollte, versuchte Peter Conrad, ein Gespräch in Gang zu bringen. »Ich denke, wir sind uns einig, dass wir zuerst bei Marcos einkehren. Was meinst du?«

Die Antwort seiner Begleiterin bestand in einem missmutigen Murmeln. Lisa Franks hatte das letzte mal gesprochen, bevor der Städteexpress der Deutschen Reichsbahn quietschend in den Ostberliner Hauptbahnhof eingefahren war.

»Keinen Hunger? Also ich brauche jetzt eine große Menge Kalorien aus dem Rezepteschatz des nicht-sozialistischen Auslands.« Conrad grinste breit.

Sie beobachtete weiter die Rinnsale, die der beständige Nieselregen auf den Scheiben des Großraumabteils hinterließ. »Ja, ist schon in Ordnung«, bemerkte sie mit teilnahmsloser Stimme. »Pizza ist schon okay. Meinetwegen auch bei Marcos.«

»Was ist denn nun mit Marcos nicht richtig? Du kannst doch auch Salat oder sowas bestellen.« Er klang gereizter als beabsichtigt. »Außerdem haben wir das auch gemacht, als wir aus Ägypten in die Heimat zurückgekommen sind. Das hat doch beinahe etwas von Tradition«, fügte er versöhnlicher hinzu.

»Ja, klasse.«

Damit war die erste Konversation nach ihrer Rückkehr in die Westsektoren von Berlin beendet. Es dauerte zwei Stationen und knapp vier Minuten, bis Conrad einen weiteren Versuch wagte.

»*Ja, klasse*. Was soll das heißen? War doch der Auftakt zu einer spannenden Zeit.«

Lisa Franks atmete hörbar aus. »Für dich vielleicht...«

Er wartete, denn es nahte die Auflösung. So gut kannte er die angehende Ägyptologin nach den intensiven Erfahrungen ihrer ersten gemeinsamen Grabungskampagne und ihrem Abenteuer um das Lager Informium mittlerweile.

»Es war eine beschissene Zeit, Peter! Erst haben sie mich gekidnappt und dann bin ich von esoterischen Nazi-Terroristen unter Drogen gesetzt worden. Als Nächstes haben sie mich ordentlich vertrimmt, und meine freie Zeit habe ich mit Halluzinieren, Frieren und Kotzen verbracht. Und als Sahnehäubchen bin ich eines Tages auf einem Stuhl mit einem Zentner Sprengstoff drunter aufgewacht. Echt spannend, ganz toll!«

Mit schlechtem Gewissen dachte er an ihr gebrochenes Schlüsselbein und betrachtete das beachtliche Veilchen.

»Wirklich richtig toll! Und weil das nicht spannend genug ist, geht die Bombe natürlich hoch, kaum dass ich von dem verdammten Stuhl runter bin. Aber zum Glück werde ich ja verschüttet und bin nur halbtot. Spannung und Abenteuer, einfach spitzenmäßig.« Sie blitzte ihn böse an. »Und jetzt sag nichts Falsches, Peter Conrad.«

Er fingerte an den Verschlüssen seines Rucksacks herum. »Ist schon okay, du hast vollkommen recht. Ich hab gut reden. Dieser ganze Vril-Nazi-Verschwörungs-Quatsch... Es war eine beschissene Zeit.«

Mit einem erleichterten Blick registrierte sie, dass er endlich seine Hände ruhig hielt.

»Alles gut, Lisa. Mein Herz hängt nicht daran, dass wir in Marcos Pizzeria gehen. Lass uns eine Frittenbude auf dem Kudamm suchen. Eine ordentliche Currywurst mit einer Riesenportion Pommes tut es auch. Oder Reibekuchen. Auf jeden Fall habe ich einen Mordshunger.«

Er konnte ihren Blick nicht deuten, was auch an den geschwollenen Augenlidern lag. Jedenfalls schien der Zorn verflogen. War da ein mühsam unterdrücktes Lächeln?

Sie drehte ihren Kopf und schien wieder die Spuren des Wassers auf den Scheiben der Bahn zu beobachten. »Natürlich gehen wir zu Marcos, du Waschlappen.« Sie stand auf und drückte den Halteknopf. »Beweg dich, wir müssen die nächste aussteigen.«

Die Phase des Speisens brachten sie, abgesehen von gelegentlichen Bemerkungen über das Essen und belanglosen Kommentaren zu den anderen Gästen kommunikationsfrei hinter sich. Conrad war mit seinem zukünftigen Werdegang beschäftigt. Bereits morgen Vormittag hatte er einen Termin mit seinem Chef, Professor Memm, dem Leiter des Anthropologischen Institutes. Der wollte mit ihm über 'ernsthafte Dinge' sprechen. Das verhieß nichts Gutes. Für Lisa mochten die diplomatischen Verwicklungen, die ihre Flucht aus Ägypten nach sich gezogen hatte, keine weiteren Auswirkungen haben. Sie war nur eine grabungsunerfahrene Studentin, die ohne eigene Schuld in eine missliche Situation geraten war. Ihn würde man ganz anders behandeln, schließlich hatte er die Grabungsleitung innegehabt. Er war für das Verhalten der deutschen Studenten und das Auftreten der Berliner Universität gegenüber der ägyptischen Altertümerverwaltung mitverantwortlich. Jedenfalls würde Memm das so sehen. Conrad konnte sich nicht vorstellen, dass er in seiner Karriere (sofern es eine geben sollte) noch einmal ägyptische Mumien ausgraben würde; er rechnete eher damit, dass man ihm für alle Zeiten die Einreise nach Ägypten verweigern würde – selbst als einfacher Grabungsteilnehmer ohne irgendwelche Befugnisse.

»Der gute Luigi scheint die Bezugsquelle für seine Hausmarke gewechselt zu haben.« Mit verzogenem Gesicht setzte Lisa das Rotweinglas ab und machte eine wedelnde Handbewegung. »Egal. Was hältst du eigentlich von Kommissar Kellers Resümee? Ich meine, das Ganze am Ende als eine profane Mordserie eines politischen Fanatikers abzustempeln, ist doch wohl nicht angemessen.«

Conrad war verdutzt. »Ich dachte, du hättest die Nase voll von Abenteuern und Detektivspielen?«

»Ich habe die Nase voll davon, Schläge auf selbige zu bekommen, nicht vom Ermitteln. Ich bin schließlich Archäologin. Nein, im Ernst, Peter. Wieso legt der das so schnell zu den Akten? Einiges von Löfflers Bekenntnissen beruhte eindeutig auf realen Ereignissen – und eine gewisse Logik konnte man seinen Behauptungen auch nicht absprechen.« Sie schob ihren Teller beiseite und stützte die Ellenbogen auf den Tisch. »Zumindest den Attentäter und diese mysteriöse VRIL-Tätowierung haben wir mit eigenen Augen gesehen. Genauso wie seinen Suizid mit einer Zyankalikapsel – ganz so, wie sich das für einen linientreuen Nazi gehört. Und behaupte nicht, das interessiert dich nicht. Deine unschönen Erlebnisse auf der

Campuswiese und dem Alexanderplatz waren ja auch keine Einbildung.«

»Ebenso wenig wie unsere Flucht aus dem sagenhaften Hotel Jedermann... Du hast vollkommen recht. Dieser Keller ist ein schlauer Fuchs, der macht das nicht ohne Grund. Der Sarno hat da mal etwas angedeutet, ich hatte ja eine Menge Zeit für Unterhaltungen, als du... während deiner Geiselhaft.« Mit einem langen Zug leerte er sein Glas. »Weiß gar nicht, was du hast, der Wein ist doch nicht schlecht. Egal, zur Sache. Also, der Sarno erzählte mir, natürlich unter dem Siegel der Verschwiegenheit, dass der Keller Anfang der Siebzigerjahre wohl einen ganz großen Fall bearbeitet hat. Jetzt frag mich nicht, worum es genau ging; irgendwas mit geheimen Rüstungsvorhaben, Landesverrat, was weiß ich. Auf jeden Fall ein ganz großes Ding. Angeblich waren sogar die Russen mit darin verwickelt, und die Staatssicherheit hatte wohl die Finger auch im Spiel.« Er nahm mit Luigi, dem Inhaber von Marcos Pizzeria, Blickkontakt auf. »Bringst du mir noch einen Rotwein? Danke.«

Lisa Franks verdrehte die Augen. »Für mich ein Bier, bitte.«

»Wie dem auch sei. Leutnant Sarno wusste nur so viel, dass Keller für sich und den Kollegen Kosminsky eine Lebensversicherung ausgehandelt hat. Seitdem halten wohl die Russen ihre Hand über ihn. Wenn ich das richtig deute, dann würde die Stasi unseren Kommissar Keller lieber heute als morgen von der Bildfläche verschwinden lassen.«

»Naja, dann wundert es mich nicht, dass er keine weiteren Nachforschungen anstellt. Nazi-Löffler war ja offiziell auch ein hohes Stasi-Tier...« Sie schluckte schwer. »Ich wüsste gern, wie es Kosminsky geht.«

»Der Keller hat mir versichert, dass er uns benachrichtigt, wenn sich etwas ändert oder Kosminsky aus dem Koma aufwacht. Ach, Scheiße, Lisa... Ich fürchte, wir können nichts tun. Nur abwarten.«

Luigis Frau brachte die Getränke, und wieder herrschte für einige Minuten Schweigen an ihrem Tisch.

Conrad lehnte sich zurück. »Ich fürchte, der Memm wird mir morgen das Ende meiner Universitätskarriere nahelegen. Dann kann ich eigentlich nur noch bei einem privaten Grabungsunternehmen anheuern und im Akkord bei Notbergungen auf Autobahnbaustellen und in Baugruben für Hochhäuser mitbuddeln.« Er rutschte auf der erstaunlich bequemen Holzbank ein wenig tiefer und seufzte. »Und was sind die Pläne von Fräulein Franks?«

Sie hatte sich entschlossen, im laufenden Semester noch einige Vorlesungen zu besuchen und möglichst den einen oder anderen Schein zu machen. Lieber wäre ihr jedoch eine Anschlussgrabung gewesen, auch wenn sie auf solche Begleitumstände wie bei ihrem Ägyptenabenteuer gut verzichten konnte. Eigentlich gehörte eine solche Unternehmung außerhalb der Universitätsbibliothek überhaupt nicht zum Berufsbild ihres Hauptfaches. Als Ägyptologin würde sie, nach der obligatorischen Promotion, im glücklichsten Fall Frottagen oder Durchpausungen, die 'richtige' Archäologen von echten Stelen vor Ort abgenommen hatten, in ihrem Studierzimmer entziffern, sie vielleicht mit anderen Schriftgelehrten diskutieren und dann eine Publikation absetzen, die kaum jemanden interessierte und niemanden weiterbrachte. Aber das echte Ausgraben anfassbarer Funde, die Suche nach den Überresten vergangener Kulturen unter ihren Füßen, diese Spannung im ganzen Team, wenn jemand einen vielversprechenden Befund freilegte – das hatte sie in den Bann gezogen, dem letztlich alle grabenden Archäologen erlagen. Sie konnte sich nicht erklären, warum die Mehrheit ihrer zukünftigen Kollegen nicht einmal den Versuch machte, ihre

Büroräume zu verlassen. An einer Ausgrenzung durch die Feldforschung konnte es nicht liegen, im Gegenteil. Mit Freude hatte sie festgestellt, dass die Ausgräber, die sie kennengelernt hatte, die Unterstützung einer fähigen Sprachwissenschaftlerin zu schätzen wussten. Die meisten freuten sich regelrecht, dass ein Bücherwurm aus seinem Elfenbeinturm herabstieg, sich in den Dreck setzte und die Grabungskelle in die Hand nahm. Zugegeben, nach Ägypten würde sie so schnell wahrscheinlich nicht mehr kommen, aber es gab ja noch andere Kulturen, deren Hinterlassenschaften nach Entzifferungsspezialisten verlangten. In Mesoamerika war eine Grabungskampagne ohne Wissenschaftler, die Maya-Glyphen oder Aztekisch lesen konnten, beinahe sinnlos. Ein Studium der Altamerikanistik erschien reizvoll. Man würde sehen...

»Lisa, alles in Ordnung?«

»Oh ja, alles okay. Ich habe nur gerade an deine Erfahrungen mit der Altamerikaforschung gedacht. Ich denke, ich werde mich in der mittelamerikanischen Archäologie umtun. Im Gegensatz zu dir komme ich mit diesen schwafelnden Ethnologen und Sozialromantikern ganz gut klar. Momentan bin ich aber auf etwas ganz anderes scharf. Die wollen in der Mongolei nach dem Grabmal von Dschingis Khan suchen und–«

»Ach, Unsinn, weiß doch keiner wo das ist. Die orakeln schon seit hundert Jahren mit dieser Geheimen Geschichte der Mongolen herum, ohne dass was dabei herausgekommen ist. Der wird in irgendeinem mittelgroßen Kurgan verbuddelt worden sein, den die Einheimischen ein paar Jahre nach der Beerdigung geplündert haben, weiter nichts.«

Sie lehnte sich weit über den Tisch. »Das, mein lieber Peter, glaube ich eben nicht! Die Lage von Dschingis Khans Grab wird angeblich in mündlicher Überlieferung von Generation zu Generation über einige wenige Sippen weitergegeben. Irgendein Ostberliner Wissenschaftler hat jahrelang dort geforscht und praktisch mit den Einheimischen ein Nomadenleben geführt. Eher zufällig hat er erfahren, dass seine Gastfamilie zu diesen Eingeweihten gehört. Und offensichtlich hat er so handfeste Hinweise gesammelt, dass da zur Zeit ein ganz großes Rad gedreht wird, um in Karakorum eine international besetzte Kampagne an den Start zu bringen.«

Conrad winkte ab. »Das mag ja alles sein. Und wenn es stimmt, dann ist das eine richtige Sensation. Aber da haben wir nichts von. Die Mongolei ist ein kommunistisches Land, praktisch der kleine Bruder der Russen. Wenn in Karakorum in Zukunft jemals Deutsche ausgraben sollten, dann kommen die aus dem Land unseres Freundes Josef Keller.«

Ein breites Grinsen machte sich auf Lisa Franks' geschundenem Gesicht breit. »Man hört aber läuten, dass der kleine Bruder das kommunistische Dogma des Antikapitalismus nicht zu streng interpretiert, wenn sich's lohnen könnte. Die Amerikaner machen gerade eine ansehnliche Menge Dollars locker, und es sieht so aus, als wenn sie nicht auf vollkommen taube Ohren stoßen. Egal, lange Geschichte. Ich hege jedenfalls die vage Hoffnung, dass ich mich und meine unentbehrlichen Kenntnisse über einen guten Bekannten ins Spiel bringen kann.«

»Deine runderen Gesichtszüge und die kleinen, schmalen Augen mit den Schlupflidern, das hat schon etwas leicht Asiatisches. Zumal dein Antlitz nach der violetten Phase einen wunderschönen gelb-oliven Ton entwickeln wird... Also, wenn du dich ein bisschen beeilst...«

Conrad reagierte zu langsam. Einem hellen Klatschen folgten augenblicklich ein Brennen auf seiner linken Wange und einige neugierige Blicke.

0 3

»Wenn Sie glauben, dass damit alles für Sie ausgestanden ist, Conrad, dann haben Sie sich geschnitten. Ganz gewaltig geschnitten.« Der Leiter des Anthropologischen Instituts der FU Berlin sprach sehr leise. Und Peter Conrad fühlte sich weitaus unwohler, als wenn der Mann seinem Ärger lautstark Luft gemacht hätte.

»Professor Memm–«

»Setzen Sie sich endlich hin.« Der Mann zeigte auf den gepolsterten Lederstuhl vor seinem massiven Schreibtisch. Conrad nahm Platz und seufzte unhörbar. Eigentlich war er mit Memm immer gut ausgekommen, und der Professor hatte sich lobend über seine Arbeiten geäußert. Besonders an seinem Promotionsprojekt zu ägyptischen Mumien hatte der Mann reges Interesse gezeigt.

»Ich weiß nicht, was in Sie gefahren ist, Conrad. Sie wollten mit einer fertigen Rohfassung Ihrer Dissertationsschrift von Bergens Grabung wiederkommen – und stattdessen treten Sie irgendeinen Skandal los, der die Universitätsleitung jetzt schon seit Wochen beschäftigt. Dekan Lempp ist verschnupft. Die Universität steht in den Augen der Öffentlichkeit unmöglich da, sogar die internationale Presse ist auf den Vorfall aufmerksam geworden, verdammt nochmal, Conrad!« Memm fegte ein Exemplar der Washington Post über den Tisch in Peter Conrads Richtung. »Und dann hat auch noch die Polizei Erkundigungen über Sie bei Lempp eingeholt. Verstehen Sie?«

Conrad wurde allmählich wütend. Das Gespräch verlief im Grunde, wie er es erwartet hatte, aber dass Memm tat, als wäre er der letztlich Verantwortliche, trieb seinen Blutdruck merklich in die Höhe. »Professor Memm. Ich versichere Ihnen, dass ich nur Professor Bergens–«

Er wurde erneut unterbrochen. »Sie brauchen hier keine Versicherungen abzugeben, Conrad. Sparen Sie sich das für eine Befragung durch das Dekanat oder den Universitätssenat, falls es so weit kommt.« Der Professor schüttelte den Kopf. »Wissen Sie, ich finde es einfach persönlich enttäuschend. Sie haben sich an Lempp gewandt, und mich haben Sie im Dunkeln gelassen. Eine vertrauensvolle weitere Zusammenarbeit kann ich mir auf dieser Grundlage nur schwer vorstellen.«

Conrad schluckte. Memm wollte die Geschichte scheinbar unbedingt persönlich nehmen. Da brachte es jetzt auch nichts, die Flucht in die DDR ins Spiel zu bringen, um zu erklären, weshalb er keinen Kontakt aufgenommen hatte. »Es tut mir leid, dass Sie das so sehen.«

»Mir tut es auch leid, Conrad. Gehen Sie mir aus den Augen.« Memm machte eine wedelnde Handbewegung. Peter Conrad biss die Zähne aufeinander und ging.

Lisa hatte recht gehabt. Die letzten Wochen waren einfach nur eine einzige Katastrophe gewesen, und wenn er nicht rasch wieder in Memms Ansehen stieg, würde er einen anderen Plan für seine Zukunft machen müssen. Am Ende blieb ihm vielleicht nichts anderes, als nach Köln zurückzugehen. Conrad stapfte wütend den langen Flur entlang. Mal sehen, wie lange er sein Doktorandenzimmer noch behalten würde, so geladen wie Memm im Augenblick war. Wahrscheinlich war ihm nur noch nicht in den Sinn gekommen, dieses Privileg zu streichen. Etwa auf halbem Weg hing ein altmodisches hölzernes Ablagesystem für die Post der Institutsangestellten an der Wand. Fast hätte Conrad den kleinen Zettel übersehen, den jemand weit hinten in sein Fach geworfen hatte. Und fast hätte er ihn einfach dort liegenlassen, denn er hatte genug schlechte Nachrichten für einen Tag gehört.

Etwa eine Minute blieb er einfach vor dem Postverteiler stehen. *Beruhig dich, Mann. Der Memm war stinksauer, weil Lempp ihn hat auflaufen lassen.* Und jeder wusste, dass Memm ein eitler Gockel war. Aber nicht ungerecht, normalerweise. *Der kocht wieder runter, wenn du ihn in Ruhe lässt und gute Arbeit machst. Hoffentlich...*

Das Anthropologische Institut der Freien Universität Berlin war in einem großzügigen historischen Backsteingebäude untergebracht. Da der Studiengang nicht eben überlaufen war, konnten sich Promovenden in der Regel über ein eigenes Arbeitszimmer in der Einrichtung freuen. Außerdem war im Kellergeschoss noch Platz für eine gut sortierte Präparate- und osteologische Sammlung, die den Studenten und Wissenschaftlern gleichermaßen zur Verfügung stand. Es wäre wirklich ein Jammer, hier weggehen zu müssen. Und überhaupt nicht einzusehen. Conrad langte nach dem bläulichen Papier einer Telefonnotiz, wie sie die Sekretärinnen hier im Institut verwendeten. Überrascht stellte er fest, dass Paula Meier mehrmals versucht hatte, ihn zu erreichen.

Telefonate waren nicht seine liebste Methode der Kommunikation, so viel stand fest. Er hatte keine Durchwahl zu der Archivarin des Deutschen Archäologischen Instituts, und jetzt hing er gerade in einer Warteschleife. Wenn er wenigstens ein eigenes Telefon im Büro gehabt hätte, aber so weit ging die Großzügigkeit dann auch nicht.

»Peter, wir haben uns solche Sorgen gemacht«, flötete Fräulein Meppen, die Institutssekretärin, zum wiederholten Mal. »Aber du siehst ja ganz rosig aus.«

Conrad erklärte der guten Seele nicht, dass seine gesunde Gesichtsfarbe am ehesten Zornesröte war. Als nach zwei

Minuten noch immer das Gedudel aus der Leitung drang, legte er den Hörer auf dem Tisch ab und setzte sich schließlich doch. Fräulein Meppen servierte ihm ungefragt einen Kaffee. Wahrscheinlich würde er ihr Büro erst in Stunden wieder verlassen können. Andererseits, vielleicht war eine–

»Paula Meier am Apparat. Guten Tag.«

Conrad schnappte sich hektisch den Hörer. »Paula?«

»Ach, nein. Endlich!« Paula klang erleichtert. »Seit wann seid ihr wieder hier? Habt ihr diesen Löffler gefunden? Du hättest dich ruhig melden können. Ich dachte schon, man würde nie wieder etwas von dir und deiner seltsamen Begleiterin hören. Verschollen hinter dem Eisernen Vorhang oder so ähnlich…«

»So ähnlich.« Er hatte nicht wenig Lust, ihr von dem Ärger zu erzählen, in dem er steckte, aber Fräulein Meppens freundliches, neugieriges Gesicht keinen Meter entfernt bremste ihn beträchtlich.

»Wie? Das ist alles, was du dazu zu sagen hast? Haben die euch irgendein Schweigegelübde da drüben abgenommen, oder was ist los?«

Conrad beschloss, dieses leidige Telefonat wieder auf Kurs zu bringen. »Paula, weshalb hast du versucht, mich zu erreichen?«

»Tja, wenn du das wissen möchtest, dann musst du mich schon persönlich besuchen kommen, mein Lieber. Ich verspreche dir, dass du es nicht bereuen wirst«, sagte sie mit einem verheißungsvollen Unterton, der Conrad seltsam vorkam.

»Em, ich… aha. Also gut, ich denke, das wird sich irgendwie machen lassen.«

»Morgen um dreizehn Uhr bei mir im Büro. Und bring was Hübsches für mich mit.«

Peter Conrad blickte verdattert auf das Telefon, nachdem Paula das Gespräch kurzerhand beendet hatte.

0 4

Als die Strahlen der tiefstehenden Dezembersonne sein Gesicht erreichten, wachte er auf. Ein Blick auf den Radiowecker sagte ihm, dass es schon fast zwölf war. Seit der Verwüstung seiner Wohnung durch die beiden Handlanger dieser ominösen VRIL-Gesellschaft spielte das Ding völlig verrückt. Manchmal schaltete sich der Radioteil mitten in der Nacht für einige Sekunden ein (genau so lange, bis er wach war), aber meistens verschlief der Wecker seine Aufgabe, ihn aus dem Bett zu holen. Es wurde Zeit für Ersatz. Wenn er gleich das offensichtlich nicht verhandelbare Mitbringsel für Paula besorgte, würde er im Saturn einen neuen Radiowecker mitnehmen. Vielleicht wäre ja schon eines von diesen Geräten mit CD erschwinglich, dann konnte es ihm endlich nicht mehr passieren, dass er am frühen Morgen von solchen Dingen wie »Live is life« oder, noch schlimmer, »Don't worry, be happy« aus dem Schlaf gerissen wurde. Diese debile Geträllerdudelflöterei zersetzte seine Gehirnzellen nun schon seit über zwei Monaten. Konnten die nervigen Jazzheinis nicht weiterhin Geheimtipps für den pseudointelektuellen Untergrund bleiben? Und warum nicht zwei Fliegen mit einer Klatsche erledigen. Das alte, aber optisch tadellose, Gerät würde immer noch ein feines Büroradio für Paula abgeben. Allerdings würde er damit die zweite Ohrfeige innerhalb von drei Tagen riskieren...

'Du wirst es nicht bereuen.' Was sollte das heißen? Conrad hoffte, dass die Archivarin des DAI nicht plötzlich die Neigung verspürte, ihn mit sentimentalen Geständnissen zu konfrontieren. Nicht, dass er Paula unsympathisch fand, nur war sein angeschlagenes Nervenkostüm zur Zeit nicht in der Verfassung, eine Liebeskasperphase durchzustehen. Und seine physische Präsenz war nach einem langen Abend mit zu viel Bier des Grübelns auch nicht die überzeugendste. Er entschied, dass eine Packung Pralinen aus Metins Büdchen genügend Unverbindlichkeit ausstrahlte, aber alle diplomatischen Anforderungen für niederrangige Ereignisse erfüllte.

Außerdem war sein Timing gerade miserabel. Der neue Musikwecker musste warten, schließlich erwartete Paula ihn pünktlich um eins in ihrem Dienstzimmer. Ächzend hievte Conrad sich aus dem Bett und steuerte geradewegs auf die bereits am Vorabend geladene Kaffeemaschine zu. Er sollte die Ruhe bewahren. Memm hatte ihn zusammengefaltet – was hätte er vom Institutsleiter der Anthropologie sonst erwarten sollen, nachdem der selbst vom Dekan der Universität von höherer Stelle abgebürstet worden war? Doch Professor Memm würde sich erfahrungsgemäß auch wieder beruhigen, und die gute Paula wollte ganz sicher einfach nur nett sein. Vielleicht gab es im Deutschen Archäologischen Institut ja eine genau auf ihn zugeschnittene Stellenausschreibung, die sie ihm ans Herz legen wollte. Oder sie hatte weiter zu diesem mysteriösen Nazi-Lager Informium recherchiert. Wer wusste es schon?

Erleichtert realisierte Conrad, dass die für Paula Meier untypische Aufregung vornehmlich professioneller Natur war. Nach einer herzlichen Begrüßung, einem kurzen Gespräch über den Stand seines Ägyptenabenteuers und wohlwollender Registrierung der mitgebrachten Weinbrandkirschen kam sie auf den Grund ihrer beinahe überschwenglichen Stimmung zu sprechen. »Ich vermute, du bist durch deinen Auslandsaufenthalt und die ganze Aufregung in der Folgezeit momentan nicht ganz auf dem aktuellen Stand bezüglich der heißesten Kampagnen auf diesem Planeten.«

Schon wieder eine seltsame Formulierung. Conrad zuckte mit den Schultern und wartete ab.

»Du siehst übrigens furchtbar aus, ist wohl spät geworden. Na, egal. Wenn du gehört hast, was ich für dich an Land gezogen habe... kleines Momentchen, ich gebe noch schnell im Sekretariat Bescheid.« Ohne weitere Erklärung verließ sie ihr Dienstzimmer und kam nach fünf Minuten zurück. Conrads fragenden Gesichtsausdruck ignorierte sie.

»Also. Kennst du Bjarni Herjolfsson? Wahrscheinlich nicht. Ein Kollege hier aus dem DAI, ein Völkerkundler. Er repräsentiert sozusagen den deutschen Part einer Ausgrabungskampagne, um die schon im Vorfeld ein großes Geheimnis gemacht wurde.«

Conrads Miene erhellte sich. »Aha, und weil dadurch hier im Institut eine Stelle temporär unbesetzt ist, hast du netterweise an mich gedacht.«

»Ja. Das heißt, nein, Peter!« Sie gestikulierte. »Doch schon, aber völlig anders. Also noch einmal von Anfang an.«

Wie sich herausstellte, war Doktor Bjarni Herjolfsson ein Norweger mit deutscher Mutter und ebensolchem Pass, was ihm außer den sprachlichen Fähigkeiten vor dreizehn Jahren auch die späte Verbeamtung im Dienst des DAI eingebracht hatte. Sein Fachgebiet war die Völkerwanderungszeit und die anschließende Epoche der wikingischen Expansion auf das europäische Festland, sowie die Inseln im Nordatlantik. Im Laufe der Zeit wurde Herjolfsson einer der wichtigsten Ansprechpartner, was Fundplätze nordischer Kulturen um die Jahrtausendwende außerhalb Skandinaviens betraf. So kam es, dass er eines Tages die Hilfe einer jungen Archivarin in Anspruch nahm. Seit dieser Zeit verband den rothaarigen Herrn mit der Fliege ein freundschaftliches Verhältnis mit Paula Meier.

Conrad nahm gähnend den Faden auf. »Und deshalb hat er dir, unter dem Siegel der Verschwiegenheit natürlich, auch verraten, was hinter der ultrageheimen Expedition steckt.«

»Du solltest dir deine ironischen Anspielungen verkneifen, mein Freund.«

Er hob entschuldigend die Hände und lehnte sich zurück.

»Ja, Doktor Herjolfsson hat mir erzählt, worum es geht. Das Grabungsgebiet liegt an der nord-westlichen Küste Kanadas. Dort wurden archäologische Hinweise auf Wikinger entdeckt. Wenn sich dieser Fundkomplex wirklich als der schon ewig gesuchte zweite Siedlungsplatz der Wikinger auf dem nordamerikanischen Kontinent herausstellt, wäre das eine Riesensensation. Deshalb haben die Kanadier von Anfang an auf eine multinationale Zusammenarbeit gesetzt. Neben Amerikanern und Skandinaviern sind sogar Vertreter indianischer Kulturorganisationen und eben unser Doktor Herjolfsson als Leiter des ethnologischen Bereiches mit von der Partie.«

»Das klingt alles sehr interessant, aber ich bin mir immer noch nicht ganz im Klaren, warum du ausgerechnet mir das erzählst.«

»Geduld, junger Conrad.« Sie stand auf, ging zur Pinwand hinter ihm und kehrte mit einem kleinen Zettel in der Hand an ihren Schreibtisch zurück. »Als mich Bjarni, Doktor Herjolfsson, vergangene Woche vormittags anrief, war ich überrascht, denn ich wähnte ihn ja in Kanada. Und da ist er auch. Nun ja, er fragte mich jedenfalls, ob ich nicht auf die Schnelle einen guten Ethnologen wüsste, und da habe ich gleich an dich gedacht. Du hast doch Völkerkunde studiert, in Bonn, oder?«

Conrad setzte sich abrupt in seinem Stuhl auf. »Momentchen mal. Erstens habe ich Ethnologie nicht fertigstudiert, wie du genau weißt, und zweitens bin ich Anthropologe. Drittens habe ich zwar Interesse an den

Wikingern, aber keine belastbaren Kenntnisse. Ich wüsste beim besten Willen nicht, wie ich deinem Bjarni helfen könnte.«

»Du glaubst doch nicht, dass ich ungefragt herumposaunt habe, dass du die Ethnologie hingeschmissen hast.« Sie klimperte mit perfekt gestylten Wimpern. »Das wäre auch völlig unwichtig gewesen, denn als ich fallenließ, dass du einer unserer besten Anthropologen bist und zur Zeit in Ägypten Mumien untersuchst, war der gute Doktor Herjolfsson überhaupt nicht mehr zu bremsen.«

»Mein Gott, Paula. Du redest mich um Kopf und Kragen. Als wenn ich mir nicht selber schon genug Ärger eingehandelt hätte.« Conrad rieb sich die Schläfen. »Außerdem sind Ferndiagnosen – und dazu müsste ich, wie gesagt, wenigstens Ahnung von den Wikingern haben – nicht meine Sache. Du weißt doch genau, was ich von diesen Nachschlage-Wissenschaftlern halte, die einen Grabungsplan für den realen Fundplatz halten.«

»Vertrau mir. Es gibt überhaupt keine Gefahr irgendeines Ärgers, schließlich habe *ich* dich ja angepriesen. Wenn du das unsinnige Bedürfnis verspürst, dein Licht unter den Scheffel zu stellen und dein Gewissen zu erleichtern, kannst du das immer noch machen, wenn du da bist.«

Sein Stuhl geriet bedenklich ins Kippen, als Conrad aufsprang. »Wenn ich... Du hast *was*? Oh nein, nein, nein, Frau Meier. Ich werde in nächster Zukunft nirgendwo hinfahren! Mein Bedarf an Auslandsaufenthalten ist fürs Erste gedeckt, besonders wenn es sich um etwas anderes als Urlaub handelt.«

»Setz dich hin, Peter. Und mach nicht so einen Aufstand. Hör dir doch erst einmal in Ruhe an, was Doktor Herjolfsson zu sagen hat. Und reden wirst du mit ihm, das bist du mir schuldig. Du kannst ihm ja immer noch sagen, dass du im Moment so viel Arbeit hast, dass du unmöglich an einer der bedeutendsten

Grabungskampagnen des Jahrhunderts teilnehmen kannst. Schieb doch deine Doktorarbeit vor, wenn es eng wird.«

Er stand noch immer und hatte die Türklinke bereits in der Hand. »Also gut, Paula. Unserer Freundschaft wegen werde ich diesen Doktor Her…dings anrufen, wenn ich noch vom Anthropologischen Institut aus telefonieren darf. Hinterlass einfach bei unserer Sekretärin die Nummer.« Er kam noch einmal an ihren Schreibtisch zurück und sprach nun versöhnlicher. »Ich weiß doch, dass du es gut meinst. Aber jetzt gerade fühle ich mich dieser Situation–« Ein lautes Schrillen unterbrach ihn.

Paula nahm den Hörer ab und bedeutete Conrad erneut, sich zu setzen, während sie sich meldete. »Oh, yes. This is Paula. Thank you very much for calling back. One moment, please.« Mit der Rechten hielt sie Conrad den Telefonhörer hin, mit der Linken schob sie den kleinen Zettel von der Pinwand in sein Blickfeld und flüsterte: »Ich habe schon einmal ein paar Flüge für dich herausgesucht.«

05

Auf dem Felsplateau blies ein eisiger Wind aus Nordwesten. Der kanadische Winter hatte in diesem Jahr ungewöhnlich heftig bereits Anfang November eingesetzt. Vier Wochen lang hatte es beinahe ununterbrochen Niederschlag gegeben. Ab der Mitte des Monats nur noch in gefrorener Form. Die dicke Schneedecke würde hier oben mindestens bis in den April, eher bis Ende Mai überdauern. Die denkbar schlechtesten Bedingungen für eine archäologische Ausgrabungskampagne. Jeder vernünftige Planungsstab hätte den Beginn der Feldforschung in den Juni oder Juli, vielleicht sogar in den August gelegt, je nach der geplanten Kampagnendauer. Auf jeden Fall so spät im Jahr, dass gegen Ende der Unternehmung gerade noch angenehme Witterungsverhältnisse zu erwarten waren. Denn auch im Hochsommer bei Sonnenschein und teilweise über zwanzig Grad Lufttemperatur musste man sich schon in geringer Tiefe mit Permafrostboden auseinandersetzen. Dies galt besonders für den Mont Albert, der im Gegensatz zur restlichen Halbinsel Gaspésie eher spärlich bewaldet war. Als zusätzliche Unbequemlichkeit lag das Grabungsareal an der nördlichen Flanke des Berges. So bekam man weder von der aufgehenden noch von der untergehenden Sonne viel Energie ab. Man konnte schon froh sein, wenn der tief stehende Stern nicht ganztägig von einer dichten Wolkendecke abgeschirmt wurde. Im Hochsommer wäre auf einer der malerischen Lichtungen der hauptsächlich aus Nadelbäumen bestehenden Wälder des Nationalparks sogar ein Zeltlager denkbar gewesen.

Aber dies war keine gewöhnliche Grabungskampagne. Schon als in der Universität Quebec die ersten Gerüchte über einen Fundplatz im Parc national de la Gaspésie die Runde machten, zeigten die Frühgeschichtler ein beinahe hysterisches Verhalten. Keiner wollte bis in den Sommer warten und riskieren, dass die allgegenwärtigen US-amerikanischen Fernseh-Archäologen mit multimillionenschweren Sponsoren, BBC und National Geographic im Rücken womöglich alles an sich rissen. Erfahrungsgemäß war externen Wissenschaftlern dann der Zugang zur Grabung und den Forschungsergebnissen für lange Zeit komplett verwehrt. Auch wenn dies hier ein besonders französischer Teil von Kanada war, schafften es die Amerikaner fast immer, den zuständigen Provinzgouverneur – nicht zuletzt durch geeignete Zuwendungen – von ihren Absichten zu überzeugen. In Mittel- und Südamerika war es mittlerweile fest etabliert, dass die Wissenschaftsgemeinde der Vereinigten Staaten die Forschungs- und Deutungshoheit hatte. Und in Ägypten hatte es sogar Jahre gegeben, in denen ausschließlich US-Unternehmungen eine Grabungserlaubnis von der Altertümerverwaltung ausgestellt wurde. Zusätzlich machte die Lage des Fundplatzes es praktisch unmöglich, ihn vor Raubgräbern und Amateurarchäologen zu schützen. Zu nahe lag das Areal an der Route 299, die als einzige Straße quer durch den Nationalpark führte. Und so wurde in der Universität der rund vierhundert Kilometer entfernten Provinzhauptstadt Quebec, in der die Mühlen der Bürokratie für gewöhnlich genauso langsam arbeiteten wie in allen akademischen Instituten der Welt, innerhalb von zwei Monaten eine Kampagne organisiert. Die Ausstattung mit Personal, Gerätschaften und finanziellen Mitteln ließ fast keine Wünsche offen. Wenn es etwas gab, das sich die Grabungsteilnehmer wünschten, dann waren es mehr Fachleute für wikingische Siedlungsplätze. Aber dieser Bereich ließ sich kaum erweitern. Bis auf wenige Ausnahmen waren alle

Wunschkandidaten der Expeditionsleitung dem Ruf auf die Halbinsel Gaspésie gefolgt. Das Team bestand neben Kanadiern, amerikanischen Wissenschaftlern, einigen Festlandeuropäern (vornehmlich Franzosen) und zwei Japanern vor allem aus Skandinaviern. Deshalb war es kaum verwunderlich, dass der Däne Stefan Madsen zum Chefarchäologen berufen worden und nun für Aufteilung und Auswahl der Grabungsflächen verantwortlich war.

Eine kräftige Böe veranlasste ihn dazu, den pelzgefassten Kragen enger zu ziehen, um wenigstens die Ohren besser zu schützen. Madsen hasste es, mit aufgesetzter Kapuze zu arbeiten. Wenn sie zugeschnürt war, kam man sich vor wie ein Astronaut, der akustisch von der Außenwelt isoliert war, und musste den Kopf wie eine Eule drehen. Setzte man sie locker auf, musste man den ganzen Körper wenden, wollte man nicht den Anorak von innen betrachten, sobald man die Blickrichtung änderte. Selbst wenn die gesamte Grabungsmannschaft komplett vermummt arbeitete, konnte man den bärtigen Mann an einer roten Wollmütze erkennen, wie sie bei Seeleuten und Hafenarbeitern beliebt war. Im Laufe seiner nun schon fast dreißigjährigen Archäologenkarriere war sie so etwas wie sein Markenzeichen geworden. Und er hegte nicht die Absicht, dies auf seiner ungemütlichsten, aber wichtigsten Kampagne zu ändern. Obwohl Eitelkeit kaum zu seinen Schwächen zählte, schmeichelte es ihm, wenn die Expeditionsteilnehmer den Boss auf der Grabungsfläche sofort identifizieren konnten.

Gut dreißig Kilometer in nördlicher Richtung lag die Mündung des Sankt-Lorenz-Stromes. Sie war an dieser Stelle bereits über fünfzig Kilometer breit. Man konnte die Bucht, eigentlich die größte Flußmündung der Welt, von hier oben nicht sehen. Doch Madsen wusste, dass sie schon jetzt im Dezember fast vollständig von gräulich aussehendem Treibeis bedeckt war. In seinem Rücken befand sich eine schroffe

Felswand von der Höhe eines vier- oder fünfstöckigen Hauses, die den topfebenen Fundplatz halbkreisförmig einfasste. Die Formation war eindeutig auf natürlichem Wege entstanden, das hatten die Geologen versichert. Trotzdem fühlte man sich an einen aufgelassenen Steinbruch von etwa hundert Metern Breite erinnert – und so hatten die einheimischen Studenten und Grabungshelfer die Fundstelle schon früh Carrière genannt. Die Bezeichnung hatte sich schnell durchgesetzt. Madsen gefiel daran, dass man damit nicht auf ihre Lage, die Ausdehnung und die zeitliche Einordnung schließen konnte. Eine Art Codename, der schließlich auch in den ersten Berichten und Korrespondenzen gebraucht wurde.

Es musste fast acht sein, denn die ersten Studenten – er erkannte die 'norwegische Gruppe' – erreichten nun die Grabungsfläche. Die Unterkünfte und die wissenschaftlichen Einrichtungen lagen rund fünfhundert Meter entfernt, nur erreichbar über einen steinigen Pfad an der Bergflanke entlang. Anfangs hatte es Pläne gegeben, diesen Weg zu befestigen und zu verbreitern. Da es unmöglich war, mit Fahrzeugen direkt bis zur Fläche zu gelangen, und die Grabungsleitung den Ausbau für verschwendete Zeit hielt, hatten sich in den vergangenen Wochen alle mit dem Provisorium arrangiert. Sollten Befunde auftauchen, die man in Gänze bergen wollte, beispielsweise ein Schiffsgrab in ungestörtem Zusammenhang, würde sowieso ein Transporthubschrauber angefordert. Überhaupt wurden ihre Versorgung sowie die An- und Abreise von Mitarbeitern oder Besuchern mit einem Helikopter sichergestellt. Weil die Route du Parc, die 299, in nur gut zwei Kilometern Luftlinie vorbeiführte, wirkte dieses Konstrukt auf den ersten Blick etwas seltsam, aber es gab keine Straße hinauf zum Areal der Kampagne, nicht einmal eine Schotterpiste. Die Alternative wäre eine mindestens vierzigminütige Wanderung durch unwegsames Gelände gewesen. Und damit gelangte man ja nur zu besagter

Landstraße, an der man dann Fahrzeuge hätte bereitstellen müssen. Madsen war mit dem Status Quo zufrieden, schließlich schützte die schlechte Erreichbarkeit auch vor neugierigen Blicken und ungebetenen Besuchern.

Wie jeden Morgen war er die Fundstelle abgegangen, peinlich darauf bedacht, keinen Schaden anzurichten und die Augen nach Funden, die das Eis an die Oberfläche getrieben hatte, offenzuhalten. Die Ausgrabungsmannschaft und auch die meisten anderen Wissenschaftler hatten diese Freiheit nicht. Sie durften nur die Wege benutzen, die er abgesteckt hatte und die zu den Quadranten führte, auf denen die Ausgräber, von einer Mittagspause abgesehen, ihrer Leidenschaft nachgingen. Üblich waren vier Stunden am Vormittag und vier nach der Pause. Wegen der anstrengenden Arbeit in den stickigen Zelten über den jeweiligen Grabungsflächen hatte sich der Arbeitstag jedoch bei fünf bis sechs Stunden eingependelt.

Heute ließ er eine neue Fläche aufmachen, näher an der Felswand im westlichen Bereich, der praktisch den ganzen Tag im Schatten lag – sofern die Sonne sich überhaupt blicken ließ. Diese Entscheidung beruhte nicht auf irgendwelchen belastbaren Indizien, doch sein Instinkt sagte ihm, dass man dort am ehesten die Reste einer Ansiedlung finden konnte, wenn es eine gegeben hatte. Jedenfalls hätte er sich an dieser Stelle, wo die westliche Felswand nicht mehr so hoch war, aber immer noch Schutz vor der Witterung bot, niedergelassen... wenn es denn schon hier oben sein musste. Er wurde aus diesem Fundplatz nicht schlau. Und aus den Befunden ebensowenig. Wenn es ein Dorf gegeben hatte, wieso fanden sie nicht die üblichen Hinterlassenschaften menschlicher Zivilisation? Wieso keine Knochen von Opfertieren, Werkzeuge oder Keramikscherben? Wenn es eine Begräbnisstelle war, warum fand man kein typisches Inventar? Nur eines schien gesichert: Die Wikinger waren hier gewesen und hatten diesen Platz über einen Zeitraum von mehreren Jahren häufig aufgesucht. Dass es unten in der Nähe der Bucht oder unter der Kleinstadt Sainte-Anne-des-Monts eine Siedlung der Wikinger geben musste, war Konsens unter den meisten Gelehrten, auch wenn es kaum eindeutige Funde oder andere konkrete Hinweise gab. Aber dort unten gab es einen Fluss mit dem notwendigen Süßwasser und eine Geographie, die den Bau eines kleinen Hafens ermöglichte. Ihr Fundplatz am Mont Albert erzwang praktisch eine Siedlung an der Küste, denn die Wikinger lebten vom Meer und vom Ackerbau, den man hier oben auch vor tausend Jahren nicht hätte betreiben können. Was war nur so besonders an der Carrière?

»Doktor Madsen!« Eine junge Frau mit den charakteristischen Gesichtszügen der Inuit rannte zwischen den Flatterbändern des abgesteckten Zugangsweges auf ihn zu. »Doktor Madsen! Herjolfsson bittet darum, dass Sie schnellstmöglich zu ihm kommen. Er hat eine Satellitenverbindung nach Deutschland zu seiner Universität, und er sagt, es wäre sehr wichtig für uns.«

Drei Minuten später erreichte Madsen den kleinen Buckel in der Landschaft, von dem er das Lager mit den beeindruckenden Wohn- und Laborcontainern sehen konnte. Gerade verließen drei Franzosen in dicken Daunenjacken die provisorischen Unterkünfte. In ihren weißen Anoraks sahen sie wie Michelin-Männchen aus – und sollte einer von ihnen in einem Schneesturm verlorengehen, dann würde er für immer verschwunden bleiben. Madsen war die Farbwahl absolut schleierhaft. Andererseits würde er keinem dieser drei besonders nachtrauern... Als einer aus der Gruppe, Maurice Perrichon, ihn erspähte, kam er schnurstracks auf ihn zu, doch Madsen zeigte mit einer unmissverständlichen Handbewegung, dass er keine Zeit hatte. Er hastete zwei Treppen hinauf und öffnete die Tür zu dem blaulackierten Container, in dem die Grabungsleitung untergebracht war. Stickige Hitze schlug ihm entgegen.

»Oh, da kommt er«, hörte er Bjarni Herjolfsson auf Deutsch sagen. »Ich reiche Sie jetzt weiter an Professor Madsen.«

Madsen und Herjolfsson kannten sich schon viele Jahre, beruflich und privat. Stefan Madsen reichte der Tonfall des Freundes schon aus, um zu wissen, dass es sich lohnen würde, dieses Gespräch zu führen. Herjolfsson war sehr speziell im Umgang mit anderen Menschen. Niemand hätte ihn sozialkompatibel genannt, denn er heuchelte nie. Die einzigen, denen er ausgesucht höflich gegenübertrat, waren Menschen, mit denen er tiefgründige Gespräche zu Themen führen konnte, die ihn wirklich interessierten. Das waren durchaus einige, aber wer sich für keines seiner Steckenpferde begeisterte, der war praktisch nicht existent. Und die Person am anderen Ende dieser Satellitenverbindung hatte eindeutig Herjolfssons Interesse geweckt.

»Madsen.« Er rechnete damit, dass wer auch immer in der Leitung war auf Deutsch antworten würde, das er sehr wohl verstand und flüssig, jedoch ungern sprach.

»Professor Madsen?« Ein relativ junger Mann der Stimme nach, dachte er. Sicher noch keine vierzig. »This is Conrad. Peter Conrad. Doktor Herjolfsson just told me–«

»Wir können gern Deutsch sprechen.« Madsen verdrehte die Augen, Conrads Akzent war verheerend.

Der Mann am anderen Ende räusperte sich und klang verlegen. Im Laufe des Gesprächs wurde Madsen deutlich, dass dieser Conrad kein Experte für wikingerzeitliche Siedlungsarchäologie oder die Ethnologie arktischer Nomadenvölker war, dass er aber beträchtliche und vielfältige Grabungserfahrung mitbrachte – und dass sich der Mann keineswegs darum riss, zu ihrer Expedition zu stoßen. Das war schon einmal eine angenehme Abwechslung von den

Bettelgesuchen, die er in letzter Zeit gehört hatte. Außerdem ahnte Madsen, dass er diesen Conrad gut gebrauchen konnte, denn die sachliche und betont nüchterne Art gefielen ihm. Wenn er begeisterte Dilettanten haben wollte, hätte er nur einen Aufruf zur nächsten Highschool absetzen müssen. Alle wussten, dass nicht wenige, unterfinanzierte Expeditionen zu solchen Mitteln griffen. Immer unter dem Deckmäntelchen, die Jugend für das Forschungsgebiet zu begeistern. An einigen namhaften Fundplätzen bezahlten Schüler, Rentner und unterbeschäftigte Hausfrauen mittlerweile sogar dafür, die langweiligsten und anstrengendsten Arbeiten zu übernehmen. Er verabscheute diese unverschämte Praktik ebenso wie die unterwürfige Anbiederung der zahlenden Teilnehmer.

Conrad hatte noch keineswegs angebissen, aber er wusste, wie er ihn überzeugen konnte. »Bjarni Herjolfsson hat mir gesagt, dass Sie neben Ethnologie auch Anthropologie studiert haben.«

»Das ist korrekt, Doktor Madsen. Wie ich bereits erwähnt hatte, bin ich gerade von einer Kampagne der Freien Universität Berlin in Ägypten zurückgekehrt. Dort konnte ich etwa zwanzig natürlich mumifizierte Körper untersuchen.«

Madsen grinste Herjolfsson an. »Ich sehe, Sie werden immer interessanter für unsere Forschungsarbeit auf der Ausgrabung.«

»Zur Zeit promoviere ich in der Anthropologie zu einem altsteinzeitlichen Thema bei–«

»Wann können sie abreisen, Herr Conrad?«

»Also, Herr Doktor Madsen, das ist so eine Sache. Ich sagte ja, dass ich mitten in meiner Doktorarbeit stecke...«

»Wir erwarten, jederzeit entscheidende Hinweise zur wikingischen Besiedlung des amerikanischen Kontinents zu finden. Jahrhundertfunde, Herr Conrad.« Herjolfsson bedeutete seinem Freund hektisch, weniger dick aufzutragen. Madsen winkte ab. »Ich bin mir sicher, dass wir sehr bald menschliche Überreste finden werden. Das wird Ihrer

Promotion sicher dienen. Ganz zu schweigen von Ihrer Reputation. Was sagen Sie?«

Madsen hörte einige Sekunden lang nur dumpf aufgeregte Stimmen. Offensichtlich hielt Conrad das Mikrofon zu. Dann meldete er sich wieder.

»Ich meine... Also das hört sich nach einer spannenden Aufgabe... Ausgrabung an. Ich hätte gerne noch etwas–«

»Hervorragend, Herr Conrad. Ich hätte mir auch kaum vorstellen können, dass Sie diesen Karriereschub auslassen würden.«

Man hörte Conrad ausatmen. »Ja, Doktor Madsen. Das scheint mir eine gute Karrieremöglichkeit zu sein.«

»Gut, Herr Conrad. Ich freue mich, Sie im Team begrüßen zu können. Miss Lucy Galore, unsere Koordinatorin im Institut in Quebec wird sich mit Ihnen in Verbindung setzen, um die Details zu klären. Ich bedanke mich. Bis bald.« Er wartete Conrads Verabschiedung ab, dann beendete er die Satellitenverbindung ohne ein weiteres Wort. Mit einem zufriedenen Lächeln rieb er sich die Hände und wandte sich zu Herjolfsson. »Wir haben Ersatz, mein lieber Bjarni. Gott sei Dank.«

»'Ich bin gerade von einer Kampagne des Deutschen Archäologischen Institutes in Ägypten zurückgekehrt. Dort konnte ich etwa zwanzig mumifizierte Körper untersuchen.' Du kannst ja ganz schön auf den Putz hauen, Peter. Dafür, dass deine Miene äußerst düster aussah, als du angekommen bist...«

»Du hast doch deinen Willen. Ich fahre nach Kanada. Was willst du noch?«

»Oh, mein Freund. Ich will nicht, dass es nachher heißt, ich hätte dich gezwungen.«

Conrad entschuldigte sich wortreich und erzählte die Ereignisse nach seiner und Lisa Franks' Flucht in die DDR. Bevor er schließlich auf den Grund für seine niedergeschlagene Stimmung zu sprechen kommen konnte, klingelte das Telefon erneut.

Paula Meier sprach Englisch, offenbar war dies der angekündigte Anruf aus Quebec. Nach wenigen Minuten, in denen sie nur ein paar mal »Yes« und »Thank you« sagte, war das Gespräch beendet. »Du fliegst morgen Abend um zweiundzwanzig Uhr siebzehn, mein Lieber. Die sind fix, diese Kanadier. Visum und die ganzen anderen Formalitäten scheinen überhaupt kein Problem für die darzustellen.« Sie schob ihm eine Karteikarte zu, auf der sie sich während des Telefonats Notizen gemacht hatte. »Das sind deine Flugdaten. Das Ticket ist an diesem Schalter hinterlegt.« Sie tippte mit einem Kugelschreiber auf die letzten beiden Zeilen. »Und das ist die Telefonnummer von Miss Galore, falls es irgendwelche Schwierigkeiten gibt. Sie hat gesagt, dass sie auf jeden Fall noch in ihrem Büro erreichbar ist, wenn du ins Flugzeug steigst.«

06

Conrad war hundemüde. Er hatte versucht zu schlafen, bevor er gegen achtzehn Uhr Richtung Flughafen Tegel aufgebrochen war. Aber das hatte erwartungsgemäß nicht funktioniert. Hinzu kam, dass er das Kofferpacken erst am Abflugtag erledigte. Eigentlich hätte er damit anfangen sollen, als er von seinem Termin im DAI zurückgekommen war. Aber er hatte es vor sich hergeschoben, weil er keine Reiselust verspürte. Und da ein Nickerchen in der Abflughalle wegen der Sorge, den Flug zu verpassen, nicht in Frage gekommen und Schlafen im Flugzeug aufgrund der ungemütlichen Position unmöglich gewesen war, war er jetzt seit über vierundzwanzig Stunden auf den Beinen. Natürlich hatte es auf die Schnelle keinen Direktflug nach Quebec gegeben. Die Reise ging zuerst nach Paris, wo die Air France-Maschine sich bis zum letzten Platz füllte, dann folgten gut acht Stunden Atlantik. Er hatte einen Fensterplatz ergattert, was in Punkto Aussicht wenig Sinn hatte. Schließlich hatte die Boeing 747 um ein Uhr fünfzehn vom Charles-de-Gaulle abgehoben und flog nun gewissermaßen in der Zeit zurück. Obwohl der letzte Teil des Fluges über Land führte, würde er deswegen keinen nennenswerten Eindruck seiner zukünftigen Arbeitsregion bekommen.

Erst als der Jumbo Jet im Landeanflug die Wolkendecke (die auch bei Tag jede Bodensicht verhindert hätte) über sich gelassen hatte, wurde Conrad klar, wie dünn besiedelt Kanada war – zumindest in dieser Region. Keine Aneinanderreihung von beleuchteten Städten und Schnellstraßen, wie sie außer bei Alpenüberquerungen in Europa selbstverständlich waren. Da sich der Air France-Flug aus westlicher Richtung näherte, sah man in den letzten Minuten immerhin die Lichter der Provinzhauptstadt Quebec. Conrad hatte gehofft, einen Blick auf den vereisten Sankt-Lorenz-Strom zu erhaschen, der an dieser Stelle schon ein bis zwei Kilometer breit sein sollte, aber der Fluss ließ sich nur als rabenschwarzes Band erahnen, das die Stadt teilte.

Um kurz nach vier Uhr morgens Ortszeit nahm er endlich sein Gepäck entgegen und fand sich am etwas abgelegenen Check-In der MapleHoppers-Fluggesellschaft ein. Die freundliche Dame am einzigen Schalter übergab ihm nach wenigen geschäftigen Minuten einen Flugschein. Sie sprach Englisch mit einem solchen Akzent, dass Conrad am Ende nur sicher war, dass er zum Terminal zwei musste – und dass irgendein »Ottäär« eine entscheidende Rolle spielte.

Letzterer entpuppte sich als eine De Havilland Canada vom Typ sechs, ein zweipropelleriges Passagierflugzeug für neunzehn Reisende. Der Flug, der um kurz nach sechs ging, würde Richtung Nordosten entlang des Sankt-Lorenz-Stromes in das rund vierhundert Kilometer entfernte Sainte-Anne-des-Monts gehen und etwa eineinhalb Stunden dauern. Von dort, hatte man ihm versichert, würde er abgeholt und zur Ausgrabungsstelle gebracht. Trotz Herjolfssons Versicherung war ihm ein wenig mulmig zu Mute; für einen Moment sah er sich – ohne Mittel für eine Rückreise, ein Hotel oder irgendwelche Ausrüstung – allein in einem von der Außenwelt abgeschnitten Kaff in der kanadischen Arktis festsitzen. Wenn die dortigen Einheimischen überhaupt sprachen, dann ausschließlich Französisch mit starkem Akzent und auch nur, um ihm klar zu machen, dass es keine Archäologen und keine Ausgrabung gab... Noch bevor die DHC-6 Twin Otter ihre Reiseflughöhe erreicht hatte, war er eingeschlafen.

Er wachte von der etwas holprigen Landung mit einem Schrecken auf, der ihn augenblicklich in Schweiß badete. Die einzige Flugbegleiterin und der Mann gegenüber am Gang warfen sich einen belustigten Blick zu, der Conrads Gesicht rot anlaufen ließ. Er hatte keine Flugangst, aber er flog auch nicht gern mit Passagierflugzeugen. Was er regelrecht hasste, war Kurzschlaf, der ihn immer irgendwie auslaugte. Als er fünfzehn Minuten nach dem unsanften Erwachen aus der DHC-6 auf das Rollfeld trat, fühlte er sich vollkommen gerädert. Er stapfte hinter einem Mann in grauem Anzug und langem Wollmantel durch den eisigen Wind. Die Sonne ging gerade über dem östlichen Horizont auf und überstrahlte die Flutlichtanlage des Rollfeldes. Und viel mehr war da auch nicht. Ihre Landebahn war offenbar auch die einzige Startbahn dieses winzigen Flughafens. Conrad blinzelte in das orangerote Gleißen und wurde endlich ein wenig wacher. Er fror bereits nach dem kurzen Marsch zu dem Flughafengebäude, das die Größe eines Einfamilienhauses hatte. Natürlich besaß er keine Kleidung, die den hiesigen Wetterverhältnissen angemessen war. Seine letzten Grabungen hatten ihn nach Ägypten geführt, davor war er einmal in Mexiko und Guatemala unterwegs gewesen, und in einem Spätsommer hatte es ihn tatsächlich nach Dänemark verschlagen. Kurz, er besaß überhaupt keine daunengefütterte Winterausrüstung.

»Doktor Conrad?«

Er brauchte einige Sekunden, um zu reagieren und den Kopf zu heben. Ein rotwangiger, rothaariger Riese erhob sich von einem der gepolsterten Stühle und trat auf ihn zu.

»Nur Conrad. Oder Peter, wenn Ihnen das lieber ist. Doktor Herjolfsson?« Er reichte dem Mann die Hand. Eigentlich war Herjolfsson nicht so groß, wie er auf den ersten Blick wirkte. Er war nur sehr schmal und ein Stück größer als Conrad selbst mit seinen Standard-Einsachtzig.

»Bjarni.« Der Wissenschaftler taxierte ihn kurz. »Jacques und der Heli warten leider schon auf uns, sonst würde ich ja vorschlagen, dass wir noch Besorgungen in Sainte-Anne machen. Vor allem, weil es heute zum ersten Mal seit langer Zeit nach einem sonnigen Tag aussieht. Morgen soll es wieder bedeckt sein, zum Abend hin sogar schneien, also das übliche. Tja, ich fürchte, unser Einkaufsbummel wird warten müssen.«

Conrad zuckte mit den Schultern, als wäre das kein großes Problem. In Wahrheit graute ihm bei der Vorstellung, ab morgen wochenlang frierend zu arbeiten, womöglich klamm von der ständigen Feuchtigkeit in den Grabungszelten.

»Der Chef kann es nicht erwarten, Sie an der Carrière zu begrüßen, Peter.«

»An der Carrière?«

Herjolfsson lächelte nur verschmitzt. »Ah. Da kommen die Koffer. Dann wollen wir mal.«

Conrad folgte Herjolfsson wieder hinaus, wo gerade eine Art Golfcaddy mit einem Hänger vorfuhr. Die Gepäckstücke der nur zehn Reisenden waren schnell verteilt, darunter auch Conrads zerbeulter Reisekoffer und die große Nike-Sporttasche, die vorwiegend mit Büchern, Schreibzeug und Kopien seiner Doktorarbeit gefüllt war.

Er hatte den Helikopter vorhin auf dem Weg zu dem Flughafenhäuschen nicht wahrgenommen, dabei stand er nur ein kleines Stück abseits der parkenden De Havilland, deren beide Motoren mittlerweile verstummt waren. Die Sonne war nun vollständig über den Horizont geklettert und Morgenlicht, so klar wie die arktische Luft, ließ Conrad jedes Detail der Bo 105 erkennen. So wenig ihn große Passagierjets interessierten, die sich gleichmäßig wie ein Schnellzug durch die Luft bewegten, Hubschrauber mochte er, seit er bei der Bundeswehr mit einem großen Sikorsky geflogen war. Diese Kombination aus Fahrstuhl, Schweben und Flugphysik hatte ihn sofort in den Bann gezogen.

»So läuft hier der Transport zur Grabung?«

Herjolfsson nickte und schaute eher gequält. »Es hat immerhin den Vorteil, dass Sie gleich etwas von der Landschaft sehen und einen allgemeinen Eindruck von der Lage des Fundplatzes bekommen werden.«

Das stimmte sicherlich. Die ganze Nummer mit dem Hubschrauber bewies aber vor allen Dingen, dass an dem Brimborium, das Paula angedeutet hatte, wirklich etwas dran war. Regelmäßig so einen Helikopter einzusetzen und samt Pilot bereitzuhalten, kostete schon mehr, als in Europa für manche Expeditionen insgesamt an finanziellen Mitteln bereitgestellt wurde. Bemerkenswert war auch, dass die Bölkow rot lackiert war und neben dem Schriftzug 'Garde Côtière Canadienne' und einem Emblem mit Krone und Ahornblatt nebst zwei Fischen eine weiße Bauchbinde aufwies. Zu Hause wäre es undenkbar, dass Küstenwache oder Grenzschutz die Kurierdienste für eine wissenschaftliche Expedition leisteten.

»Wer ist eigentlich federführend? Das Nationalmuseum oder die Universität von Quebec?«, erkundigte Conrad sich, während er den Sicherheitsgurt schloss. Verrückt, dass er hier war und nicht einmal mit Gewissheit wusste, für wen er arbeiten sollte.

»Das Museum of Civilization in Gatineau. Natürlich in direkter Kooperation mit einer ganzen Reihe anderer Institutionen«, gab Herjolfsson Auskunft, dann wandte er sich dem Piloten zu und reichte Conrad einen klobigen Kopfhörer mit Sprechgarnitur. Als der Helikopter etwa fünfzig Meter Höhe erreicht hatte, flog er bereits über bebautem Gebiet. Herjolfsson fasste ihn an der Schulter. »Das dort unten ist Sainte-Anne-des-Monts, unsere Verbindung zur Außenwelt«, dröhnte es in dem laut eingestellten Kopfhörer. »Nettes Städtchen, wenn man mal Zeit hat.« Herjolfsson grinste. »Wir vermuten hier eine wikingische Siedlung, die allerdings durch die Überbauung fast vollständig zerstört sein dürfte.«

Conrad nickte heftig, blieb aber stumm.

»Wir werden keine zehn Minuten brauchen. Die Carrière liegt etwa vierzig Kilometer von der Küste entfernt.« Er sah einige Augenblicke aus dem Fenster, dann teilte er dem Piloten irgendetwas auf Französisch mit und wandte sich an Conrad. »Sie sprechen kein Französisch?«

»Nein, ich kann mir das meiste zusammenreimen, wenn ich es lese. Aber verstehen oder gar sprechen ist nicht drin.« Es war ihm peinlich, zugeben zu müssen, dass er die wichtigste Sprache in der ur- und frühgeschichtlichen Archäologie überhaupt nicht beherrschte.

Der Ethnologe fasste erneut seine Schulter, als habe Conrad ihm die Aufmerksamkeit entzogen. »Macht nichts, Peter, Sie werden das Nötigste schnell drauf haben, glauben Sie mir.«

Toll, was glauben die, wie lange ich hierbleibe...

»Ist wirklich nicht weiter schlimm. Es sind recht viele skandinavische Teilnehmer an Bord, von denen zumindest die Wichtigen ganz ordentlich auch in Ihrer Sprache kommunizieren können, Peter.«

Conrad lächelte gequält. Englisch traute man ihm seit seinem Telefonat also auch nicht zu.

»Und Norwegisch ist vom Deutschen ebenfalls nicht so weit entfernt.« Herjolfsson zwinkerte ihm zu. »So wie hier unten sieht es fast überall aus«, wechselte er das Thema. »Kanada ist entweder bewaldet oder verschneit.«

Zwei Minuten lang starrte Conrad aus dem Fenster und ließ sich von dem gleichmäßigen Rotorengeräusch berieseln, das trotz des geschlossenen Kopfhörers intensiv zu vernehmen war.

»Ich habe Jacques gebeten, etwas langsamer zu fliegen und eine Schleife zu drehen, wenn wir in die Nähe des Fundplatzes kommen. Sie werden später kaum wieder Gelegenheit haben, die Topographie und die Umgegend der Carrière so anschaulich und übersichtlich zu sehen.«

»Danke, Doktor Herjolfsson.« Er drückte dem Ethnologen den Arm, was der mit einem Nicken und Lächeln quittierte. *Aha, anscheinend macht man das so im Helikopter*, dachte Conrad amüsiert.

»Der Mont Albert.«

Conrad fühlte sich beim Anblick des bewaldeten Berges zuerst an Schwarzwald oder Taunus erinnert. Die riesige, ebene Fläche aber, die der Berg anstelle eines Gipfels besaß, sah einfach nur fremdartig aus. Mit unberührtem Tiefschnee so weit das Auge reichte wirkte das Plateau wie ein Tisch, über den jemand eine blütenreine Tischdecke gebreitet hatte.

»Sehen sie diese graue Steilwand? Gleich müsste man die Zelte auf der Fläche erkennen können. Links davon, etwa auf gleicher Höhe liegt das Lager mit den Containern für Unterkünfte und Labors.«

Conrad nickte zustimmend. Mit einem Mal wurde ihm klar, warum Herjolfsson vom Fundplatz immer als der Carrière, dem Steinbruch, sprach.

07

Spätsommer
im Jahr zwei nach der Ankunft

Thores Herz schlug ihm bis zum Hals. Er hatte etwas gesehen, und viel schlimmer, er hatte es gehört. Und er wusste, dass es hinter ihm her war. Thore wagte es nicht, einen Blick über die Schulter zu werfen. Er musste die anderen erreichen und ihnen erzählen, was... Bei der Erinnerung an das, was er im *lund* vorgefunden hatte, verlor er den Tritt und stolperte über seine eigenen Füße. Panisch vor Angst rappelte sich der Halbstarke wieder auf und stürzte weiter. Wenn er sich nicht umdrehte, wenn er nicht sah, was ihm auf den Fersen war – vielleicht würde er dann überleben.

Der Pfad führte ein Stück steil an der Flanke des Berges hinunter. Der Regen der letzten Tage hatte den Erdboden an einigen Stellen ausgewaschen und den Abschnitt in eine schlammige Rinne verwandelt. Thore glitt aus, schlug hart auf das Steißbein und rutschte mehrere Meter mit den Füßen voran den Berg hinab. Er unterdrückte den Schmerzensschrei, um die Blutlust der Bestie nicht noch anzutreiben.

Als er endlich am Fuß des Hraeswelg-Berges ankam, wurde es bereits dämmrig. Aus Richtung des Sonnenaufgangs rasten wieder die grauen Wolken heran, die in den letzten Wochen so regelmäßig für Regen gesorgt hatten. Thore hoffte, dass ein prasselnder Sommerregen seine Spuren verwischen würde. Ihm kam der Gedanke, im Fluss weiter zu flüchten, aber das würde ihn zu sehr verlangsamen und zu viel Kraft kosten. Thore tastete nach dem Messer, das in seinem Gürtel steckte. Er war nicht vollkommen wehrlos, sagte er sich. Er konnte mit der Waffe umgehen.

In diesem Augenblick hörte er das laute Krachen eines brechenden Zweiges. Der junge Mann erstarrte kurz, dann rannte er so schnell er konnte hinunter zu dem Fluss, der ihn bis ins Dorf führen würde. Er wünschte sich, es wäre ein gewöhnliches Raubtier, das sich auf seine Fährte geheftet hatte. Dann könnte sein Messer etwas ausrichten. Als er die Augen kurz zusammenkniff, sah er erneut das blutige Schlachthaus vor sich, auf das er keine Stunde zuvor gestoßen war. Halfdan, Thorstein und Ketil waren tot, und er wäre ein Narr zu glauben, dass er einer Bestie etwas entgegenzusetzen hatte, die drei ausgewachsenen Männern den Garaus machen konnte.

»Thore Svensson? Bist du das?« Der Ruf kam so überraschend, dass Thore nicht stehenbleiben konnte. Seine Beine gehorchten ihm erst nach weiteren zwanzig Metern. Schwer atmend stand er in einer kleinen Aue am Flussufer und stützte die Hände über den Knien auf die Oberschenkel. Sein Blick suchte den umgebenden Wald ab, aber er sah Leif Gunnarson erst, als der sich hinter einem Baumstamm hervorbewegte und auf den Weg vor ihm trat.

»Leif? Wir müssen ins Dorf! Der Skraelingardämon... Ich habe es... gesehen«, stieß der Junge um Atem ringend hervor. »Er hat... Sie sind alle...«

Leifs Augen wurden schmal. Seine grobe Hand fuhr unwillkürlich zu dem Schwert, das an einem ledernen Gurt hing. »Ketil?«

Thore schüttelte den Kopf. Er machte noch einige Schritte auf den großgewachsenen Mann zu, den er schon viele Jahre kannte und mit dem ihn eine tiefe Freundschaft verband. Seit Haralds Tod im letzten Sommer verbrachte Thore die meiste

Zeit hier oben am Hraeswelg-Berg. Er war nur noch selten im Dorf an der Küste gewesen.

Leif sah irgendwie anders aus, doch Thore hatte keine Zeit, darüber nachzudenken. Er musste loswerden, was er gesehen hatte. Die zerrissenen Kehlen, die zerfetzten Gesichter ohne Augen und Zungen. Thore schluckte die bittere Galle herunter.

»Wir sollten noch einmal hinaufgehen. Wenn diese Bestie dir wirklich gefolgt ist«, Leif verstummte, als Thore mit aller Kraft seinen Arm packte und sich seine Finger verkrallten. Sie konnten unter keinen Umständen wieder dort hinauf gehen. Begriff Leif denn nicht? Die Dämonen der Skraelingar waren erwacht.

Leif wischte sich über den Mund. »Dann geh du weiter zum Dorf. Die anderen müssen wissen, was geschehen ist. Ich werde sehen, ob ich die Bestie aufhalten kann.« Leifs stahlblaue Augen sahen durch Thore glatt hindurch. »Geh jetzt, Thore.«

Selbst im Sommer reichte das Licht in diesen Breiten nicht lange in den Abend. Als endlich die kleine Ansammlung von Grassodenhäusern in Sicht kam, die sich hinter der Palisade zusammenduckten wie Schwäne im Winter, war es vollständig dunkel. Thore konnte kaum glauben, dass er es geschafft hatte. Auch nachdem er sich von Leif getrennt hatte, meinte er immer wieder die Geräusche zu hören, die ihn seit dem Berg verfolgt hatten. Mit letzter Kraft erreichte er das massive Tor, welches die Siedlung schützte. Er schlug mit der Faust gegen das Holz und hätte auch um Einlass geschrien, wenn er dazu noch den Atem gehabt hätte. Gleich war er in Sicherheit.

Doch Thore würde weder ins Dorf noch seine Heimat zurückkehren. Niemand würde das. Thore war tot, bevor der schwere Riegel auf der Innenseite zur Seite geschoben war. Der Angreifer warf ihn gegen das schwere Tor, zerriss seine Kehle mit einem einzigen Hieb und verschwand so schnell in der Dunkelheit, wie er aufgetaucht war.

08

Sobald der Helikopter den Boden berührte, öffnete Herjolfsson die dünne Aluminiumtür und sprang heraus. Conrad hatte sich schon immer gefragt, warum alle, die einen Hubschrauber mit laufendem Rotor verließen, den Kopf einzogen und davonrannten; das konnte nicht einmal einem hochgewachsenen Profi-Basketballspieler gefährlich werden. Als er hinter dem Archäologen aus der Maschine stieg, wusste er es. Trotz neutral gestellter Rotorblätter waren Wind, Abgase und der Lärm, den Rotor und Turbine erzeugten, so einschüchternd, dass auch er sich unwillentlich duckte. Die wahre Gefahr bestand darin, in den Bereich des Heckrotors zu geraten. Deshalb wies Herjolfsson ihn durch Winken an, aus dem Gefahrenbereich zu gehen, bevor die Bölkow wieder abhob.

Erst jetzt bemerkte Conrad, dass sie auf einer niedrigen Plattform standen, die man aus Grobspanplatten gebaut hatte, wie sie in Europa noch unbekannt waren. An der bergseitigen Kante waren nach oben gebogene Bleche angebracht, offenbar um den Luftstrom bei Start und Landung nicht ungebremst über den Boden fegen zu lassen. »Interessant, was Sie hier an Aufwand betreiben. Schon dieser Landeplatz würde bei uns die Hälfte so manchen Grabungsetats verbrauchen«, richtete er sich an Herjolfsson, als der Helikopter ein Stück entfernt war und eine Kommunikation wieder zuließ.

Der Deutsch-Norweger ging auf die finanzielle Anspielung nicht ein. »Es bringt wenigstens etwas. Sie müssen bedenken, Peter, dass jeder Transport, jede einzelne Lieferung mit dem Helikopter erfolgt. Durch die Plattform steht er nicht direkt auf der Fläche und bläst die Deckschichten weg. Wir glauben eigentlich nicht, dass hier vorne am Hang wertvolle Befunde schlummern, schließlich sind wir beinahe sechzig Meter entfernt von der Felsrückwand der Carrière, wo die bisherigen Befunde liegen. Aber man weiß ja nie.«

Ein bärtiger Mann mit den wettergegerbten Gesichtszügen eines Seefahrers kam auf sie zu.

»Ah, da kommt Stefan Madsen. Er ist der Boss hier. Sie haben mit ihm telefoniert.«

Der Däne zog den gefütterten Handschuh aus und reichte Conrad die Rechte. »Doktor Stefan Madsen. Ich freue mich, Sie als Teilnehmer unserer Kampagne begrüßen zu dürfen. Sie können mich Stefan nennen, wir haben uns hier auf 'Sie' und Vornamen geeinigt.«

Conrad war von der Förmlichkeit und der deutlichen Ansage überrascht. Er brachte nicht mehr als ein »Ich freue mich ebenfalls« zustande. Im Gegensatz zu dem bisher umgänglichen Herjolfsson wirkte der Expeditionsleiter regelrecht schroff, was ihn nach dessen Anwerbungsgespräch verwunderte. Um die Situation etwas aufzulockern, stellte er die Frage, die ihn schon seit seiner Zusage während des Telefonats im DAI beschäftigte. »Was mich besonders interessiert, Doktor Madsen... Stefan, könnten Sie mir erklären, wie Sie überhaupt im steinharten Permafrostboden ausgraben können?« Er deutet auf die zwei hellen Langzelte, die nahe an der Felswand standen.

Madsen zog seinen Handschuh wieder über. »Oh, ich bin sicher, Bjarni erklärt Ihnen das gerne in aller Ausführlichkeit. Ich möchte nicht unhöflich erscheinen, aber ich war gerade auf dem Weg ins Labor. Ich würde heute Abend gerne mit Ihnen essen. Sie haben sicherlich viele weitere Fragen, und ich möchte Sie über den aktuellen Stand der Grabung informieren.« Er wandte sich an Herjolfsson. »Bjarni würdest du Peter die Unterkunft zeigen, er hat eine anstrengende Reise hinter sich und braucht heute

Abend seinen Verstand.« Der Angesprochene deutete ein Salutieren an. Madsen entfernte sich, ohne eine Antwort von seinem Freund oder dem Neuankömmling abzuwarten.

Conrad war sichtlich verlegen. Im Gegensatz zu Herjolfsson schien dieser Madsen noch nicht einmal mit den Menschen, mit denen er zusammenarbeiten wollte, diplomatisch umzugehen, wenn es nicht unbedingt nötig war. Dem Grabungsleiter war klar, dass eine schnelle und unkomplizierte Abreise völlig unmöglich war, zumal Conrad noch nicht einmal über die finanziellen Mittel verfügt hätte – und Madsen sah offensichtlich keinen Grund, diese Abhängigkeit zu verhehlen. Conrad war zu müde, um sich zu ärgern, er wollte nur noch schlafen.

Herjolfsson ahnte wohl seine trüben Gedanken. »Machen Sie sich keine Gedanken, Peter. Der ist nicht immer so. Seit dem tragischen Tod von Jean Scotte, unserem Ethnologen, ist er ein wenig... nun, unzugänglich. Seine Art von Trauer, denke ich. Aber wir sind hier alle froh, dass wir mit Ihnen einen würdigen Ersatz für Scotte verpflichten konnten. Glauben Sie mir, Peter.«

Conrad sackten fast die Beine weg. *Das ist ein Hauptgewinn*, dachte er, während ihm kalter Schweiß den Rücken nässte.

Sein Gegenüber überging sein offensichtliches Unwohlsein. »Zu Ihrer Frage von eben... Sie haben ganz recht, Archäologie im Permafrostboden ist eine wirkliche Herausforderung, vor allem weil wir uns aus den Gründen, die ich vorhin erwähnte, zu einem Kampagnenbeginn im Winter entschlossen haben.« Herjolfsson machte keinerlei Anstalten, in Richtung der Zelte zu gehen, sondern begann im böigen Wind neben dem Hubschrauberlandeplatz, ihm die Ausgrabungstechnik in dauergefrorenem Erdreich zu schildern.

Conrad konnte sich erst keinen Reim darauf machen. So schlimm würden sie die Arbeit der anderen Archäologen kaum stören, wenn sie für eine anschauliche Erklärung eines der Zelte betraten. Schließlich war er kein Amateur. Der einzige Grund bestand wohl darin, dass Madsen es nicht vorgesehen hatte, dass er vor einem persönlichen Briefing die Grabungsfläche betrat. Das konnte ja heiter werden...

»Es klingt verwunderlich, aber es gibt kaum dokumentierte Vorgehensweisen zu diesem Thema. Wir waren deshalb gezwungen, einige Verfahren durch Versuch und Irrtum zu erarbeiten. Wahrscheinlich haben wir etliche Male das Rad neu erfunden.« Herjolfsson lachte kurz. »Auf jeden Fall haben wir mittlerweile einen Arbeitsablauf entwickelt, der uns ein zügiges Vorgehen erlaubt, ohne die Befunde über das unvermeidliche Maß hinaus zu beschädigen. Einiges können wir nur aufgrund der komfortablen finanziellen Situation der Carrière-Kampagne, die wir unseren Freunden zu verdanken haben, so durchführen.«

Conrad hielt diesen letzten Satz für ein wenig deplatziert. Welche Kröten würden sie im Gegenzug für das großzügige Sponsoring wohl schlucken müssen? Endlich kam Herjolfsson auf sein eigentliches Anliegen zu sprechen.

»Im Prinzip beruht die Arbeit hier auf Antauen und Entwässern. Was im ersten Moment simpel klingt, bedeutet in der Praxis eine Menge Aufwand und erfordert viel Fingerspitzengefühl.«

Als Conrad sichtlich fröstelnd die gefütterte Kapuze seines Parkas aufsetzte und zuzog, ignorierte Herjolfsson es.

»Als erste Maßnahme errichten wir über den ausgewählten Quadranten eines der Zelte, die Sie dort hinten sehen. Das spart Zeit und Energie. Nebenbei macht es das Arbeiten für die Ausgräber wesentlich angenehmer. Man ist windgeschützt, und kann ohne Handschuhe arbeiten, naja, das werden Sie ja noch früh genug sehen.«

Jetzt fühlte Conrad sich verkohlt. Er versuchte, keine schlechte Laune aufkommen zu lassen, hakte das unter Flachserei ab und konzentrierte sich auf Herjolfssons Ausführungen.

»Für das Auftauen benutzen wir leistungsstarke Heißluftgebläse, die wir am Gestänge des Zeltdaches aufhängen. Mit leichten Gewebeschläuchen, wie Sie sie vielleicht von kleinen Klimaanlagen kennen, leiten wir die warme Luft auf die Fläche. An jedem Gerät sind vier oder fünf Schläuche angeschlossen, sodass man gleichmäßig und großflächig arbeiten kann. Jeder Grabungsarbeiter hat natürlich ein eigenes Gerät.«

Conrad war beeindruckt, gönnte Herjolfsson den Triumph, das zu sehen, aber nicht. »Aha, so. Interessant«, murmelte er und versuchte dabei möglichst gelangweilt zu wirken.

»Auf diese Weise können wir Schicht für Schicht die Befunde freilegen und das Auftauen jederzeit unterbrechen, sollte das Erdreich zu weich werden. Das entstehende Wasser saugen wir ab. Ach ja, das habe ich ganz vergessen: Bevor wir mit dem Erwärmen des Bodens beginnen, ziehen wir eine schmale Drainagerinne rund um die Grabungsquadranten. Je nach Notwendigkeit legen wir auch Entwässerungsfurchen in der Fläche an. Gut, das Tauwasser wird also mit dünnen Plastikschläuchen ständig abgesaugt, die ebenfalls von der Zeltdecke hängen. In jedem Zelt befindet sich eine Pumpe, an die alle angeschlossen sind. Sehen Sie die Entwässerungsrohre?« Er zeigte in Richtung der Felswand. Wenn man genau hinsah, konnte man ein graues Abflussrohr erkennen, das den gesamten Fundplatz umrundete und letztlich an der westlichen Hangkante verschwand. Die Zelte waren jeweils über eine Leitung an diesen Hauptkanal angeschlossen. Herjolfsson kam zum letzten Teil seiner Erläuterung. »Dass wir den Strom, den wir in jedes Zelt verlegen müssen, auch dazu verwenden, die Fläche auszuleuchten, brauche ich wohl nicht zu erwähnen.«

Conrad hatte beschlossen, sich auf die seltsam angespannten Umgangsformen auf Carrière einzulassen, bevor er sich ärgerte und doch nichts ändern konnte. »Ich verstehe, Bjarni. Ich bin beeindruckt.« In seiner Vorstellung hatte sich das Innere der

Grabungszelte in ein Biolabor der Sicherheitsstufe vier verwandelt – mit einem Gewirr Dutzender herabhängender Schläuche und Kabel, mit Arbeitern, die in Schutzanzügen gefilterte Luft atmeten und sich im Zeitlupentempo bewegten. »Und jetzt, Bjarni, wäre ich Ihnen dankbar, wenn Sie mir die Unterkünfte zeigen würden. Ich habe eine anstrengende Reise hinter mir und brauche heute Abend meinen Verstand.«

Falls Herjolfsson diese Spitze bemerkte, ließ er es sich nicht anmerken. Mit einer einladenden Geste forderte er Conrad auf, ihm zu den gestapelten Containern zu folgen.

Vor zehn Minuten hatte seine G-Shock Alarm geschlagen. Es war Zeit, sich aus der schmalen Koje seiner Kabine zu hieven. Überhaupt fühlte er sich ein wenig wie ein Arbeiter auf einer Bohrinsel… und er fürchtete, dass es tatsächlich auf etwas in der Art hinauslaufen könnte. Gerade als er seine Schuhe zuschnürte, klopfte es an der Tür. Neunzehn Uhr, Madsen war extrem pünktlich.

»Schön, Sie sind schon fertig, Peter. Unser Küchencontainer ist gerade wahrscheinlich mit hungrigen Ausgräbern gefüllt. Lassen Sie uns bei mir speisen, unser Koch war so freundlich, etwas zu servieren. Wir haben dort mehr Ruhe für die Dinge, die ich besprechen möchte.«

Wundervoll, dachte Conrad. *Schön, dass nur du etwas zu besprechen hast*. Er sagte nur: »Wundervoll.«

Natürlich bestand Madsens Unterkunft aus zwei nebeneinander liegenden Kabinen, bei denen man die Trennwand entfernt hatte. Mit schätzungsweise zwanzig Quadratmetern war sie doppelt so groß, wie seine und die der anderen Grabungsteilnehmer (vermutete er).

Eine Weile aßen sie irgendeinen schmackhaften Seefisch auf Reis, tranken zu Conrads Verwunderung aus Dänemark importiertes Faxe und unterhielten sich über Belangloses.

Sekunden nachdem er das Besteck auf dem Teller abgelegt hatte, räumte Madsen ihr Geschirr mit einem beiläufigen »Sie erlauben« zusammen und stellte es auf den Gang vor seiner Kabine. Dann ging er zu dem kleinen Kühlschrank und bot Conrad ein weiteres Bier an. »Sie platzen vor Neugierde, nehme ich an«, eröffnete der Däne den professionellen Teil des Abends. »Wenn Sie sich fragen, warum ein Ausländer eine so wichtige Expedition in Kanada leitet, so will ich mich kurz erklären. Rauchen Sie?«

Conrad schüttelte den Kopf und lehnte sich zurück. Der süßliche Tabakgeruch beim Betreten der Kabine hatte ihn auf die Pfeife des Dänen vorbereitet. Da er die Bitte auf Unterlassung für aussichtslos hielt, äußerte er sie nicht.

Madsen griff eine Blechdose, die die ganze Zeit, von Conrad unbemerkt, auf dem Tisch gestanden hatte und begann das Stopfen. »Als ich mein Archäologiestudium begann, stellte sich schnell heraus, dass die Geschichte meiner Vorfahren interessant genug für ein ganzes Forscherleben ist. In Göteborg saß ich an der richtigen Stelle, und die Zeit schien ebenso günstig. Eins kam zum anderen, und bevor ich es realisierte, galt ich nach einigen Kampagnen und Publikationen als Spezialist für Wikinger und Arktisarchäologie.« Zu Conrads Erleichterung legte er die Pfeife beiseite und öffnete seine Bierdose. »Auf unser Wohl und das der Carrière. Nun, weiter im Text. Durch glückliche Umstände, unter anderem die Tatsache, dass ich mich mit den verschiedenen Futhark-Runen recht wohlfühle und ein wenig Norwegisch spreche, konnte ich auf Neufundland arbeiten. Wie Sie sicherlich wissen, haben Helge Ingstad und seine Frau Anne Stine dort in den Sechzigern den ersten Wikinger-Außenposten in Amerika entdeckt – bei L'Anse aux Meadows an der nördlichsten Spitze der Insel.«

Conrad hatte keine Ahnung, versuchte aber, sich nichts anmerken zu lassen. Er zog das Thema auf für ihn sichereres

Terrain. »Ich nehme an, Sie benötigen meine Hilfe bei der Untersuchung menschlicher Überreste.«

»Sie kommen schnell zur Sache, Peter. Das gefällt mir. Die Antwort auf Ihre Frage möchte ich dennoch auf morgen vertagen, erst einmal will ich Ihnen einen Überblick über das Wenige geben, das wir sicher wissen.« Madsen ließ die Pfeife tatsächlich liegen und trank stattdessen aus der Faxe-Dose. »Wir haben im Grunde noch nicht viel, aber das, was wir haben, hat es in sich. Auch wenn Sie dieses Bekenntnis aus meinem Munde vielleicht seltsam finden, ich werde nicht recht schlau aus Carrière. Erstens: Wir haben es eindeutig mit einem Wikingerfundplatz zu tun, der am ehesten in die Urnes-Periode gehört. Das können Sie, wenn Sie möchten, anhand der Funde selbst überprüfen. Ich sage bewusst 'am ehesten', Peter, denn es gibt auch einen Teil, den wir stilistisch überhaupt nicht einordnen können. Aber lassen Sie uns davon ausgehen, dass wir uns irgendwo im elften Jahrhundert bewegen, also relativ spät.«

Aus dir werde ich auch nicht schlau, dachte Conrad. Sollte der Mann am Ende gar nicht so unangenehm sein, wie der erste Eindruck es vermuten ließ? »Ich bin sehr gespannt«, versuchte er, das Gespräch im Fluss zu halten.

»Zweitens können wir ausschließen, dass es sich um einen Siedlungsplatz handelt, denn es fehlen die typischen Funde und Befunde. Die Carrière wäre auch ein abwegiger Platz für Behausungen. Die See ist vierzig Kilometer entfernt, womit Fischfang als Haupternährungsquelle ausgefallen wäre. Das ist ein sehr unglaubwürdiges Szenario, weil die Wikinger bei solch reichen Jagdgründen, wie sie in der Mündung des Sankt-Lorenz-Stromes vorhanden sind, kaum hier oben gesiedelt hätten. Landwirtschaft ist ebenso unwahrscheinlich, und selbst Frischwasser gibt es nur in einiger Entfernung. Wir sind deshalb sicher, dass es in Sainte-Anne-des-Monts, wo Sie angekommen sind, eine Wikingersiedlung gegeben haben muss.«

»Doktor Herjolfsson hat so etwas angedeutet.«

»Gut. Wir nehmen an, dass der Fundplatz Carrière ein Kultplatz der Wikinger war, der für eine kurze Zeit intensiv genutzt wurde. Trotzdem sind wir auch in diesem Punkt etwas ratlos, denn der Kult passt bislang mit nichts zusammen, was wir aus der Edda und anderen Quellen kennen. Kein Odin, kein Thor oder sonst irgendein bekannter Charakter. Allenfalls Riesen könnte man vermuten.«

Madsen wartete ganz offenbar auf seine Meinung, doch er hatte keine. »Ehrlich gesagt haben Sie mich neugierig gemacht, Doktor... Stefan. Aber ich gestehe, dass auch ich mir keine Einschätzung zutraue.«

Madsen schwieg und taxierte ihn.

Conrad räusperte sich. »Außerdem, mit Verlaub, habe ich das Gefühl, dass mir noch ein wichtiger Puzzlestein fehlt, um Ihre Schlussfolgerungen nachvollziehen zu können.«

Der Däne lächelte. »Sie haben recht, Peter, ich habe Ihnen etwas verschwiegen, doch nicht mit böser Absicht. Ich wollte Ihnen erst morgen zeigen, was wir gefunden haben. Und so wird es auch kommen. Aber ich will ihnen nun schon verraten, worum es sich handelt: einen gut erhaltenen, großen Bilderstein, umfasst von einem Runenband, das eine Widmung enthält. Rätselhaft ist vor allem die von dem Schriftzug eingerahmte Figur. Wir hoffen, dass wir weitere Texte oder Artefakte finden, die uns verraten, was hier passiert ist.«

0 9

In dem Zelt, das Madsen nahe an der Felswand der Carrière hatte aufstellen lassen, war es unerwartet angenehm. Conrad schätzte die Innentemperatur auf wenigstens zehn Grad, die Luftfeuchtigkeit war nicht so hoch wie befürchtet und der eisige Wind war ausgesperrt. Hätte er einen Wunsch frei gehabt, dann den, dass das Zelt aus transparenter statt gelblich-weißer Folie bestünde. Was ein wenig störte, war das Dauergeräusch von Gebläse und Pumpen. Aber daran gewöhnte man sich wahrscheinlich genauso schnell wie an das Summen des Computerlüfters in seinem Arbeitszimmer in der Universität. Er war froh, dass sich seine anfänglichen Befürchtungen, was Arbeits- und Wohnbedingungen anging, nicht bewahrheitet hatten. Sogar geschlafen hatte er ordentlich; und die Kabinen stellten sich als durchdachte Konstruktionen heraus.

Herjolfsson zeigte auf einen Abschnitt, in dem eine junge Frau mit einem Messer Tierknochen, wie Conrad sofort erkannte, freilegte. »An dieser Stelle haben wir die ersten Funde gemacht, nachdem uns die örtliche Polizei kontaktiert hatte. Ein amerikanisches Touristenpaar hatte die Entdeckung einer 'mit Knochen übersäten' Fläche gemacht. Wahrscheinlich auf der Suche nach einem Zeltplatz mit beeindruckender Weitsicht. Es ist ein Glücksfall, dass sie ihre Entdeckung überhaupt gemeldet haben... Sie müssen wissen, dass das Zelten nur auf offiziellen Campingplätzen, wie am Fuße des Mont Albert, erlaubt ist. Sicher sind schon Hunderte Wildcamper hier gewesen, aber bis dato hatte entweder niemand die Knochen bemerkt oder Meldung gemacht, denn die Geldstrafen sind drastisch.«

»Aber ein paar Oberflächenfunde von alten Knochen rechtfertigen noch keine großangelegte Grabungskampagne…«

»Natürlich nicht, Peter. Zumal wir Archäologen aus einem solchen gestörten Befund auch kaum etwas herauslesen konnten. Auffällig war aber, dass praktisch alle Knochen Brandspuren aufwiesen und Jungtieren zugeordnet werden mussten.«

»Verstehe. Kein Mensch, der unter solchen Bedingungen überleben will, würde Kälber, Ferkel, Lämmer oder ein Zicklein schlachten, wenn sie als Nahrung bestimmt wären.«

Jetzt schaltete sich Madsen ein. »Exakt. Wir hatten typische Anzeichen für einen Opferplatz vor uns, fanden aber lange Zeit keine Hinweise, wessen rituelle Vorstellungen hier bedient wurden. Bis wir auf eine Gürtelschließe und zwei Gewandspangen stießen. Und diese beiden Fibeln waren mit ihren Greiftieren eindeutig der Urnes-Periode zuzuordnen.« Die beiden skandinavischen Archäologen ließen Conrad Zeit, diese Erkenntnis zu verarbeiten, und beobachteten die junge Frau beim Säubern eines kleinen Femurs.

»Wir hatten einen Wikingerfundplatz, manche sagen den zweiten, auf dem amerikanischen Kontinent entdeckt«, resümierte Herjolfsson. »Und zwar einen, der auf dem Festland liegt und nicht auf einer vorgelagerten Insel. Ich persönlich halte Neufundland nämlich lange noch nicht für Amerika.« Er blickte breit grinsend zu Madsen, der nicht darauf einging.

»Sie können sich vorstellen, dass der Fund wikingischer Kleidungsbestandteile sehr schnell diese großartig organisierte Kampagne zur Folge hatte.«

»Jetzt wird mir Einiges klar«, bemerkte Conrad. »Das hat natürlich außer der archäologischen Sensation auch noch andere Implikationen. Deshalb diese Eile und die Geheimniskrämerei, verstehe…«

Zu seiner Verwunderung verabschiedete sich Madsen kurz angebunden. »Sie werden mich jetzt entschuldigen, Peter. Ich muss nachsehen, ob der neue Abschnitt, den wir gestern erst aufgemacht haben, erfolgversprechend ist. Bjarni wird sein Bestes tun, Ihre Fragen zu beantworten.«

Auch der Erwähnte wirkte verdutzt. »Nun gut. Kommen Sie, Peter.« Herjolfsson führte ihn an das andere Ende des langen Zeltes. »Wenn Sie unseren bisher wichtigsten Fund sehen, werden Sie verstehen, warum wir so viele Fragen haben.«

Ein junger Mann mit dunklen Haaren und schmalem Gesicht kratzte mit sehr kurzen Bewegungen Erdreich von einer großen Steinplatte. Als er Herjolfssons Stimme hörte, drehte er sich um und stand auf, um den Blick auf sein Arbeitsobjekt freizugeben.

»Das ist Maurice Perrichon. Er ist ebenfalls Ethnologe und hat unter der Leitung von Jean Scotte gearbeitet – unser verunglückter Kollege, von dem ich Ihnen bereits berichtet habe«, stellte Herjolfsson vor.

Perrichon streckte Conrad die Hand entgegen und begrüßte ihn zu dessen Erleichterung auf Englisch. »Willkommen in Kanada. Sie sind gerade rechtzeitig auf Carrière eingetroffen, Peter. Wir sind soweit, dass wir heute die Stele umdrehen und für die Bergung vorbereiten können.«

Herjolfsson schaltete sich wieder ein. »Wenn Sie nichts dagegen einzuwenden haben, dann würde ich vorschlagen, dass Maurice Sie bei Ihrer Arbeit unterstützt. Sie werden sich gut verstehen.«

»Ich habe natürlich keine Einwände. Ich freue mich, zumal mir augenscheinlich ein Französisch-Schnellkurs erspart bleibt.« Er blickte zu Perrichon, der seinem Gesichtsausdruck nach zu urteilen kein Deutsch verstand. Conrad wiederholte sein Einverständnis auf Englisch. Diesmal lächelte der Kanadier und blieb wortlos neben ihnen stehen.

Vor ihnen lag eine Steintafel von vielleicht einem Meter Höhe und achtzig Zentimeter Breite. Sie wies nur ein zentrales

Motiv auf, eine für den nordischen Kulturkreis völlig untypische Gestalt: ein Monster, das Conrad – hätte es nicht so explizit Merkmale eines Insekts gehabt – am ehesten in Mesoamerika verortet hätte. Aber auch dort wäre die seltsame Darstellung aufgefallen.

»Was sagen Sie? Das ist kein Odin, kein Thor oder Riese. Mir fällt überhaupt keine Figur ein, mit der man es vergleichen könnte.« Herjolfsson wirkte zum ersten Mal, seit Conrad ihm begegnet war, aufgeregt.

Er selbst war verwirrt, aber fasziniert. Endlich hatte er einen Grund, sich mit dieser Kampagne anzufreunden. »Das ist... einzigartig... sensationell«, war alles, was er hervorbrachte.

»Wir haben eine Umzeichnung angefertigt, bei der man die Details wesentlich besser erkennen kann.« Der Norweger zog ein Blatt aus seiner dicken Ledermappe, faltete es auseinander und reichte es Conrad.

Das Abbild des Monsters auf der Steinplatte war so gut wie unversehrt, so dass man jedes Detail der gemeißelten Darstellung in Herjolfssons Umzeichnung erkennen konnte. Es gab keinen Zweifel, die Figur hatte etwas Insektoides. Ein wenig sah es aus, als stecke der Kopf der Kreatur in einem Helm. In den Klauen ihrer sechs Arme hielt sie jeweils einen Totenschädel, wobei die am dritten Beinpaar eher wie aufgespießt wirkten. Sie besaß aber auch noch zwei Beine, die jeweils in einer einzigen Kralle ausliefen, was die Theorie vom Insekt wackeln ließ. Sie hatten es eher mit einem Spinnentier zu tun. Doch auch diese Deutung beantwortete nicht die Frage, warum das Geschöpf ganz eindeutig eine Wirbelsäule und ein Becken besaß.

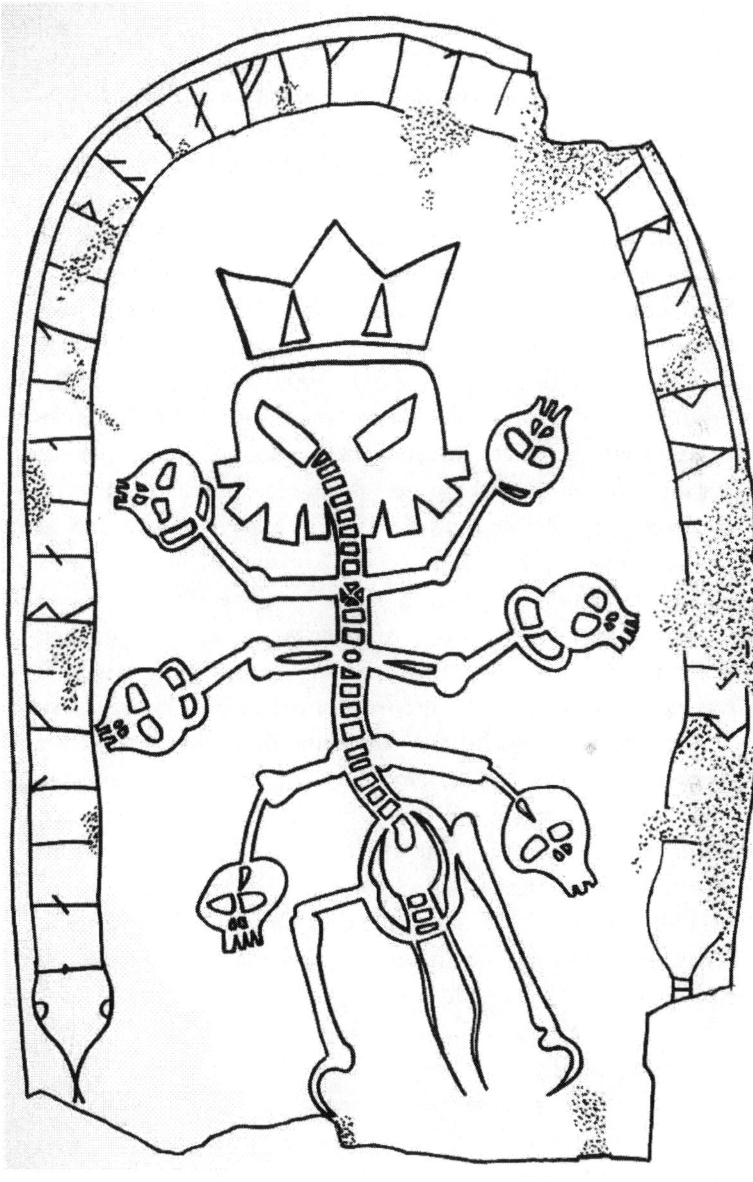

»Ich habe noch nie etwas Vergleichbares in der Literatur gesehen«, versuchte Conrad seine Eindrücke zu schildern. »Auf der einen Seite eine absurde Kombination aus menschlichen und tierischen Merkmalen, auf der anderen eine Detailtreue, die nahelegt, dass der Künstler etwas abbildet, was er mit eigenen Augen gesehen hat.«

Herjolfsson tippte ungeduldig auf die Umzeichnung in Conrads Händen, der seinen Blick immer noch nicht von der Steinplatte hatte lösen können. »Das hier, Peter. Was halten Sie davon?«

Conrad senkte seinen Blick und verstand sofort, wovon der Ethnologe sprach. Auf dem massigen Schädel (oder Chitinpanzer?) thronte eindeutig eine Krone. Auf der Stele, die vor ihm lag, war das wegen der jahrhundertealten Patina kaum zu erkennen. Die Zeichnung war umso eindeutiger, und er zweifelte nicht daran, dass die tatsächlichen Umrisse korrekt herausgearbeitet worden waren. »Eine Krone?«

Herjolfsson zog als Ausdruck seiner Ratlosigkeit Augenbrauen und Schultern hoch. »Ja, exakt, Peter. Das stellt uns vielleicht vor ein noch größeres Rätsel als die Gestalt selbst. Ungeheuer, Monster, Fabelgestalten sind in der Mythologie des Nordens keine Seltenheit. Doch wird ihnen im Allgemeinen keine solche Verehrung entgegengebracht, wie man sie hier sehen kann. Man betrachtet solche Geschöpfe mit Respekt und mit Furcht. Aber das hier ist…«

»Ungewöhnlich, in der Tat«, half Conrad. »Ich kenne so etwas Ähnliches eigentlich nur von den mittelamerikanischen Kulturen. Wenn ich an die Seelenfresserin denke, vielleicht noch von den Ägyptern. Aber auch da würde ich eigentlich nicht von Verehrung sprechen.«

»Sie sehen, wo die Herausforderung liegt. Ich – und ich bin mir sicher, alle anderen auch – würde zu gerne herausfinden, womit wir es zu tun haben.«

Sie standen noch einige Minuten wortlos da und starrten auf die Steinplatte, bevor sie sich in Richtung der Unterkünfte aufmachten.

Während Herjolfsson einen löslichen Kaffee und für sich selbst einen schwarzen Tee aufgoss, brütete Conrad über der Umzeichnung der Steinstele.

»Vielleicht haben wir es auch mit einem ganz anderen Kulturkreis als den Wikingern zu tun«, gab er zu bedenken.

»Das wiederum glaube ich nicht.« Der Forscher stellte die Getränke neben die Zeichnung. »Damit wir uns nicht missverstehen, Peter. Der Begriff 'Wikinger' ist ja etwas schwammig, oder vielmehr irreführend. Die Völker, die wir heute mit dem Begriff 'Wikinger' meinen, hätten sich selbst niemals so bezeichnet. Es würde zu weit führen, all die Literatur und alten Quellen zur Entwicklung und Veränderung der Wortbedeutung heranzuziehen. Deshalb nur kurz eine Begriffsklärung, damit wir auf der Carrière alle von der gleichen Sache sprechen.« Er kippte Unmengen Zucker in seinen Tee und rührte während der gesamten folgenden Erklärung. »Im Grunde genommen waren die 'Wikinger' die Männer von Nordvölkern einer bestimmten Zeitstellung, deren Lebensgrundlage zu einem beträchtlichen Teil in Raubzügen bestand. Wir reden also im Grunde genommen von gut organisierten Seefahrern, die von dem lebten, was man am ehesten als Piraterie bezeichnen würde, ohne dabei in der eigenen Gruppe einer Ächtung zu unterliegen – im Gegenteil, sie waren stolz darauf. Vor diesem Hintergrund ist auch klar, dass der Gebrauch der Bezeichnung 'Wikingerin' eigentlich skurril ist, denn unter diesen Seefahrern gab es gar keine Frauen.«

Conrad nickte, so hatte er das noch nicht betrachtet.

»Diese Männer selbst sprachen allenfalls davon, dass sie auf eine lange Seefahrt, die Viking, gingen. Wenn wir heute von

Wikingern sprechen, dann meinen wir eine ganze Gruppe nordischer Völker mit weitgehend homogenen Mythen und religiösen Vorstellungen. Verwandt waren sie mit dem, was wir als 'germanisch' bezeichnen, aber auch das ist wieder ein Thema für sich. Es gibt trotz großer geographischer und kultureller Bandbreite eine enge sprachliche Verbindung unter diesen Völkern und von der Frühgeschichtsforschung eindeutig herausgearbeitete Kunststile, die sich mit bestimmten Epochen verbinden lassen.« Herjolfsson nahm einen Schluck seiner, nach Conrads Meinung völlig überzuckerten, Brühe. »Vor der Etablierung des Begriffes 'Wikinger' hat man meist von 'Nordmännern' gesprochen. Aber weil wir auf der Carrière genau passende, in ihrer ethnischen Herkunft nicht diskutierbare Kunstgegenstände gefunden haben, bleiben wir der Einfachheit halber bei 'Wikingerfundplatz'.«

»Ja die Gürtelschließe und die Gewandspangen hatte ich fast vergessen... Was ist mit den Runen?«

»Vom Inhalt recht uninteressant. Genau das, was man erwarten würde. Es ist eine Widmung, die in etwa 'Helgi' oder 'Helge errichtete diesen Stein zum Gedenken an seinen Bruder Ketil' bedeutet. Nicht ganz eindeutig, denn da es im verwendeten Runenalphabet keine Zeichen für die Vokale E und O, und auch nicht für D, G oder P gibt, muss man immer ein wenig improvisieren. Der Name Sven beispielsweise findet sich oft in der Schreibweise 'suin' wieder. Sie sehen, was ich meine. Zudem ist der Rand der Steinplatte stellenweise beschädigt. Die Zeichen selbst stellen eine Futhark-Variante dar, die am besten in den norwegischen oder schwedischen Raum passt. Sicher ist nur, dass es keine dänischen Runen sind, woran Stefan übrigens knabbert, auch wenn er es nicht zeigt.« Herjolfsson grinste breit.

Conrad war enttäuscht. Diese Erkenntnisse würden zur Klärung der Befunde nichts beitragen.

»Ein wenig interessanter ist schon die Tatsache, dass der Schreiber kein guter Schriftgelehrter war. Erstens sind die Zeichen zum Teil falsch, oder eine bisher unbekannte Variante, zweitens in der Wortschreibung nicht immer so, wie wir das erwarten. Ich würde allerdings nicht so weit gehen, sie als falsch zu bezeichnen.«

»Zu Deutsch: Dieser Stein ist aufsehenerregend, aber für unsere Forschungsarbeit eigentlich kaum von Nutzen«, fasste Conrad zusammen.

»Langsam, langsam, Peter. Ich würde die Flinte nicht so schnell ins Korn werfen. Aus meiner Sicht erzwingt das Fehlen weiterer Texte auf der Bildseite gewissermaßen etwas Erhellenderes auf der Rückseite. Warten Sie, bis–«

Die Tür wurde aufgerissen und ein junger Mann, der Panik nahe, redete auf Französisch auf Herjolfsson ein. Conrad verstand nur so viel, dass Professor Madsen erwähnt wurde. Herjolfsson erhob sich mit fassungslos verwirrtem Gesichtsausdruck. »Kommen Sie mit, Peter. Es ist etwas Schreckliches passiert.«

10

Conrad folgte Herjolfsson, der mit einem unterdrückten Fluch hinter dem Franzosen hereilte, der sich im Laufschritt entfernte. Im Vorübergehen griff er ihre Jacken, die sie beim Betreten des Arbeitszimmers abgelegt hatten. Das Camp war leer, als sie es nun in Richtung des Grabungsleitungs-Containers durchquerten. Der aufgebrachte Franzose, so viel entnahm Conrad Herjolfssons ständig wiederholter Anrede, hieß Allard. So wie er zuvor bei ihnen hereingestürzt war, riss er nun auch die Tür zu Madsens Büro auf.

Der Däne blickte empört auf, erfasste dann offenbar, was Allard als Wortschwall auf ihn niedergehen ließ, und sprang kopfschüttelnd auf.

Conrad reichte Herjolfsson dessen Jacke. »Würden Sie mir jetzt freundlicherweise sagen, was Allard so aus der Fassung gebracht hat?«

Herjolfsson blickte ihn einen Augenblick stumm an.

Dann schob sich Madsen zwischen ihnen durch die Tür. »Mitkommen. Alle beide.«

Ihr Weg durch den Tiefschnee war durch einige Spuren vorgezeichnet. Als sie nun erneut über die Abdrücke stapften, dachte Conrad unwillkürlich an Kommissar Keller in Ost-Berlin, der sich über diese Vernichtung möglicher Hinweise mächtig geärgert hätte. Schwer beladen hingen die Zweige der Fichten bis auf Kopfhöhe herunter, der Schnee selbst reichte Conrad hier, abseits des geräumten Wegs zwischen Camp und Fundstelle, bis an die Oberschenkel. Jetzt begriff er, dass es wirklich keine andere Möglichkeit gab, hierher zu gelangen, als den Hubschrauber.

Man konnte sich kaum fortbewegen – und es war völlig unmöglich, keine Spuren dabei zu hinterlassen.

Der Weg war nicht sehr weit, führt aber an der Flanke des Berges ein Stück hangaufwärts, und Conrad war nach drei Minuten außer Puste. Madsen hielt einige Schritte vor ihm an und sah sich nach ihm und Herjolfsson um. Dann wandte er sich an Allard und es folgte ein kurzer Wortwechsel. Der junge Mann wies mit ausgestrecktem Arm in südwestliche Richtung, schluckte schwer und stellte dann recht kleinlaut eine Frage.

Conrad konnte sich vorstellen, worum es dabei gegangen war, als Madsen den Franzosen mit einem abschätzigen Blick maß und murmelte: »Nun gut, man muss wohl froh sein, dass es nicht die Bowers war, die den Fund gemacht hat.«

Conrad erinnerte sich nach einem Moment des Nachdenkens, dass 'die Bowers' eine Amerikanerin war, die zwar eine archäologische Ausbildung hatte, aber die Unternehmung in erster Linie journalistisch begleitete. Er hatte sie gestern Abend kurz kennengelernt.

Allard sah sehr erleichtert aus, als Madsen ihm eine knappe Antwort auf Französisch gab, die nur bedeuten konnte, dass er genau hier auf sie warten und sich nicht vom Fleck bewegen solle.

Conrad wurde noch unwohler. Was sie wenige Meter weiter vorfanden, erinnerte ein wenig an verstreut herumliegende Kleidungsstücke. So eine Spur wie sie in schlechten Romantikfilmen darauf verwies, dass ein turtelndes Pärchen schon im Flur nicht die Hände voneinander lassen konnte und sich auf dem Weg zum Schlafzimmer aller Bekleidung Stück für Stück entledigt hatte. Als Erstes sah er nur eine undefinierbare, dunkle Schmierspur an einem der hohen Stämme, dann aber folgte eine faustgroße organische Masse, die allzu deutlich wie geronnenes, gefrorenes Blut aussah. Er konnte trotz seiner anatomischen Kenntnisse nicht vermuten, worum es sich handelte.

Madsen sprach kein Wort mehr und eilte an diesem und einer Reihe weiterer blutiger Fundstücke vorbei. Dann blieb er wie vom Donner gerührt stehen, und hätte er nicht zufällig in diesem Moment aufgeblickt, wäre Conrad gegen ihn gelaufen. »Grundgütiger«, war alles, was der Wissenschaftler von sich geben konnte.

Herjolfsson hatte endlich wieder zu ihnen aufgeschlossen und wechselte einen besorgten Blick mit Conrad. Dann schoben sie sich gleichzeitig neben Madsen in die Lücke zwischen zwei starken Fichtenstämmen, die eine Lichtung umstanden.

Conrads Atem kam abrupt zum Stillstand, sein Herz fing im Gegenzug an, wie verrückt zu rasen. Als er endlich wieder Luft in seine Lungen zwingen konnte, wurde ihm schlagartig speiübel.

Herjolfsson würgte bereits; nur Madsen starrte vollkommen regungslos auf die Szene, die sich auf der Lichtung darbot: Wie eine übergroße Puppe ohne stabile Gliedmaße hing eine vage menschliche Form in den Ästen eines kleinen Strauches. Als hätte etwas mit roher Gewalt den Körper durch die Luft geschleudert, bis er so zu liegen kam. Teile der Arme und Beine fehlten, Stücke waren aus dem großen Oberschenkelmuskel gerissen; der linke Unterschenkel samt Fuß war mehrere Meter vom Rumpf entfernt und stand aufrecht im Schnee. Conrad blickte auf den heraustretenden Tibiakopf, den er präpariert und auch in Mumien unterschiedlicher Art schon so häufig untersucht hatte. Nun, mit Fleisch und Blut, bekam das alles einen ganz anderen Beigeschmack. Er schluckte hektisch gegen den Speichel an, der ihm immer noch in den Mund schoss, und war beinahe selbst überrascht, dass er sich noch nicht in die Büsche übergab, wie Herjolfsson es nun tat. Man konnte es dem Archäologen kaum verübeln. Überall lagen kleine und große Stücke herum, die noch vor relativ kurzer Zeit Teil des armen

Teufels gewesen waren, der zerfleischt, ja zerfetzt in diesem Gebüsch hing.

Als Conrad seinen Blick ein wenig länger auf der Leiche ruhen lassen konnte, erkannte er, dass Brustkorb und Bauch größtenteils geöffnet sein mussten, denn es hingen einige Eingeweide gut sichtbar bis zu dem abgerissenen Knie herunter. Wie in einem Alptraum, oder einem abgedrehten Horrorfilm, bewegte er sich näher auf die Überreste zu, ohne das anfangs zu realisieren. Erst als Madsen ihn am Oberarm packte und aufhielt, wurde ihm klar, dass er nur noch drei oder vier Meter vom grausig entstellten Leichnam entfernt stand.

»Grundgütiger.« Madsen räusperte sich, und das Geräusch war erschreckend laut.

Conrad wankte einige Schritte zurück. »Was zum Teufel...«, er musste erneut schlucken. »Was ist hier passiert?« Sein Blick war wie auf die Verletzungen, die zerrissenen Gewebestücke, Knochen und die zu grotesken Eiszapfen gefrorenen Teile des Dünndarms getackert. Er konnte nicht wegsehen und befürchtete, nie wieder schlafen zu können. Sicherlich brannten sich diese Bilder gerade unauslöschlich in seine Retina ein.

Bevor Madsen und Conrad noch ein Wort wechseln konnten, bemerkten sie die Unruhe am Rand der Lichtung. Herjolfsson sprach mit jemandem, ziemlich aufgebracht. Es war nicht Allard, der dort neben dem Deutsch-Norweger stand, sondern eine Frau. Sie war Conrad gestern schon aufgefallen, auch wenn er sie nur für einen kurzen Moment gesehen hatte – ihr Aussehen war ausgesprochen ungewöhnlich, denn sie sah genau so aus, wie man sich gemeinhin die Eskimo vorstellt. Conrad hatte von Herjolfsson erfahren, dass sie Tshakapesh hieß und etwa in seinem Alter war. Sie war Spezialistin für die Ethnologie und Archäologie der indigenen Bevölkerung Ost-Kanadas, und außerdem anscheinend aus irgendwelchen politischen Gründen von Bedeutung. Es hatte ihn nicht besonders interessiert, wenn er ehrlich war. Er trug hier keinerlei Verantwortung und sah es damit als sein gutes Recht an, sich aus Ränkespielen, Lobbyinteressen und Fragen der Political Correctness völlig herauszuhalten. Nur Herjolfsson Tonfall war ihm etwas seltsam vorgekommen, er hatte aber nicht nachgehakt. Conrad machte sich sowieso lieber selbst ein Bild von den Leuten, mit denen er arbeitete – wenn er mit dieser Tshakapesh überhaupt näher zu tun haben würde.

Die schmalen, dunklen Augen der Frau sahen genau in ihre Richtung, oder wahrscheinlich eher auf die Leiche neben ihnen. Herjolfsson sagte etwas zu ihr, und sie fuhr ihn heftig an. »Die Katshituashku! Wir haben sie geweckt. Katshituashku…«

Conrad hatte nicht die blasseste Ahnung, wovon die Inuit sprach, aber Madsen neben ihm wirkte mit einem Mal wütend und setzte sich in Bewegung. Er marschierte zum Rand der Lichtung, und Conrad war froh, den fürchterlichen Ort hinter sich zu lassen. Er folgte dem Grabungsleiter, ohne sich noch einmal nach den menschlichen Resten umzudrehen.

»Tshakapesh. Haben Sie Ihr Gewehr dabei?«

Die kleine, kompakte Frau trug tatsächlich eine Langwaffe auf ihrem Rücken. Sie zog den Riemen nun mit einem geübten Handgriff über ihren Kopf und legte das Gewehr quer vor ihre Brust. »Natürlich.« Sie fand es offensichtlich unbegreiflich, dass keiner der Männer eine Waffe bei sich trug.

»Gut. Sie bleiben hier.«

Madsen, Herjolfsson, Conrad und Allard eilten zum Camp zurück. Als die vier bei den Containern ankamen, erwartete sie eine weitere Überraschung. Ein Mann, etwa sechzig Jahre alt, stieg gerade die letzten Stufen der Metalltreppe zum Container der Grabungsleitung herunter und wandte sich in Richtung der Ausgrabungsfläche.

»Was macht denn der Alte hier?«, entfuhr es Herjolfsson.

Madsen nickte. »Gute Frage. Wo kommt der her?« Er ging schnurstracks auf den Mann zu, der Conrad völlig unbekannt war. »Professor Rousseau. Seit wann sind Sie...? Ich meine, gut dass Sie vor Ort sind.«

Dieser Rousseau reichte Madsen die Hand, wandte sich dann auch an Herjolfsson. »Ich weiß, Sie haben nicht mit mir gerechnet. Ich bin schon seit gestern Abend hier.« Als er den verwirrten Blick der beiden Forscher sah, ergänzte er: »Ich bin von der Straße hergewandert. Sie wissen, wie ich diese Art von Wanderung liebe.«

»Und wie sehr Sie den Helikopterflug verabscheuen, ja, ich weiß«, bemerkte Herjolfsson.

Rousseau lachte. »In der Tat, Bjarni. Und Sie sind?«

»Conrad. Peter«, brachte er gerade noch heraus.

»Wissen Sie, ich würde ja gern diese Plauderei mit Ihnen fortsetzen«, schaltete Madsen sich ein, als Conrad und Rousseau Hände schüttelten, »aber leider haben wir da ein gewaltiges Problem. Fujimoto wurde von einem Bären gefressen.«

11

Da es in Sainte-Anne keine Kriminalpolizei gab und die meisten Vergehen in dieser Region mit Fischerei oder Wilderei in Zusammenhang standen, schickte man Claire Grandère und Pierre Trudeaux. Die beiden Polizisten waren dem blutigen Tatort kaum besser gewachsen als Allard, Herjolfsson und Conrad, der sich nach einigem Zögern bereit erklärt hatte, den Polizisten mit seinen Kenntnissen in Anthropologie zur Seite zu stehen. Herjolfsson fungierte als Dolmetscher. Tshakapesh, die als einzige vor Ort geblieben war, während Herjolfsson und Conrad die Polizei benachrichtigt hatten, wirkte erstaunlich gefasst. Sie hatte mit ihrem Gewehr bewaffnet Wache gehalten für den Fall, dass der Bär zurückkam. Auch jetzt beobachtete sie aufmerksam die Umgebung.

»Um diese Jahreszeit sind Unfälle mit Bären nicht ungewöhnlich, deshalb schärfen wir allen ein, egal ob Touristen, Wissenschaftlern oder Monteuren, die die Stromleitung reparieren, nicht ohne Gewehr in die Wälder zu gehen.« Grandère rollte den abgerissenen Ärmel einer Daunenjacke zusammen und steckte sie in eine durchsichtige Asservatentüte.

»So einen extrem blutigen Angriff durch einen Bären habe ich aber noch nie gehabt, Claire. Die fressen ihre Beute, aber sie zerfetzen sie nicht. Nur einmal habe ich etwas Ähnliches gesehen, da hatte ein völlig durchgeknallter Typ seinen Nachbarn zerstückelt und durch einen großen Häcksler gejagt… für nichts.« Trudeaux schüttelte den Kopf, als er an diesen beinahe zehn Jahre zurückliegenden Fall dachte.

Grandère hob mit spitzen Fingern einen schmalen Langknochen hoch, an dessen einem Ende noch Reste von Fleisch hingen, und sah fragend zu Conrad.

Trotz einer gewissen Routine im Umgang mit Toten, kostete es den Anthropologen einige Überwindung, das Fundstück näher zu betrachten. Mumifizierte Ägypter oder Moorleichen waren etwas ganz anderes als dieser zerrissene Japaner, den er gestern Nachmittag noch bei der Fundbearbeitung in einem der Container gesehen hatte. »Wadenbein, Fibula«, sagte er an Herjolfsson gewandt, der für die kanadischen Ermittler übersetzte. Die Polizistin verstaute den Knochen ebenfalls in einer Plastiktüte und beschriftete sie.

»Was mag er nur hier oben gewollt haben? Es wissen doch alle, dass wir in den Wäldern nicht willkommen sind«, bemerkte Tshakapesh. Als niemand sich angesprochen fühlte, richtete sie das Wort an die Polizisten. »Was wird als Nächstes passieren? Ich meine, solche... Unfälle sind ja nicht selten. Wir müssen mit unserer Arbeit fortfahren; es wird doch nicht zu unnötigen Behinderungen kommen?«

Trudeaux erklärte ihr, dass jeder nicht natürliche Todesfall, und dazu gehöre auch der Angriff eines Bären, polizeilich untersucht würde. »Und angesichts dieser ungewöhnlich heftigen Attacke halte ich das für umso wichtiger, Madame...«

»Tshakapesh, Apikusis Tshakapesh.«

»Wir müssen in jedem Falle ausschließen, dass das Tier Tollwut oder eine andere Seuche verbreitet. Dazu müssen wir das Opfer auf etwaige Spuren untersuchen.«

Herjolfsson übersetzte Trudeauxs Antwort für Conrad, der verständig nickte und anmerkte, dass die Theorie von der Bärenattacke ja noch lange nicht bewiesen sei. »Was soll es denn sonst gewesen sein, Peter?«, entgegnete Herjolfsson, anstatt Conrads Bedenken für die Polizisten zu übersetzen. »Etwa der Katshituashku, vor dem die Kollegin Tshakapesh solche Angst hat? Sie haben doch gerade gehört, dass Attacken von hungrigen Bären in dieser Gegend keine Seltenheit sind.«

Als sie ihren Namen vernahm, schaltete Tshakapesh auf Englisch und wandte sich direkt an Conrad. »Monsieur Conrad, ich habe diese Waffe nur in der Hand, weil alle das hier für einen Angriff durch einen Bären halten und sich so sicherer fühlen. Glauben Sie mir, wenn ich Ihnen versichere, dass es kein Bär war. Wir haben an diesem Ort nichts zu suchen.«

Der Deutsch-Norweger reagierte vor Conrad. »Das gehört nicht hierhin. Nehmen Sie sich zurück, Apikusis, und behalten Sie Ihre Gespenstergeschichten für sich! Das will niemand hören, und es ist alles andere als hilfreich. Es ist mir verdammt ernst damit. Ein Mitglied unseres Teams ist ums Leben gekommen.«

Conrad grübelte, er hatte ihrem Disput kaum zugehört. »Sagen Sie, Bjarni, woran ist eigentlich mein... Vorgänger, dieser Jean Scotte, gestorben? Und jetzt sagen Sie mir bitte nicht, dass er ebenfalls dem Angriff durch einen umherstreunenden Bären zum Opfer gefallen ist.«

Herjolfsson winkte ab. »Unsinn. Verkehrsunfall.«

Die beiden Polizisten brachten gerade die zweite Aluminiumkiste von der Lichtung herunter, in die sie Fujimotos Torso gelegt hatten. Die andere Box enthielt die kleineren Körperteile und alle restlichen Fundstücke, hauptsächlich Kleidungsreste. Diese befand sich bereits im Helikopter.

Jacques war mit den Vorbereitungen für den Start beschäftigt. Er würde Grandère und Trudeaux in Saint-Anne absetzen und die Bölkow 105 für den Flug nach Quebec volltanken. Dort würde man die Überreste des japanischen Laborassistenten einer Autopsie unterziehen, um die Todesursache und, falls möglich, die Frage nach dem Verursacher zu klären. Zusätzlich sollten in der Universität Gewebeproben untersucht werden, damit die erforderlichen

Maßnahmen ergriffen werden konnten, sollte Tollwut oder eine andere Seuche im Spiel sein.

Conrad dachte immer noch darüber nach, in welcher Raserei das Tier sich befunden haben musste, um den Japaner dermaßen zu zerstückeln. Raserei schien ihm der richtige Begriff, denn gefressen hatte der Bär Fujimoto nicht – soweit er das anhand der vorhandenen Knochen und Körperteile abschätzen konnte. Was so gar nicht zu Herjolfssons Geschichte vom hungrigen Bären passen wollte... Langsam wich sein Entsetzen wieder dem professionellen Interesse an toten Körpern, wie er mit einiger Verwunderung feststellte. Irgendetwas störte ihn an der propagierten Version Bärenattacke... aber noch formte sich aus dem Unbehagen kein alternatives Bild der Geschehnisse. Und dann diese Tshakapesh mit ihren seltsamen Andeutungen. Er musste Fujimoto, vielmehr dessen Torso, noch einmal sehen.

Er lief hinüber zu Grandère und Trudeaux, die mit der Aluminiumbox, die genau wie die erste Kiste eigentlich zur Ausrüstung der Grabungskampagne gehörte, zum Hubschrauber unterwegs waren. Mit aufgeregtem Gestikulieren schaffte er es schließlich, dass die Polizisten die Metallkiste abstellten. *Die beiden verstehen tatsächlich kaum ein Wort Englisch*, dachte Conrad. Er öffnete die beiden Klappverschlüsse, atmete tief durch und öffnete den Deckel. Der Anblick war immer noch grauenhaft, aber er zwang sich, den Blick auf die klaffende Wunde zu richten, die vom Brustbein bis fast zum Schambein reichte. Wie die beiden Provinzpolizisten es fertiggebracht hatten, die Gedärme wieder in die Leibeshöhle zu legen, konnte er sich nicht vorstellen, aber es beeindruckte ihn. *Was stimmt hier nicht? Konzentriere dich*, ermahnte er sich. Dann verstand er plötzlich. Die Wundränder waren auffällig glatt. Er war kein Fachmann für Forensik oder Wildtiere, aber die krallenbesetzte Pranke eines Bären hätte doch wohl wesentlich gezacktere Wundränder hinterlassen. Fujimotos Körper sah aus, als wäre er aufgeschlitzt, nicht aufgerissen worden. Noch auffälliger war dies an Pullover und Unterhemd, die sich zusammengeknüllt unter dem Körper des Opfers befanden. Conrad zog die blutgetränkten Kleidungsstücke auseinander und strich sie im Deckel der Aluminiumkiste glatt. Hatte das denn niemand bemerkt? Die Sachen sahen eindeutig wie aufgeschnitten aus, da gab es für ihn gar keinen Zweifel. Besorgt blickte er sich nach Grandère und Trudeaux um, aber die waren schon am Helikopter und sprachen mit Madsen. Was sollte er tun? Hatten die beiden Polizisten diese Hinweise bemerkt? Er bezweifelte das, so wie er die Kleidungstücke vorgefunden hatte, doch jede gerichtsmedizinische Untersuchung würde die Wahrheit schnell offenbaren.

Er würde abwarten und herausfinden, was Madsen von der Polizei erfahren hatte. Nein, er würde nicht von sich aus insistieren, denn die Geschichte vom wildgewordenen Bären war eindeutig im Interesse der Grabungsleitung. Wie Herjolfsson die Tshakapesh vorhin angefahren hatte... Er musste sie fragen... Und wer war dieser Rousseau, vor dem alle zu kuschen schienen, und der wie aus dem Nichts aufgetaucht war?

Conrad stopfte die Kleidung des Laborassistenten wieder in die Kiste und verriegelte die Schnappverschlüsse. Dann winkte er Grandère und Trudeaux zu, damit sie die Aluminiumbox zum wartenden Hubschrauber brachten.

Es war schon fast halb vier am Nachmittag und die Dämmerung setzte bereits ein, als der Hubschrauber außer Sichtweite verschwand. Das Lager der Archäologen war in Aufruhr, als Conrad mit den anderen von der Landeplattform herunterstieg. Trotz der ungemütlichen Temperaturen standen beinahe alle Teilnehmer der Expedition im Freien und unterhielten sich in einem babylonischen Gewirr aus Norwegisch, Französisch, Englisch und einer ihm völlig unbekannten Sprache – sie verstummten allerdings, als sie Madsen sahen.

»Sie gehen sich jetzt besser alle etwas frischmachen. Ich weiß, dass Sie Gerüchte gehört haben, aber ich bitte Sie, lassen Sie uns in Ruhe alles aufklären. Wir treffen uns in zwanzig Minuten im Saal.« Damit verschwand Madsen. Conrad beobachtete, wie die Mannschaft sich daraufhin fast stumm verstreute und durch die verschiedenen Türen in den Container-Stirnseiten verschwand. Madsen hatte seinen Laden im Griff, so viel war klar. Nur eine Handvoll dick eingemummelter Personen blieb noch einen Augenblick länger stehen. Sie warfen Conrad einen neugierigen Blick zu, wie er ganz allein dort stand.

Er gab sich einen Ruck und ging zu der Frau und den drei Männern hinüber. Leider war diese Tshakapesh nicht dabei. Er hatte nicht mitbekommen, wann und wohin sie verschwunden war. Aber wenn alle Madsens Anweisung folgten, würde sie gleich im Saal anwesend sein. »Hallo«, grüßte er auf Englisch. »Peter Conrad, der neue Anthropologe.«

»Ja, wir wissen schon«, antwortete einer der Männer etwas gereizt. »Was auch immer Professor Rousseau hier mit einem Anthropologen will.«

»Hören Sie gar nicht auf ihn. Das sind nur die Nerven«, fuhr die Frau dazwischen und reichte Conrad die Hand. »Bowers. Und das sind James Sapfield«, sie wies auf den Unfreundlichen, »sowie die Herren Simms und Bowie.«

Conrad nickte einmal in die Runde. Er erinnerte sich, die beiden jungen Männer im Grabungszelt gesehen zu haben und schloss daraus, dass es wahrscheinlich Madsens Studenten waren.

»Ist es wahr? Fujimoto wurde zerfetzt im Wald gefunden?«, fragte Bowers. Sie war kaum älter als Conrad und trotz der Umstände trug sie volle Kriegsbemalung. Make-up, Lippenstift, Rouge. Es war schon erstaunlich, welch überragender Wert der kosmetischen Aufarbeitung diesseits des Atlantiks beigemessen wurde. Dann wurde ihm schlagartig klar, dass dies dieselbe Bowers war, von der Madsen oben am Fundort der Leiche gesprochen hatte. Die Reporterin. Er verschluckte den Kommentar, den er als Antwort schon auf der Zunge gehabt hatte, und zuckte stattdessen mit den Schultern.

»Eine verdammte Scheiße ist das«, fluchte Sapfield düster und machte sich auf den Weg zum Saal, einem leergeräumten Großcontainer, der als Besprechungszimmer und Speiseraum genutzt wurde.

Madsens 'Pressekonferenz' war genau das, was Conrad erwartet hatte. Der Däne machte unmissverständlich klar, dass Fujimoto dem Angriff eines Bären zum Opfer gefallen war – und dass jede andere Meinung einer Meuterei gleichkam. Das Ganze erinnerte Conrad fatal an seinen alten Professor, Carl Bergen. Der hatte auch gemeint, eine unklare Situation durch Ignorieren aus der Welt schaffen zu können, und dann war alles vollkommen aus dem Ruder gelaufen und ihnen um die Ohren geflogen. *Mann, beruhig dich*, schalt er sich. Hier war die Polizei involviert, alles ging genau nach Vorschrift. Natürlich leuchtete es Conrad ein, dass die Leitung versuchte, die Expedition zu schützen; die Vehemenz jedoch, mit der alle Zweifel beiseite gefegt wurden, irritierte ihn. Herjolfsson hatte Tshakapesh dermaßen aggressiv angefahren, wie er es dem nüchternen Ethnologen gar nicht zugetraut hätte.

Conrad rieb sich die Stirn. Er sollte sich wirklich heraushalten und einfach an seine Arbeit gehen. Und eigentlich wollte er nichts lieber als das, schließlich verstand er rein gar nichts von Bären – wäre da nur nicht dieser hässliche Verdacht, der sich in ihm eingenistet hatte. Noch schlimmer... Was, wenn die Polizisten bei der Bergung des Japaners sehr wohl bemerkt hatten, dass ein Messer im Spiel war? Hatten sie Madsen absichtlich nichts davon gesagt? Oder hatte Madsen umgekehrt gar den Polizisten Anweisungen erteilt, die Angelegenheit zu einem Unfall herunterzuspielen? Nein, er glaubte nicht, dass der Boss einen solchen Einfluss hatte. In jedem Falle war ab jetzt jedoch höchste Vorsicht angebracht. Conrad sah sich erneut nach Tshakapesh um, die der kurzen Rede mit versteinerter Miene gefolgt war.

Als Madsen endlich geendet hatte und Professor Rousseau auch noch zwei Sätze voller Autorität losgeworden war, löste sich die Vollversammlung aller Expeditionsteilnehmer in halblautes Stimmengewirr auf. Aber niemand verließ den Saal. Das war es, worauf Conrad spekuliert hatte. Ein kurzer Blick verriet ihm, dass Tshakapesh noch immer in der hinteren Ecke des Raumes saß – nun allein. Mit ein paar Schritten war er bei ihr.

»Hallo. Ich bin Peter Conrad.« Er streckte die Hand aus.

Die Inuit nickte kurz und griff dann mit einem kräftigen Händedruck zu. »Ja, ich weiß. Setzen Sie sich. Und jetzt fragen Sie endlich.«

Als sie sein Gesicht sah, lachte sie kurz auf. »Meinen Sie, mir wäre nicht aufgefallen, dass Sie mich schon die ganze Zeit beobachten?«

»Also, das ist jetzt nicht so, wie–« Conrad stoppte, als Tshakapeshs Lachen lauter wurde. Dann war sie schlagartig wieder ernst.

»Ich weiß schon, worum es geht. Sie waren der Einzige, der mir zugehört hat. Schon oben an der Lichtung.« Sie wischte sich eine schwere, schwarze Haarsträhne aus dem Gesicht. »Naja, es sollte mich wohl nicht wundern.«

»Wie meinen Sie das? Was sollte Sie nicht wundern? Und... wovon haben Sie denn eigentlich gesprochen, als wir den Toten gefunden haben?«

Tshakapesh lehnte sich in ihrem Stuhl zurück und musterte Conrad einen Moment nachdenklich. Wieder merkte er, wie unheimlich schwer es ihm fiel, in ihrem Gesicht irgendetwas zu lesen. Sicher wäre es politisch nicht korrekt, das zuzugeben, aber er hatte dasselbe Problem bei asiatischen Gesichtern. Ihm kam es vor, als sei weniger oder gar keine Mimik vorhanden; rational betrachtet war es vermutlich eher eine so andersartige Art von Mimik, dass er sie nicht erkannte.

»Ich meinte, dass es vollkommen logisch ist, dass niemand hier die Wahrheit hören möchte oder akzeptieren wird. Schließlich wollen wir alle mit dieser Entdeckung berühmt werden, oder nicht?« Tshakapesh erwartete keine Antwort. »Sie wollen wirklich wissen, wer Katshituashku ist?«

Conrad nickte. »Es klang, als halten sie ihn für Fujimotos Mörder.«

Wieder lachte die Ethnologin ihr etwas kehliges Lachen. »Sie sind ein seltsamer Anthropologe, Mister Conrad.«

»Peter.«

»Apikusis.« Sie drehte sich weiter zu ihm und sah sich kurz im Raum um. Als sich ihr Blick mit dem von Professor Rousseau kreuzte, war sich Conrad sicher, dass die beiden einander näher kannten. »Nun gut, Peter. Dann erzähle ich Ihnen jetzt eine Geschichte. Mein Volk, die Innu, lebt seit vielen Jahrhunderten als Jäger und Sammler vor allem nördlich des Sankt-Lorenz-Stroms und weiter südlich, in dieser Gegend hier. Doch auch zahllose andere indianische Stämme weiter im Westen und in den Süden hinunter wissen von diesen schrecklichen Kreaturen der Wälder. Wir Innu nennen sie Katshituashku, bei anderen Stämmen heißen sie Yakwawiak oder Gici Awas. Es gibt keinen Zweifel, dass es immer um dieselben... Raubtiere geht, die unsere Vorfahren über Jahrhunderte, wenn nicht Jahrtausende gejagt und getötet haben.« Tshakapesh machte eine kurze Pause. Conrad gab keine Reaktion von sich; er hatte inzwischen gelernt, selbst die absurdesten Mythen ein Stück weit ernst zu nehmen.

»Der Katshituashku«, fuhr Tshakapesh fort, »ist ein großes Wesen, etwa wie ein Grizzly, ebenso kräftig und hungrig. Früher war kein Jäger, niemand, der auf der Suche nach Beeren oder Pilzen die Wälder betrat, vor ihnen sicher. Natürlich war das vor etlichen Jahrhunderten, vor der Ankunft der Franzosen und Engländer. Bis heute sind weit über neunzig Prozent unseres Landes von Wäldern bedeckt, Sie können sich also vorstellen, welche Bedrohung die Katshituashku darstellten. Mittlerweile sind sie selten geworden, sehr selten. Meine Großmutter kannte noch jemanden, den sie in den Wäldern gefressen haben. Aber das ist schon viele Jahre her.«

Conrad war perplex. »Also ist es doch so eine Art Bär gewesen, meinen Sie?«

Tshakapesh schüttelte vehement den Kopf. »Der Katshituashku ist kein Bär, Peter! Er hat kein Fell, sein Kopf ist riesig. Und er bewegt sich wohl recht eigenartig – jedenfalls heißt er bei einigen Völkern auch 'steifbeiniger Bär'. Ja, ich weiß, wieder der Bär. Aber als Ethnologe müsste Ihnen klar sein, dass die Bezeichnung wahrscheinlich nur gewählt wurde, um zu verdeutlichen, dass es sich um ein sehr großes, gefährliches Tier mit gewissen Gemeinsamkeiten mit einem Bären handelt.« Die Innu atmete durch. »Es gibt aber viel zu vieles, was überhaupt nicht zu der bequemen Erklärung als Bärenartige passt. In unserer wichtigsten Heldenlegende ist das Fleisch der Katshituashku giftig. Sie sind nur äußerst schwer zu töten. Und vor allen Dingen eines: Diese Kreaturen fressen vorzugsweise Menschenfleisch. Kein Bär macht Jagd auf Menschen. Die Katshituahsku schon, daher auch ihr anderer, weiter verbreiteter Name.« Tshakapesh lehnte sich vor. »Menschenfresser.«

Conrad wusste nicht, was er darauf sagen sollte. Mythische Kreaturen für Fujimotos Tod verantwortlich zu machen, das war noch weiter weg von seinem eigenen Verdacht als Madsens Bär. Er hatte gehofft, in Tshakapesh eine mögliche Verbündete zu finden, der er von den Spuren an Fujimotos Leichnam erzählen könnte. Aber jetzt fragte er sich, ob die Frau nicht ein wenig verrückt war. Kein Wunder, dass Herjolfsson sie zurechtgestutzt hatte. Seine Gedanken mussten klar von seinem Gesicht abzulesen sein, denn die Frau schürzte nun enttäuscht die Lippen.

»Hm. Ich verstehe, Peter. Sie nehmen dann wohl auch lieber den Bären. Schade. Ich hoffe, Sie werden nicht bald Grund haben, es sich noch anders zu überlegen.« Damit wollte die Innu aufstehen, aber Conrad griff nach ihrem Arm.

»Ich denke auch nicht, dass das ein Bär war, Tsha- Apikusis. Aber ich denke...« Sollte er seinen Verdacht wirklich mit ihr teilen? »Tut mir leid, ich wollte Sie nicht beleidigen.« Ohne ein weiteres Wort stand er auf und verließ den Raum. Die Frau sah fragend zu Rousseau, der sie zu sich winkte.

12

Um sieben Uhr zwanzig weckte ihn seine schwarze DW-5600 mit einem hektischen Piepen. Sein erster Gedanke galt den sonderbaren Umständen, mit denen seine Arbeit auf der Carrière begonnen hatte – vielmehr seiner Nicht-Arbeit. Zuerst hatte man ihn genötigt, so schnell wie möglich am anderen Ende der Welt anzutreten, und dann gab es nichts zu tun. Weder Madsen noch sein Ansprechpartner Herjolfsson machten Anstalten, ihn irgendeinem Ausgrabungsteam zuzuweisen, noch legten sie ihm eine Aufgabe nahe. Natürlich war er in erster Linie als Ersatz für den umgekommenen Scotte angeworben worden (was ihn zum wiederholten Male erschaudern ließ), und derzeit waren noch keine menschlichen Überreste aufgetaucht... wenn man von dem armen Fujimoto absah. *Oh Gott, Peter Conrad, wo bist du da nur wieder hineingestolpert?*

Er machte sich im morgendlichen Dämmerlicht auf den Weg zum Frühstück im Saal, wo er niemanden mehr vorfand. War es ein Fehler gewesen, Tshakapesh gegenüber anzudeuten, dass er ebenfalls nicht an die Bärentheorie glaubte? Egal, er konnte es nicht rückgängig machen, und die Inuit machte nicht den Eindruck, dass sie Madsen oder Herjolfsson Bericht erstatten würde. Während er seine Cornflakes schlürfte, beschloss er, endlich seine Position zu klären. Mit seinem vermeintlichen Assistenten, diesem Maurice Perrichon, hatte er in der ganzen Hektik überhaupt noch nicht gesprochen. Was genau war dessen Aufgabe und woran hatte sein Vorgänger Scotte gearbeitet? Am besten ging er Perrichon zur Hand – das schien ihm momentan sein Platz zu sein – und wartete ab, was die Chefetage davon hielt. Vielleicht würde dann auch klar, wer hier das Sagen hatte. Bislang war er sich sicher gewesen, dass Madsen die Hosen anhatte, aber seit dieser Rousseau aufgetaucht war, war er davon nicht mehr überzeugt.

Während er noch bei einem kleinen Nachschlag über sein zukünftiges Vorgehen nachdachte, steckte Herjolfsson den Kopf durch die Tür zum Essenssaal. »Ah, hier sind Sie, Peter. Wir haben gerade die Steintafel umgedreht und, was soll ich sagen, sie ist auch auf der Rückseite mit einem Runentext versehen. Wir haben mit den Worten schon ein bisschen herumgespielt, interessant. Das sollten Sie sich ansehen, Peter. Kommen Sie!«

Er hatte Mühe, auf dem steinigen Pfad, der zur Carrière führte, das Tempo des Ethnologen zu halten.

»Vielleicht ist Ihre Sicht als Uneingeweihter hilfreich. Als Experte erwartet man ja immer, irgendetwas Bekanntes zu finden...«

Conrad hatte kaum Luft übrig, aber er fühlte sich beleidigt. »Aber natürlich, Bjarni. Deswegen bin ich ja hier. Neue Sichtweisen durch Ahnungslosigkeit. Peter Conrad, die Geheimwaffe auf jeder Ausgrabung.«

Herjolfsson drehte sich für einen Sekundenbruchteil zu ihm um, gerade lange genug, dass Conrad ein breites Feixen erkennen konnte.

Im Grabungszelt schien die gesamte Mannschaft versammelt. So viele Menschen standen um die Steinplatte herum, dass Conrad sich Gedanken um die Auffindesituation machte.

Herjolfsson bemerkte seinen besorgten Blick. »Hier kann keiner mehr etwas zertrampeln. Wir haben den gesamten Befund natürlich im Vorfeld dokumentiert. Das Umdrehen der Stele erforderte ohnehin einige Erdarbeiten.« Er wies die Schaulustigen an, wieder auf ihre eigenen Flächen zurückzukehren, und wandte sich an eine hellblonde Frau, die vor dem Stein kniete. »Marte, das ist Peter Conrad, der Ethnologe und Anthropologe aus Berlin, der Jean Scotte ersetzt. Marte Harstad, unsere Spezialistin für nordische Mythologie. Was haben wir denn?«

Sie reichte Conrad die Hand, stand aber nicht auf. »Hallo, Peter. Nun, ich habe die meisten Worte transkribiert, nicht sehr kompliziert. Ist in so einer Art Kurzgedicht oder Strophe verfasst, durchaus üblich für diese Art von Schrifttafel. Mit der Bedeutung ist es etwas komplizierter...«

»Zeigen sie mal her.« Herjolfsson beschäftigte sich mit Harstads Notizen, während Conrad die Rückseite der Steinplatte betrachtete.

»Können Sie Runen lesen, Peter?« Die etwas dickliche Archäologin winkte ihn zu sich heran.

Er kniete sich neben Harstad und schüttelte den Kopf.

»Das hat man schnell gelernt. Ein wenig schwieriger ist die Deutung der Worte, weil Buchstaben für bestimmte Laute fehlen, obwohl die Wikinger sie in ihrer jeweiligen Sprache benutzt haben. Eigentlich völlig verrückt, aber geändert hat diesen Zustand nie jemand.«

»Wie ungewöhnlich. Ich kenne fast nur Schriften, in denen Redundanzen für bestimmte Silben an der Tagesordnung sind. Fehlende Schriftzeichen bei eigenständig entwickelten Schriftsystemen, das ist tatsächlich einigermaßen... skurril.«

»Nun, in der Praxis ist das nicht ganz so schlimm, weil man sich das Meiste zusammenreimen kann. Außerdem sind die Hilfskonstruktionen, die die Runenmeister verwendet haben, meist ähnlich. Hier zum Beispiel–«

»Schauen Sie mal, Peter.« Herjolfsson schien es überhaupt nicht zu interessieren, dass er Harstad abwürgte, und reichte Conrad das Papier, auf dem er einige Worte von Harstads Übersetzung geändert hatte.

> *Sie fuhren mannhaft fern (in die Ferne auf der Suche) nach Gold.*
> *Leif fand den König der Krieger und (war) sein erster Diener.*
> *(Sie, Wir ?) gaben im Neuland (der neuen Heimat?) dem Adler (?) Speise.*
> *Ketil war der Beste unter den (unseren?) Land (s)leuten.*
> *Thorstein kämpfte, solange er (die / seine) Waffen halten konnte.*

Conrad studierte den Text einige Minuten und gab ihn dann mit einem Schulterzucken an Herjolfsson zurück.

»Der erste Satz ist wohl eindeutig. Man darf den Begriff 'Gold' nicht als Ortsangabe verstehen. So beginnen viele Berichte über Wikingfahrten oder Heldentaten. Danach wird es interessant. Satzbau und Formulierungen passen durchaus ins Bild. Von einem 'König der Krieger' haben wir aber in der Mythologie noch nie etwas gehört.«

»Ist dieser Leif eine bekannte Person, oder dieser Thorstein? Könnte man da ansetzen?« Conrad versuchte, seiner Aufgabe, den Querdenker zu geben, nachzukommen.

»Mit Leif ist wohl keine bekannte Figur gemeint. Jedenfalls hätte sich eine einflussreiche Person oder gar ein König niemals als Diener eines anderen bezeichnen lassen. Für Thorstein fällt mir keine Persönlichkeit ein – und dieser Ketil ist der Mann, für den der Stein errichtet wurde, wie wir von der Widmung des Helgi auf der Vorderseite wissen«, erklärte Herjolfsson.

»Vielleicht ist das einfach eine Grabplatte«, schaltete Harstad sich ein. »Das wäre zwar ungewöhnlich für eine wikingische Bestattung, aber was läuft bisher auf der Carrière schon nach unseren Erwartungen...«

Die Idee einer untypischen Wikingerbestattung hatte Herjolfsson gefallen, und Harstad organisierte sofort alles Notwendige für die Bergung der Steinplatte. Alle Warmluftschläuche wurden dafür benötigt, was zur Folge hatte, dass die anderen Grabungsareale im Zelt pausieren mussten. Da dies für die meisten Ausgräber bedeutete, dass Außenarbeiten in Angriff genommen wurden, die mit Archäologie kaum etwas zu tun hatten, entwickelte sich eine gereizte Stimmung. Harstad betraute die norwegischen Studenten mit dem Bau einer Rampenkonstruktion und einer hölzernen Transportkiste, die dann in den nächsten Tagen von einem Transporthubschrauber abgeholt werden sollte. Zwei Franzosen bat sie, die Drainagekanäle zu vertiefen und während der Erdarbeiten in Funktion zu halten. Sie und Herjolfsson persönlich würden in der Umgebung und vor allem unter dem vermutlichen Grabstein die Ausgrabung fortsetzten.

Da die beiden seine Hilfe zur Zeit kaum benötigen würden und ihn auch nicht um Unterstützung baten, entfernte Conrad sich bald in Richtung Unterkunft. Dort konnte er bei einem heißen Kaffee über den merkwürdigen Text nachdenken; vielleicht war sein unbedarfterer Blick auf die Botschaft tatsächlich von Nutzen. Wenigstens der ethnologische Teil seiner Interessen wurde so gestreift...

Nachdem er in der Küche eine Thermoskanne befüllt und einen von diesen modernen Thermobechern samt Deckel vom obersten Board des Geschirrregals geangelt hatte, kam ihm eine noch bessere Idee: er würde die Analyse von Helgis Botschaft direkt an seinem eigentlich vorgesehenen Arbeitsplatz anfertigen. So konnte er gleich seinen Plan vom gestrigen Abend umsetzen und Kontakt zu Perrichon aufbauen, der, wenn alles wie geplant lief, sein Assistent sein würde.

Conrad kam sich albern vor, als er an die geschlossene Tür seines Büros klopfte, aber ein wenig Zurückhaltung konnte für den Anfang nicht schaden. Er wartete ein knappes 'Entrez' ab und lugte durch den Türspalt.

»Oh, Peter. Kommen Sie herein.« Der Mann mit dem schmalen Gesicht und den pechschwarzen Haaren hatte beinahe ebenso dunkle Augen, was ihm ein fast alienartiges Aussehen verlieh. Conrad war das bei dem ersten Treffen, als der junge Kanadier die Stele von nasser Erde befreite, nicht aufgefallen. »Wir hatten noch gar keine Gelegenheit...« Perrichon zögerte. »Seit Sie hier sind, geht es auf der Carrière auch recht turbulent zu, Peter.«

War das ein kleiner Vorwurf zum Auftakt ihrer Zusammenarbeit? »Nun, ich hoffe, das ist nicht meine Schuld, Maurice.« Conrad rang sich ein Lächeln ab. Smalltalk gehörte eindeutig weder zu seinen Fähigkeiten noch zu seinen Vorlieben. Sah er freundliche oder reservierte Mimik? Er würde Schwierigkeiten haben, die Gesichtsausdrücke seines Assistenten richtig einzuordnen. *Nun ja, nicht so schlimm, dachte er, schließlich bin ich ja jetzt so etwas wie Perrichons Chef.* Missverständnisse oder Differenzen konnte er in dieser Konstellation zur Not einfach händeln.

»Nein, Sie können sicher nichts dafür.« Perrichon richtete seinen Blick wieder auf ein stark korrodiertes Metallstück (wahrscheinlich eine Pfeilspitze). »Trotzdem vereinfacht es die komplizierte... Interessenlage auf der Carrière nicht gerade.«

Conrad hatte keine Ahnung, worauf der Mann anspielte – und er hatte auch keine Lust, dieses Thema ohne einen gewissen Durchblick bei den Verhältnissen auf dieser Grabung zu vertiefen. Also wechselte er das Thema. »Mein Vorgänger, Jean Scotte, wie war er so als Kollege?«

»In Ordnung als Ranghöherer. Ich habe einige Jahre für ihn gearbeitet, aber wir waren nicht befreundet, wenn Sie das meinen.«

Er wunderte sich über die unpassende Formulierung. »Und fachlich? Er war doch der leitende Ethnologe der Kampagne, wenn ich mich nicht täusche.« Es würde eine anstrengende Zeit mit diesem Perrichon, so viel war ihm jetzt schon klar. »Er hatte einen Autounfall, oder?«

»Scotte war kompetent, verfügte über eine gute Nase. Manchmal hatte er aber schräge Ideen.« Perrichon kratzte mit einem Zahnarztwerkzeug Rost vom Schaft seines Fundstücks. »Hat sich manchmal verrannt in irgendeine bescheuerte Idee. Dann hat er alle verrückt gemacht. Natürlich ist nie etwas dabei herausgekommen.« Eine erhellende Erklärung lieferte er nicht, auf den zweiten Teil der Frage ging Perrichon überhaupt nicht ein.

Conrad fühlte, wie sich seine Stimmung verschlechterte. Er hatte nicht den Eindruck, dass der zukünftige Assistent seine Kommunikation durch eine direkte Ansprache ändern würde. Er nahm die volle Thermoskanne und seine Notizen wieder vom Tisch. »Sie entschuldigen mich, Maurice. Ich brauche erst einmal einen Kaffee und etwas zu essen. Bis später.«

Perrichon reagierte überhaupt nicht, als er das Arbeitszimmer verließ.

Conrad war fest entschlossen seine Beziehung zu Perrichon noch einmal neu zu starten, als er etwa eine Stunde später ihr Arbeitszimmer im Bürocontainer wieder betrat. »Maurice, möchten Sie Kaffee oder einen Tee? Ich habe beides mitgebracht.«

»Danke« und ein kurzer Blick waren die Antwort. Der Kanadier widmete sich ohne weitere Interaktion weiter dem Umzeichnen einer Feuersteinklinge.

Conrad nahm sich den Text der Steintafel vor, konnte sich aber nicht auf dessen Deutung konzentrieren. »Sagen Sie mal, Maurice, dieser Rousseau. Was spielt der hier für eine Rolle?«

»Er sorgt dafür, dass die obersten Interessen gewahrt werden, dass alles mit rechten Dingen zugeht.«

»Aha.« Er war enttäuscht, doch er versuchte den Groll, mit dem er den Container verlassen hatte, nicht wieder hochkommen zu lassen. »Und diese Tshakapesh? Mein Eindruck ist, dass sie mit Rousseau besser bekannt ist.«

»Sie ist seine Ehefrau.« Perrichon begann mit den Schattenschraffuren auf seiner Zeichnung.

Nicht nur maulfaul, sondern auch noch ohne jeden Humor, dachte Conrad bei der emotionslos vorgebrachten Äußerung. Lisa Franks hätte sich in diesem Moment an seinem völlig verblüfften Gesicht geweidet und ihn aufgezogen. Er schob den Gedanken beiseite. Man konnte sich seine Kollegen nicht aussuchen. Ihm fiel auf, dass die Hand des Kanadiers zitterte, während er zeichnete.

Conrad wandte sich wieder der Botschaft in Runenschrift zu. Von welchem Adler war die Rede? War damit der 'König der Krieger' gemeint? So sehr er sich auch bemühte, er konnte keinen klaren Gedanken fassen. »Tshakapesh... Sie hat davon gesprochen, dass Fujimoto nicht unbedingt von einem Bären angefallen worden sein muss.«

Außer einer merklichen Verlangsamung seiner Zeichenhand zeigte sein Kollege keine Änderung seines phlegmatischen Verhaltens.

»Sie hat auch so etwas angedeutet, dass Scotte womöglich gar keinen Autounfall hatte und–«

Perrichon ließ die Feuersteinklinge auf die Tischplatte fallen, wobei ein beträchtliches Stück der Schneide abplatzte, dann saß er für Sekunden regungslos da und starrte Conrad in die Augen. In der nächsten Sekunde war er über den Tisch gestiegen, packte ihn am Kragen seines Sweaters und zog ihn mit erstaunlicher Kraft vom Stuhl. »Der Chef hat ganz recht. Sie bringen nur Unglück!« Er ließ den japsenden Conrad los und begab sich wieder an seinen Arbeitsplatz. Die angefangene Zeichnung faltete er in der Mitte und warf sie in den Papierkorb. Ohne ein weiteres Wort nahm er sich einen weiteren Fund vor und begann zu zeichnen.

Sobald er sich wieder rühren konnte, hastete Conrad ins Freie, lief so schnell er konnte bis zur Carrière und setzte sich keuchend auf den Rand der Landeplattform. Was hätte er jetzt darum gegeben, vom Helikopter abgeholt zu werden und in die Heimat zurückzufliegen.

Als er sich wieder im Griff hatte, ging er hinüber zu den Zelten. Die eiskalte Luft tat gut, drinnen war es merklich wärmer und roch etwas verbraucht. Doch er brauchte diese Ablenkung jetzt. Noch konnte er nicht sagen, was er tun würde. Egal wie interessant diese Kampagne werden würde, die Chancen, mit Perrichon zusammenzuarbeiten, standen schlecht.

Harstad und Herjolfsson waren den Nachmittag über fleißig gewesen. Conrad staunte über das gewaltige Loch, das die beiden in wenigen Stunden in den Permafrostboden getrieben hatten.

»Meine Güte, ihr seid ja in einem echten Grabungsrausch«, machte er auf sich aufmerksam. »Das ist ja fast einen Meter unter Bodenniveau. Schon irgendwelche Funde?«

»Gut sechzig Zentimeter sind es, Peter.« Harstad wischte sich mit dem Handrücken Schweiß aus dem Gesicht und lehmige Erde auf die Stirn. »Die ersten zwanzig Zentimeter waren völlig steril. Ich wollte die ganze Angelegenheit eigentlich schon beenden.« Die beleibte Frau schnaufte. »Tja, und dann hat dieser Kerl eine weitere Fibel gefunden – und was für eine!«

Herjolfsson griff in eine grüne Kunststoffschale und legte Conrad eine gut erhaltene Gewandspange in die Hand.

»Ziemlich sicher elftes Jahrhundert. Das würde wunderbar zum Rest passen.«

Herjolfsson hatte das erstaunlich große Stück bereits recht gut gesäubert. Conrad befühlte die filigrane Silberarbeit. Er hatte sich in den vergangenen Tagen oberflächlich mit wikingischer Kunst vertraut gemacht. Noch war es ihm schleierhaft, wie man diese Stile auseinanderhalten konnte. Grundsätzlich gab es im nordischen Kunsthandwerk eine Entwicklung von der etwas strengeren, geometrischen Gestaltungsweise der frühen Wikingerstile hin zu fließenderen Formen. Für das neunte Jahrhundert nutzte man vor allem den Befund rund um das Oseberg-Grabschiff und Broa, ein Männergrab auf Gotland, als typbestimmend. Die Phase, aus der die Carrière-Funde stammten, wirkte wesentlich eleganter und verspielter und war durch sogenannte Greiftiere gekennzeichnet. Das konnten menschliche Darstellungen sein, die sich gegenseitig an Hand- und Fußgelenken umklammerten. Genauso gab es Kompositionen, die aus Pflanzenranken, Tieren oder Fabelwesen zusammengesetzt waren und sich mit Mäulern und Klauen an Gliedmaßen, Schwänzen oder Kehlen mit dem nächsten Wesen verbanden. Aber den Ringerike-Stil, der Ende des zehnten Jahrhunderts aufgetaucht war, und den Urnes-Stil, welcher gegen Mitte des elften Jahrhunderts aufgekommen und zu Beginn des zwölften mit den Wikingern verschwunden war, voneinander zu unterscheiden, das wollte er lieber Herjolfsson überlassen.

Conrad gab den kostbaren Fund zurück. »Es stört doch nicht, wenn ich euch ein wenig bei der Arbeit zuschaue? Ich muss etwas runterkommen, es war kein erfreulicher Tag bisher.«

Herjolfsson sah ihn fragend an.

»Perrichon... Nun ich weiß nicht, ob ich mit ihm klarkomme. Er... ist sehr unzugänglich.«

»Geben Sie ihm etwas Zeit, Peter. Schließlich war Scotte sein engster Kontakt hier – und Fujimoto kannte er durch seine Arbeit im Container auch besser als die meisten anderen.«

»Hmm«, brummte er. Für ihn sah es nicht so aus, als hätten Perrichon und Scotte ein besonders freundschaftliches Verhältnis gepflegt.

Mit dem Text des Runensteines auf dem Schoß platzierte er sich auf einer der großen Werkzeugkisten, wie sie sie auch für den Transport von Fujimotos Überresten verwendet hatten. So verbrachte er den Rest des Tages mit Gesprächen über den Runentext, die Erwartungen der beiden Ausgräber und die Kunstepochen der Wikinger. Als es gegen siebzehn Uhr draußen bereits vollkommen finster geworden war, kündigte er an, essen und dann schlafen zu gehen, und verließ Harstad und Herjolfsson.

Mehr als eine halbe Flasche Rotwein hatte er zum Abendessen getrunken, das aus einem saftigen Cheeseburger und gebackenen Kartoffelspalten mit Sour Cream bestand. Er hatte gehofft, dass der Alkohol sein Gemüt dämpfen und für Bettschwere sorgen würde – zwar war das selten notwendig, aber wenn, dann funktionierte es zuverlässig. Doch heute war das anders, der Schlaf wollte nicht kommen. Sonderbarerweise hielten ihn nicht die Todesfälle oder Perrichon wach, sondern die Gedanken an den merkwürdigen Text auf der Steintafel. Lag Harstad richtig, hatten sie vielleicht die Grabplatte einer wikingischen Bestattung entdeckt? Warum war dann das Abbild eines Insekten-Alien-Sonstwas-Monsters das einzige Bildmotiv? Wenn schon ein ausgewiesener Experte wie Herjolfsson völlig im Dunklen tappte, dann sollte er sich nicht den Kopf zerbrechen… Fujimoto tauchte in seinen Gedanken auf. Hatten die Polizisten bemerkt, dass Fujimotos Kleidung aufgeschnitten worden war? Dann konnte es kein Bär gewesen sein, dann war es ein

Verbrechen, begangen von einem Menschen. Einem Mitglied der Grabungsmannschaft; ein Fremder wäre sicherlich aufgefallen in dieser gottverlassenen Gegend. Und die Grabungsleitung wusste entweder Bescheid und verschwieg die Wahrheit, oder sie hatten keine Ahnung... Er fragte sich, wo dieser Rousseau plötzlich hergekommen war... Tshakapeshs Ehemann... Es musste Beweise geben. Wenn es ein Messer gab, konnte es noch am Tatort liegen. Allzu sorgfältig konnte die kriminaltechnische Untersuchung in den zwei Stunden, die sie gedauert hatte, nicht ausgefallen sein. Außerdem waren Trudeaux und Grandère keine Kriminalpolizisten. Wenn sie im Wald etwas vorfanden, dann meist Opfer von Wilderei... dieser unheimliche Wald... was für Kreaturen mochten dort hausen, hier am Ende der Welt? Mutig würde er sein... solange er die Waffe halten konnte, würde er kämpfen... niemals sollten sie ihn einen Feigling nennen. Die Luft war so kalt, dass die Lungen bei jedem Atemzug schmerzten. Er würde sich daran gewöhnen. Zum Glück hatte es nicht geschneit, seit man Fujimoto gefunden hatte, trotzdem war der Schnee tief und die Suche würde nicht einfach werden. Der Weg war anstrengend und führte in dem dichten Nadelwald gut einen halben Kilometer den Berg hinauf. Es wehte ein schneidender Wind und ständig stolperte man über Wurzeln und Steine, die unter der Schneedecke verborgen lagen. Endlich konnte man die Lichtung, auf der sie den entsetzlich zugerichteten Japaner gefunden hatten, gegen das diffuse Licht des bewölkten Nachthimmels ausmachen. Vielleicht noch fünf Minuten gehen... Etwas flatterte in dem kahlen Strauch, keine zehn Meter vor ihm. Es war ein knallrotes Stück Stoff... nein, eigentlich war es grau. Eine Feder flog ihm um die Nase, weiß wie Schnee. Die Nachtluft war noch kälter als vermutet und das merkwürdiges Druckgefühl auf der Brust verstärkte sich mit der Zeit. Ein Stechen in der Lunge kam hinzu. Er sollte durch die Nase atmen, doch das stellte sich wegen des anstrengenden

Marsches als gar nicht so einfach heraus. Glücklicherweise wurde wenigstens der eisige Wind schwächer, je weiter man in den Wald vordrang. Weitere weiße Daunen tanzten vor seinem Gesicht, bis sie von einem Luftzug in den Himmel gesaugt wurden. Dann war er da. Friedlich lag die Waldlichtung vor ihm. Beinahe kreisrund war die freie Fläche, das war ihm überhaupt nicht aufgefallen, als er das erste Mal hier gewesen war; und auch nicht, dass sie so liebevoll geschmückt worden war. An den Bäumen, die sie umstanden, waren in regelmäßigen Abständen rote und braune Stoffstücke angebunden. Es sah fast aus wie die bunten Wimpel in den Büchern über Tibet und den Himalaya. In der Mitte der Lichtung stand ein einzelner Stiefel. Er war überhaupt nicht eingesunken, ganz so, als schwebe er über der Schneedecke. Und aus seinem Schaft blies irgendeine geheime Kraft eine Fontäne weißer Daunen in die Höhe. Es war ein einziges Wirbeln, von einem sanftmütigen Tornado in die Höhe getragen verschwanden die weichen Federn zwischen den Wipfeln der dunklen Bäume. Es war ein wundervoller Anblick. Sogar die Kälte ließ sich hier leichter ertragen... eigentlich fror er überhaupt nicht mehr. Conrad wünschte sich, bis in alle Ewigkeit an diesem Ort bleiben zu dürfen.

13

Herbstbeginn im Jahr eins nach der Ankunft

Der Überfall kam bei Nacht. Die Skraelingar hatten ihre Attacke gründlich geplant und nutzten die noch unfertige Umfriedung des Dorfes geschickt aus. Zwei Männer waren tot, bevor auch nur Alarm geschlagen wurde, und der Warnschrei der dritten Wache endete im Gurgeln der durchtrennten Kehle.

Leif wusste sofort, dass diese Nacht alles entscheiden konnte. Die Skraelingar wollten sie ein für allemal vertreiben – aber das würde er nicht zulassen. Niemals würde er dieses Geschenk der Götter und seinen Platz an der Seite der großen Helden aufgeben. Niemals. Leif Gunnarsson versammelte die zwei Dutzend kampferfahrenen Männer um sich auf dem Platz zwischen den niedrigen Grubenhäusern, bellte eine Handvoll Befehle und verließ sich auf die vollkommene Loyalität seiner Kameraden. Und sie alle verließen sich darauf, dass die Götter erneut ihre schützende Hand über ihren Anführer halten und ihn mit ihrer Kraft speisen würden.

Als Leif den Erdwall erklomm, der die bescheidene Ansiedlung umgab, hatten die ersten Kämpfe Mann gegen Mann bereits begonnen. Es war dunkel, aber dank des halbvollen Mondes nicht völlig finster. Trotzdem wusste er, dass die schlechte Sicht ein Vorteil für die schlitzäugigen Skraelingar war. In den vergangenen Monaten hatten sie immer wieder Bekanntschaft mit den unwirklichen Fähigkeiten der verfluchten Eisbewohner gemacht. Ein einzelner von ihnen mochte erbärmlich schwach sein, aber sie konnten bei Nacht sehen und jagen wie die Luchse. Und anscheinend hatten sie nun beschlossen, ihre körperliche Unterlegenheit durch Masse wettzumachen. Es war unmöglich zu erkennen, wieviele Männer sich im umliegenden Waldsaum verborgen hielten, aber Leif war sich sicher, dass nicht weniger als einhundert Feinde die freie Fläche vor dem Dorf überquerten. Es mochten doppelt so viele noch im Schutz der Bäume warten.

Leif blickte hinauf in den Himmel, über den zerrissene Wolken jagten. Der Nordstern funkelte ihn an, er hörte sein Knistern. Dann mischte sich das Rauschen gewaltiger Schwingen in die Schreie und den Kampflärm. Der hochgewachsene, kräftige Krieger erstarrte vollkommen, als er fühlte, wie die Götter nach ihm griffen. Es war in ihm, tief in ihm. Sie berührten ihn von Innen heraus, wie eine glühende Woge wälzte sich eine ungeheure Kraft durch seinen Leib. Leif rang nach Luft. Einen unerträglichen Augenblick lang fühlte es sich an, als müsse er unter diesem Druck bersten, als kündete das Rauschen der Adlerschwingen von seinem eigenen Ende. Doch Hraeswelg war nicht an den Rand der Welt gekommen, um *ihn* zu holen.

Der Krieger stieß einen lauten Schrei aus und stürmte den Wall hinunter. Das Feuer in seinem Blut trieb ihn voran und auf eine Gruppe der Angreifer zu, die sich im Dutzend auf ihn stürzten. Leif grinste. Der Todesadler schwebte heute Nacht über ihm, heute Nacht und für diesen Kampf war er ein *jötun*, kein einfacher Mensch. Das Eisen seiner Klinge fuhr durch die Leiber und Glieder der Skraelingar, trennte Arme und Füße ab. Er war schneller, ahnte ihre Bewegungen, bevor sie einen Muskel rührten. Und er sah trotz des Halbdunkels jedes Detail, als hätten die Götter seine Augen gegen Sterne vertauscht, die ihr eigenes Licht aussandten. Das Gefühl war berauschender als alles, was er je erlebt hatte. Gewaltiger und erfüllender noch als die Ehre der Anführerschaft über diese neue Welt.

Ketils Schmerzensschrei unterbrach ihn in seinem Kampf gegen die Eismenschen. Er eilte zu dem Freund, der von drei Skraelingar angegriffen worden und nun zu Boden gegangen war. Leif fällte den ersten mit einem weit ausholenden Schwerthieb, der die Schienbeine zertrümmerte, und erledigte die anderen beiden mit dem Messer, das er mittlerweile anstelle des Schildes in der anderen Faust hielt. Er brauchte keinen Schild, sondern eine schwerere Waffe, wie eine eisenbewehrte Keule. Etwas, womit er diese fast schon schmerzhafte Gewalt in seinen Adern angemessen umsetzen konnte.

Leif vergaß Ketil, der noch immer auf dem Boden lag. Der Kampf war noch nicht vorbei, noch lange nicht. Und endlich wusste er, was er fühlte. Es war Blutdurst. Er würde heute Nacht im Blut seiner Feinde baden, und es würde ihn noch stärker machen. Der Adler würde sich heute Nacht soviele Skraelingar einverleiben, dass er zu satt war, um sich auch noch einen der Nordmänner zu holen. Leif lachte. Mit jedem getöteten Feind brandete sein Blut erneut auf, zugleich stillte es den verzehrenden Durst. Er rammte sein Schwert in den Unterleib seines Gegners und spürte dem wohligen Gefühl in seinem Inneren nach. Er hatte absolut keinen Zweifel. Hier würde er unsterblich werden.

14

Völlig gebannt vom majestätischen Tanz des weißen Schwarmes schlich sich ein anderes Gefühl in sein Bewusstsein. Ein stärker werdendes Kribbeln im Nacken verriet ihm, dass er beobachtet wurde. Langsam drehte er sich um. Zwischen den geschmückten Stämmen glaubte er eine schwarze Gestalt zu erkennen. War ihm jemand gefolgt? Der Schatten breitete die Arme aus, und im nächsten Moment veränderte sich der Wirbel aus Daunenfedern. Von allen Seiten strömten sie nun auf die Gestalt zu und verschwanden, wenn sie der dunklen Silhouette nahe kamen, wie bei einem schwarzen Loch, das alles Gas aus seiner Umgebung auffraß. Es schien, als sauge sie sogar das spärliche Mondlicht auf. Conrads Unbehagen wandelte sich rasch in Furcht. Er kannte das Gesicht nicht, wusste aber, dass es Fujimoto war. Der Japaner schritt langsam auf ihn zu und fixierte ihn mit schwarzen Augäpfeln. Starr vor Angst beobachtete Conrad, wie Fujimoto die überlangen Arme senkte. Erst jetzt sah er, dass jede Klaue einen Schädel umklammerte. Zwei weitere Arme wuchsen seitlich aus dem Brustkorb des Japaners, und wieder endeten sie in menschlichen Schädeln. Als er in der Hüftgegend der Gestalt weitere Gliedmaßen entstehen sah, konnte er sich endlich wieder rühren und rannte los. Der Dämon stimmte ein Heulen an, das sich mit dem wieder erstarkenden Eiswind mischte. Kurz vor dem Lager stürzte Conrad. Er raffte sich auf und blickte über die Schulter. Fujimoto folgte ihm, schien aber keine Eile zu haben, denn er wusste, wo er seine Beute finden würde. Mit einem Keuchen riss Conrad die schwere Metalltür zu ihrem Unterkunftscontainer auf. Verzweifelt suchte er nach dem breiten Querriegel. Ganz unmöglich, heute Vormittag war er noch da gewesen. In Panik rannte er zu seiner Kabine, schloss die Tür hinter sich und verbarrikadierte sie mit einem Metallspind. Das Bett drehte er und verklemmte es mit Hilfe eines Stuhles zwischen Spind und Außenwand. Gebadet in kalten Schweiß legte er sich auf das Bett und betete, kein Geräusch zu hören. Minutenlang geschah nichts, und er hoffte schon, dem Ungeheuer entwischt zu sein. Dann hörte er ein leises Kratzen, sein Herzschlag begann erneut zu rasen. Das Geräusch steigerte sich zu einem gleichmäßigen Hämmern. Was konnte er nur tun? Die Kabinen hatten keine Fenster, und eine Verbindungstür in eine andere Zelle gab es auch nicht. *Oh Gott.* Das Hämmern hörte auf, und eine kehlige Stimme sagte »Peter, Peeeter«. Wieder das Klopfgeräusch. »Peter, kommen Sie mit mir.« *Oh Gott, nein!* Conrads Todesangst explodierte in einem Schrei, der niemals enden würde...

»Hey, Peter, alles in Ordnung mit Ihnen? Ich bin's, Bjarni. Ich brauche Sie im Zelt. Ich verspreche, es lohnt sich.«

Bjarni? Was... wieso Bjarni? Er tastete nach dem Beleuchtungsknopf seiner Casio. Drei Uhr sechsundfünfzig. Stöhnend stand er auf und öffnete die Tür.

»Ich hoffe, Sie haben besser geschlafen, als Ihr Aufzug das vermuten lässt. Sie bekommen endlich Arbeit, freuen Sie sich.« Herjolfsson sah an ihm herunter. »Sie haben wie am Spieß geschrien, als ich an Ihre Türe geklopft habe. Alles im Lot bei Ihnen?«

Conrad gähnte und blinzelte in den hellerleuchteten Gang hinter Herjolfsson. »Schon gut. Ich bin nur aus der Koje gefallen.«

Der Norweger zog die Augenbrauen hoch, ging aber nicht darauf ein. »Beeilen Sie sich, wir müssen rüber.«

Wortlos schloss Conrad die Tür wieder und fluchte leise vor sich hin. *Der hat sie doch nicht alle. Erst behandeln die mich wie einen Praktikanten mit zwei linken Händen, und jetzt kann es gar nicht schnell genug gehen.* Er knipste die Nachttischlampe an. Wo lag seine verdammte Brille? Hoffentlich war es in dem Zelt einigermaßen temperiert. Entgegen seiner Gewohnheit zog er ein zweites Paar dicker Wollstrümpfe über die schwarzen Baumwollsocken. Auch wenn die Dinger noch so kratzten, kalte Füße konnte er noch weniger gebrauchen.

»Eines müssen Sie mir gewähren, Bjarni, sonst bin ich Ihnen um diese Uhrzeit mehr Last als Hilfe«, eröffnete er Herjolfsson, der ungeduldig auf dem Containergang auf und ab tigerte. »Wir müssen zuerst in die Kantine und eine große Thermoskanne Kaffee organisieren.«

Der Ethnologe verdrehte die Augen und hob resignierend die Hände.

Im Dunklen erschien Conrad der steinige Pfad länger, als er ihn in Erinnerung hatte, und der wild springende Lichtkegel von Herjolfssons Taschenlampe beeinträchtigte seine Trittsicherheit eher, als dass er den Weg erhellte. Noch immer im Halbschlaf knickte er um und schlug mit dem Knie gegen einen glücklicherweise glatten Stein. Erneut fluchte er.

»Wo bleiben Sie denn, Peter?«

Mit Mühe unterdrückte er den Impuls, laut zu werden, und stolperte weiter. Endlich kam die Carrière in Sicht – oder vielmehr das einzige beleuchtete Grabungszelt.

»Passen Sie auf, wo Sie hintreten. Bleiben Sie einfach dicht hinter mir«, mahnte Herjolfsson und führte ihn durch den Parkour von Flatterbändern, die die noch nicht prospektierten Bereiche der Grabungsfläche vor dem Betreten schützen sollten.

Im Inneren des nächtlich leeren Grabungszeltes fühlte Conrad sich stärker denn je an ein biologisches Forschungslabor erinnert – wäre da nicht der aufgewühlte Erdboden gewesen. Ohne die Ausgräber fiel der für eine archäologische Expedition extreme Aufwand an Technik und Finanzmitteln besonders auf. Das Zelt war taghell erleuchtet, und die mächtige Entwässerungspumpe am anderen Ende brummte gleichmäßig vor sich hin. Verschiebbare Plattformen, auf denen Pläne und Funde ausgebreitet werden konnten, hingen vom massiven Gestänge des Daches herab. Alle drei bis vier Meter waren an den senkrechten Zeltstangen Regale angebracht, die Standardwerkzeuge wie Kellen in verschiedenen Größen, Messer, Fundtütchen und -kärtchen oder kräftige Pinsel bereithielten. Diese durchdachte Konzeption brachte Effektivität, kurze Wege und – am wichtigsten – einen möglichst ungestörten Zugang zur Grabungsoberfläche. Einzig der Abraum, für dessen Abtransport (durch die Studenten) es einen Plankengang an einer Längsseite des Zeltes gab, störte die perfekt organisierte Maschinerie. Herjolfsson hatte den Aushub einfach auf eine Fläche gehäuft, die die Arbeiter zuvor als fundleer gesichert hatten.

»Wo ist denn die Kollegin Harstad?«, fragte Conrad, nachdem er sich einen großen Schluck Kaffee aus dem viel zu kleinen Plastikdeckel der Thermoskanne genehmigt hatte.

»Marte? Die ist«, Herjolfsson schaute auf seine Armbanduhr, »vor beinahe drei Stunden schlafen gegangen. Zu ihrer Ehrenrettung sei aber gesagt, dass wir bis dahin noch überhaupt nichts weiter gefunden hatten.« Er winkte Conrad hinunter in die Grube. »Mein Bauchgefühl hat mich nicht im Stich gelassen. Sehen Sie sich das an. Wofür halten Sie das, Peter?«

Es war erfreulich warm in der Nähe der Infrarotstrahler, die sie zum Antauen des Erdbodens benutzten. Conrad zog den zu großen, aber hervorragend isolierenden Anorak aus, den ihm Madsen gestern in die Hand gedrückt hatte, und stieg über eine stehengelassene Stufe im Erdreich hinunter. »Das ist Leder, würde ich sagen.« Er schob seine Brille zurück auf die Nasenwurzel. »Ein Lederbändchen, vielleicht wurde damit ein Beutel zugebunden; oder es gehört zur Kleidung... eventuell wurde ein Zopf damit zusammengehalten, hmm.« Er hielt das fast schwarze Band nahe an einen der grellen Halogenstrahler. »Ja, vielleicht... aber dann wäre garantiert das eine oder andere Haar daran hängengeblieben.« Er reichte Herjolfsson das fast einen Meter lange Fundstück zurück.

»Nicht schlecht, das ist tatsächlich Leder – und ich habe genau solche Exemplare schon dreimal gefunden, allerdings ist dies hier das am besten erhaltene.«

Conrad hob ungeduldig die Brauen.

»Das, mein lieber Peter, ist ein Griffband. Der Länge nach zu urteilen vermutlich fast vollständig, obwohl das untere Ende fehlt. Sehen Sie das kleine Loch hier oben? Mit einem Nägelchen wurde für gewöhnlich der Anfang unterhalb der Parierstange im Holz fixiert. Natürlich ist das Eisen durch den Korrosionsprozess aus dem Griffstück gefallen, es wird sich vielleicht noch finden, wenn wir den Abraum gesiebt und gespült haben.« Herjolfsson rollte das Lederstück vorsichtig zusammen und verstaute es in einer großen Fundtüte. »Vielleicht finden wir noch vor dem Morgengrauen zwanzig Zentimeter tiefer einen Einhänder mit kurzer, kaum oder nicht verzierter Querstange, wie sie bei den Wikingern üblich waren.« Er zeigte auf die Fundtüte mit dem Lederriemen. »Kleine und leichte Artefakte findet man übrigens oft in etwas höheren Schichten, weil die Kryoturbation sie leichter nach oben befördern kann.«

Conrad nickte bedächtig. »Sie haben recht mit dem Auftrieb durch Frost.« Er goss sich einen weiteren Kaffee ein. »Wenn man es genau ansieht, kann man sogar die Eindrücke erahnen, die die überlappenden Wicklungen hinterlassen haben.«

»Und die typischen Kleberückstände. Manchmal eine Art Knochenleim oder sowas wie Bitumen, Pech, Teer, mit dem man auch die Haare und Pflanzenfasern zur Abdichtung von Booten zwischen den Planken verklebt hat.« Herjolfsson schob die beiden Entwässerungsschläuche ein wenig weiter Richtung Zeltwand und reichte Conrad eine kleine Hamburger Spitzkelle und ein zwanzig Millimeter Gipsereisen. »Lassen Sie uns loslegen, Peter.«

Als die Dämmerung draußen einen trüben Tag ankündigte, stieß Conrad im Zelt auf einen Stoff grober Webart. »Bjarni, ich glaube, Sie behalten recht. Ich habe hier zwar keine Waffe, aber so etwas wie grobes Leinen freigelegt.«

Herjolfssons drehte sich um; seine Wangen brauchten keine zwei Sekunden, um einen ähnlichen Farbton anzunehmen wie sein Haar. »Das ist fantastisch, Peter!« Sofort begann er, selbst den Fund freizukratzen. »Ich sage dir, das ist eine Bestattung!«

Conrad registrierte das Duzen, schrieb es aber dem Überschwang des Augenblicks zu. »Ja, das glaube ich jetzt auch. Es würde hervorragend zu unserer Steinstele passen. Sollten wir nicht die Kollegin Harstad dazuholen, schließlich ist die Idee mit der Grabplatte auf ihrem Mist gewachsen?«

»Nein, noch nicht. Lassen Sie uns erst ein wenig mehr freilegen, damit wir sicher sein können, eine Grablegung vorzufinden. Marte wird zu ihrer verdienten Anerkennung kommen. Der Nächste, den wir dazuholen, wird sowieso Stefan sein. Ich wäre als Ausgrabungsleiter auch nicht erfreut, wenn ich von einem so entscheidenden Befund in zweiter Reihe erführe…« Er nahm Conrad das Gipsereisen aus der Hand und reichte ihm eine mittelgroße Spitzkelle. »Sie entfernen bitte die Deckschichten. Wenn Sie soweit sind, geben Sie mir Bescheid; ich kann dann die Feinarbeit machen. So kommen wir am schnellsten voran.«

Conrad verkniff es sich, seinen Unmut zu äußern, und begann mit der Grabungsarbeit, während Herjolfsson bereits mit der Aufnahme des Befundes begann. Nach wenigen Minuten stieß er mit der langsam geführten Kelle gegen etwas Hartes in dem feinsedimentigen Boden. Ein Stein oder der erhoffte Knochenfund. Als er beinahe eine handtellergroße Region der Fundoberfläche freigelegt hatte, kam eine unregelmäßig gezackte Furche zum Vorschein. »Bjarni, jetzt sollten wir Madsen holen.«

Herjolfsson reagierte wesentlich kontrollierter als beim Fund des Leinenfetzens. »Ich hab's gewusst, ha! Los, holen Sie Stefan, wir brauchen Entscheidungen. Es ist sowieso Zeit zum Aufstehen.«

Madsen schien auf einen solchen Befund vorbereitet. Noch bevor der Arbeitstag für die Grabungsmannschaft begann, hatte er die Zuteilung der Flächen so geändert, dass ihnen zwei Studenten bei der Sicherung der Grube halfen, aber sich sonst niemand außer ihm, Herjolfsson, Conrad und Harstad in dem Zelt aufhielt. Die Helfer hatten Baudielen zwei Handbreit über der Fundfläche abgehängt und verspannt. So lagen nun Harstad und Herjolfsson bäuchlings auf den Planken, während Conrad und Madsen die Dokumentation übernahmen.

Der Mann, so viel stand schnell fest, wies eine erstaunlich gute Erhaltung auf. Zwar fehlten ihm an der obenliegenden Schädelseite, auf die Conrad gestoßen war, sämtliche Weichteile, die andere aber zeigte im oberen Bereich geschrumpfte Gewebereste; die untere Gesichtshälfte ließ gar einen dichten, langen Bart erkennen. Insgesamt erinnerte der Zustand mehr an die Leichenfunde, die man letztes Jahr im Permafrostboden eines Kurgans der ostsibirischen Steppe gemacht hatte, und weniger an die Moorleichen Nordeuropas. Deshalb beschloss Madsen, die Infrarotlampen auszuschalten und den Toten in einem möglichst gefrorenen Zustand freizulegen. Das war wesentlich mühsamer (und unkomfortabler für die Ausgräber), würde aber eine Verwesung weitgehend verhindern.

Gegen Mittag hatten sie die Rollen getauscht, sodass nun Madsen und Conrad die anstrengende Arbeit auf der Fläche erledigten. Um vierzehn Uhr zehn kam eine zweite männliche Leiche dazu. Um sechzehn Uhr waren erneut Herjolfsson und Harstad gefordert. Kurz nach dem Schichtwechsel tauchten Partien auf, die zu einer dritten Person gehören mussten. Der Erhaltungszustand dieser beiden war noch erfreulicher als der des ersten Mannes.

Als sich draußen die Abenddämmerung ankündigte, unterbrach Madsen die Arbeiten für eine Bestandsaufnahme. »Bjarni, Marte, Pause. Lasst uns zusammentragen, was wir haben, und einen Plan für die Bergung entwerfen.« Er wandte sich an den größeren der beiden Helfer: »Nils, würden Sie uns allen etwas zu essen besorgen?« Als der dänische Student zu einem Einwand ansetzte, hob Madsen die Hand. »Ich weiß, der gute Karl wird meckern, weil es erst in zwei Stunden Abendessen gibt. Aber Sie dürfen ihn mit meiner Rückendeckung zwingen, belegte Brote für sechs Personen bereitzustellen.«

Nils salutierte und entfernte sich schnellen Schrittes.

»Und zwei Thermoskannen heißen Kaffee, Nils«, rief er ihm hinterher, kurz bevor er das Zelt verließ. Madsen nahm zwei Infrarotstrahler aus ihrer Halterung. »Peter, nehmen Sie auch zwei von den Dingern mit. Wir gehen ans andere Zeltende. Ist ja völlig unnötig, dass wir wegen der Wikinger frieren, wenn wir uns zusammensetzen.«

»Peter, ich gehe davon aus, dass Sie die Umzeichnung und den Text der Grabplatte zur Hand haben.«

Conrad nickte und fingerte mit steifen Knöcheln nach den Papieren in seiner Jacke. Er reichte die zusammengefalteten Kopien mit seinen gekrakelten Notizen an Madsen weiter. Der ältere Archäologe legte die Papiere auf dem Regal neben sich ab und blickte einige Augenblicke nachdenklich darauf.

»Willst du jetzt rausrücken mit der Sprache, oder soll ich einen Vorschlag zur Bergung machen?«, fragte Herjolfsson nach mehr als drei Minuten, in denen müder werdende Blicke hin- und hergegangen waren.

Madsen warf seinem Freund einen wenig begeisterten Blick zu. »Bleib du bei deinen Kleinfunden und Schriftzeichen, mein Guter. Es sieht folgendermaßen aus. Die Steinplatte markierte offenbar tatsächlich eine Grablege. Wir haben nicht nur fantastisch erhaltene Wikingermumien gefunden, sondern kennen von zwei Männern sogar die Namen. Das hat es in dieser Form überhaupt noch nicht gegeben.« Das Wort Sensation hing im Raum zwischen ihnen, blieb aber unausgesprochen. »Wir müssen verdammt vorsichtig sein. Sobald dieser Befund bekannt wird, werden wir jeden Handgriff rechtfertigen müssen. Daher meine Frage, Peter. Das ist nicht ganz das, wofür Sie sich gemeldet haben, aber als Anthropologe…«

Conrad nickte vehement, noch bevor Madsen seine eigentliche Frage gestellt hatte.

»Sie fühlen sich dem gewachsen? Und Sie können eine einwandfreie Erstuntersuchung durchführen, die uns später nicht das Genick bricht?«

»Die Möglichkeiten hängen von der Einrichtung Ihres Labors ab, versteht sich«, fühlte Conrad sich genötigt zu erklären, als er Harstads und Herjolfssons breites Grinsen sah.

»Die Einrichtung…« Madsen stieß ein ungläubiges Lachen aus. »Soll das heißen, dass Sie immer noch nicht in unserer Wunderbox waren? Bjarni, womit hast du unseren Anthropologen die ganze Zeit beschäftigt«?

Herjolfsson war keineswegs zerknirscht. »Jetzt wird er das Labor wahrscheinlich auf Wochen kaum verlassen, da ist es doch gut, dass er schon einen umfassenden Eindruck von der Carrière hat.«

»Die Wunderbox?«, wiederholte Conrad.

»Ja, ist gleich der nächste Halt, Peter. Aber jetzt erst nochmal zurück zu unseren gefrorenen Helden. Was machen wir, Stefan?«

Madsen sammelte seine Gedanken. »Wir können die Eismumien nicht dort lassen, wo sie sind, aber eine Bergung ist auch alles andere als ein Spaziergang. Die Bedingungen hier im Zelt werden für die Erhaltung der Mumien bald zum Problem werden, jetzt, da sie freigelegt sind. Und ich habe nicht vor, den Rest der Grabung hier einzustellen, bis wir eine komplette Blockbergung durchführen können. Wenn, wäre das überhaupt nur mit ziemlich schwerem Gerät wie Kran und vielleicht sogar noch einer Fräse möglich, und sowas kommt mir nicht auf die Fläche.« Madsen machte eine kurze Pause. Harstad nickte nachdenklich und Conrad wusste, dass Madsen zumindest mit dem ersten Teil seiner Ausführungen richtig lag. Der Kontakt mit der aufgewärmten Außenluft würde bald die äußerste Schicht der gefrorenen Haut antauen, und dann würde, wenn auch unglaublich langsam, die Verwesung einsetzen.

»Wir sollten mit Latexhandschuhen an den Mumien arbeiten, um eine Bakterienübertragung von unserer Haut zu verhindern«, murmelte er.

»Sehr guter Vorschlag, Peter. In Ordnung, so machen wir das. Wir können nur in Kleinblöcken Leiche für Leiche bergen. Da die Individuen einander nicht berühren, oder es gar Überschneidungen gibt, sollte das bei sorgfältiger Arbeit möglich sein. Wir werden aber noch Raum seitlich neben den Körpern brauchen, um die Bodenplatte einschieben zu können.« Madsen hustete kurz. »Sie haben noch nie an Eismumien gearbeitet?«

Conrad neigte den Kopf hin und her. »Nicht direkt. Nur im Rahmen einer Übung, aber da waren es keine menschlichen Überreste.«

»Hm, nun gut. Ich werde Suzuki gleich befragen, ob er da Erfahrungen hat. Es hilft am Ende alles nichts. Wir werden den Transport so schnell wie möglich und so schonend wie machbar durchführen – aber eine Alternative zum Transport gibt es nicht«, verkündete Madsen. »Sie, Peter, machen sich noch heute Abend in groben Zügen mit dem Labor vertraut und erstellen eine Liste mit Punkten, die Ihnen bei der Bergung hier im Zelt und beim Transfer hinüber zur Wunderbox wichtig erscheinen. Alles, was Ihnen einfällt, Sie verstehen mich. Ich kann notfalls selbst entscheiden, welche Ihrer Maßnahmen überflüssig oder unmachbar sind«, er grinste Conrad schief zu, »aber so sind Sie und Ihr Gewissen später schonmal aus dem Schneider.«

Madsen hatte nicht lange gebraucht, um sich ein recht treffendes Bild von ihm zu machen. Der Mann war kein schlechter Menschenkenner, dachte Conrad einigermaßen überrascht.

»Ich mache einen Einsatzplan für die Bergung, und auch wenn sich heute so einige doch recht qualifizierte Personen schlimm langweilen mussten, wäre es mir lieber, wenn wir die eigentliche Grabungsarbeit auf einen möglichst kleinen Kreis beschränken könnten.«

»Damit meint er uns, Harstad«, kommentierte Herjolfsson in gespieltem Flüsterton.

»Natürlich meine ich euch beide.«

15

Da Madsen keine Andeutungen machte, ihn zur Bergung der Eismumien abstellen zu wollen, kehrte Conrad bald darauf zu den Unterkünften zurück. Während Herjolfsson und Madsen mit ihren Studenten die Wikinger ausgruben, würde er sich endlich ein Bild von der ominösen Wunderbox machen. Das hell erleuchtete Ensemble von Containern, aus denen sich die Infrastruktur zusammensetzte, wirkte vor dem dunklen Himmel schon von der Carrière aus imposant.

Die kleine Siedlung bestand aus fünfundvierzig Fuß langen Seecontainern, die leer immerhin fast fünf Tonnen auf die Waage brachten. Eine amerikanische Spezialfirma für arktistaugliche Mobilbehausungen hatte sie per Schiff bis Saint-Anne transportiert. Von der vierzig Kilometer entfernten Küstenstadt war es dann mit einem Sikorsky Skycrane weiter in das Expeditionsareal gegangen. Für den großen Transporthubschrauber war dieses Gewicht keine Schwierigkeit, er konnte mit weit über zehn Tonnen Last fliegen. Deshalb wurden die verschiedenen Einheiten schon ab Werk mit ihrem Innenleben ausgestattet. Das Problem lag eher darin, dass die über dreizehn Meter langen Metallkisten nicht mehr in die Ladebucht des CH54 passten; die war für die etwas kürzeren Container konzipiert, welche die amerikanischen Streitkräfte standardmäßig verwendeten. Die Sponsoren der Kampagne hatten deshalb mit der Idee geliebäugelt, eine finnische Firma anzuheuern, die mit den noch stärkeren Mil Mi-26 ausgerüstet war. Diese sowjetischen Lasthubschrauber konnten bis zu zwanzig Tonnen Nutzlast befördern, aber auch sie wären wegen der fehlenden Ladebucht keine Lösung für das Problem der Windempfindlichkeit gewesen, also verwarf man diese Überlegung. Stattdessen mussten fünf besonders windstille Tage abgewartet werden, damit die an einer Stahlseilkonstruktion untergehängte Last nicht zu einer Katastrophe führte.

Vor Ort hatte man immer zwei der Container an ihren Längsseiten verbunden und die Zwischenwände größtenteils entfernt. Das ergab stattliche Räumlichkeiten von fast fünfundsechzig Quadratmetern. Mit ihren Stelzen und den farblich gekennzeichneten Bereichen sah die Carrière-Station ein wenig nach einem Stützpunkt auf dem Mars aus – und irgendwie war sie das ja auch, fand Conrad. Die rechte Seite wurde von dem grasgrün angestrichenen Wohnkomplex für Mannschaften und Wissenschaftler dominiert. Auf diesem thronten Küche und Kantine, oder der 'Saal', wie die Grabungsteilnehmer sie getauft hatten. So durchdacht, wie die gesamte Kampagne wirkte, hatte man diesen Ton sicherlich nicht ohne Bedacht gewählt. Wahrscheinlich sollte das helle Grün Ruhe und Geborgenheit verkörpern.

Ganz im Gegensatz zu dem leuchtenden Orange des zweistöckigen Laborteils des Containerdorfes. Suzukis Reich, die chemische und physikalische Datierung, befand sich im oberen Bereich, während unten ein Kryolabor eingebaut worden war, damit empfindliche Funde ohne Klimaänderung untersucht werden konnten. Mit größter Sicherheit würde er die meiste Zeit mit den Wikingermumien in dieser Kältekammer verbringen. Er erschauderte; hoffentlich waren die Arbeitsoveralls so gut gedämmt, wie man es auf dieser finanzstarken Expedition erwarten konnte. Als Erstes würde er jedoch die zwischen Orange und Grün liegenden Büroräume aufsuchen, welche (warum auch immer) im Flutlicht blendend weiß erstrahlten. Perrichon sollte zumindest wissen, dass auch er ab heute Abend sein Büro mit dem Kühlhaus der Wunderbox, wie man den Laborkomplex offenbar nannte, eintauschen würde. Vielleicht würden die eisigen Arbeitsbedingungen das Gemüt des aufbrausenden Kanadiers günstig beeinflussen. Conrad lächelte gequält; besser als nichts, aber eigentlich hätte er am liebsten jeglichen Kontakt mit Perrichon vermieden... doch diese Entscheidung lag nicht in seiner Kompetenz. Und die Blöße, sich bei Madsen auszuheulen, würde er sich nicht geben.

Sein designierter Assistent schien nicht sonderlich erschüttert, als Conrad ihm mitteilte, dass Herjolfsson und Harstad Eismumien gefunden hatten und diese größtenteils im Kryolabor untersucht werden müssten. »Kein Problem, Peter. Ich habe schon öfter im Labor gearbeitet. Gehen Sie nur schon vor. Ich bringe die Funddoku noch auf den aktuellen Stand, dann komme ich rüber.«

Conrad verließ ihn mit einem zustimmenden Nicken und ging über den aus Stahlrohr und Gitterrosten bestehenden Außengang zum physikalisch-chemischen Labor hinüber, in dem Shinji Suzuki arbeitete. Plötzlich kam ihm in den Sinn, dass Suzukis Assistent Fujimoto und Perrichons Vorgesetzter, der angeblich verunglückte Scotte, beträchtliche Zeit im orangenen Stationsteil verbracht hatten. War es ein Zufall, dass die Hälfte der Laborbelegschaft einen gewaltsamen Tod erlitten hatte? Wäre er ein nächster Kandidat, oder entwickelte er Paranoia? Mit einem flauen Gefühl in der Magengegend öffnete er die Metalltür.

»Sie müssen Peter Conrad sein«, begrüßte ihn ein sogar für asiatische Verhältnisse kleingewachsener Mann. »Ich bin Suzuki Shinji. Bitte nennen Sie mich Shinji.«

Zu Conrads Erleichterung war Suzukis Englisch beinahe akzentfrei. »Freut mich, Sie kennenzulernen.«

»Wie möchten Sie Ihren Kaffee?« Der Japaner lächelte. »Ja, ich weiß, ich müsste Ihnen grünen Tee anbieten, aber ich mag das Zeug nicht.« Ohne eine Antwort abzuwarten, füllte er zwei Becher und nahm zwei Kaffeesahnedöschen sowie einige Stücke Zucker aus einer metallenen Nierenschale. »Wie Sie sicher schon wissen, machen wir... ich. Ach, der arme Fujimoto, er war ein hervorragender Labortechniker. Ich...«, er seufzte, »er war ein aufrichtiger Charakter.«

»Es tut mir schrecklich leid.« Conrad hatte keine Ahnung, wie er sich verhalten sollte, und befürchtete, dass der Mittfünfziger sentimental wurde.

Aber der fuhr augenblicklich in dem fast heiteren Ton seiner Begrüßung fort. »Nun ja, ich bin als Verantwortlicher für die physikalische und chemische Altersbestimmung auf dieser Kampagne ausgewählt worden. Außerdem arbeitet zeitweise auch noch eine Kollegin hier, Jane Russler. Sie ist Archäobotanikerin. Allerdings gibt es zur Zeit ja noch keine Pflanzen- oder auch nur Pollenfunde.« Er warf vier Stücken Würfelzucker in seinen Kaffeebecher und rührte mit einem Bleistift um. »Nun ja, sie ist wohl auch Journalistin und auf Wunsch von National Geographic da... und sie ist Amerikanerin.«

Das Gegenteil von Perrichon, dachte Conrad. *Bei dem werde ich überhaupt nicht zu Wort kommen.* Aber eine gewisse Geschwätzigkeit war nicht schlimm, wenn es gesprächsfreie Arbeitsphasen gab. Ganz sicher würde ihn der kleine Japaner nicht aus heiterem Himmel anfallen – und wenn, dann würde er sich wehren können... *Dieser verrückte Perrichon...*

»Egal, wie schon gesagt, Jane ist selten hier. Und der gute Scotte kommt ja nun auch nicht mehr. Sie haben ja von dem tragischen Unfall gehört.«

Conrad nickte, machte aber gar nicht erst den Versuch, Suzukis Redefluss zu unterbrechen.

»Tja, jedenfalls sind Sie ja jetzt gewissermaßen mein neuer Kompagnon, wie ich höre. Wir werden gut miteinander auskommen. Was führt einen Anthropologen ins Datierungslabor, wenn er keine Knochen mitbringt? Sagen Sie doch, Peter. Sie erzählen so wenig von sich.«

Der Mann schwieg tatsächlich seit einigen Sekunden. Conrad war baff. Dann prustete er los. Die ganze Anspannung der letzten Tage brach sich in einem Lachanfall bahn. »Sie sind eine Überraschung, Shinji«, sagte er und versuchte, ernst zu klingen. »Wirklich, ich freue mich, dass Sie nicht mit gewichtiger Miene geheimniskrämerisch daherreden wie alle anderen, die mir bis jetzt auf dieser Grabung begegnet sind. Entschuldigen Sie bitte meine Unbeherrschtheit.«

»Oh, wissen Sie, Peter, ich bin Großstädter, in Tokio aufgewachsen. Und ich habe beinahe zwei Jahrzehnte an der Columbia in New York gearbeitet. Sie müssen keine Angst davor haben, meine asiatische Befindlichkeit zu beleidigen. Nein, im Ernst, ich habe im Moment wenige Gesprächsmöglichkeiten und ich bin neugierig, was Sie in der Wunderbox vorhaben.«

»Dann haben Sie es noch nicht gehört, Shinji?«

Suzuki nahm seine Nickelbrille ab und zog erwartungsvoll die Augenbrauen nach oben.

»Wir haben ein Wikingerbegräbnis entdeckt. Ich denke, in zwei oder drei Stunden bekomme ich den ersten Kandidaten auf den Tisch.«

»Das ist… fantastisch, Peter. Kommen Sie, wir werden erst einmal das köstliche Mahl einnehmen, das heute auf dem Plan steht. Es gibt gefüllte Paprika – mit Reis.« Er zwinkerte Conrad zu und geleitete ihn zur Tür.

Als sie aus dem Speisesaal in die Wunderbox zurückkehrten, verließen gerade fünf Personen, die Conrad nicht namentlich kannte, die Untersuchungsräume mit dem Kryolabor im unteren Stockwerk. Vermutlich hatte man soeben seinen ersten Kunden gebracht. Er verabschiedete sich von Suzuki und nahm die Treppe nach unten.

Perrichon kam ihm entgegen. »Wir wollten Sie gerade holen.«

In dem fensterlosen Laborcontainer erwarteten ihn Rousseau und diese Amerikanerin, mit der er vor Madsens Rede zu Fujimotos Tod ein kurzes Gespräch geführt hatte – Bowers hieß sie, erinnerte er sich. »Hallo...«, er reichte ihr die Hand.

Sie griff kräftig zu und lächelte professionell. Ihre Lippen trugen einen aparten Malveton. Conrad ertappte sich, nicht zum ersten Mal in den vergangenen Tagen, dabei, dass er an Lisa Franks dachte, obwohl die Amerikanerin nicht die geringste Ähnlichkeit mit seiner Kollegin hatte. Wie immer schob er sie resolut aus seinen Gedanken.

»Professeur Rousseau war so freundlich, mir die fotografische Begleitung der Bergung und Untersuchung aufzutragen«, erklärte Bowers. Das erklärte ihre gehobene Stimmung, dachte Conrad. Er lächelte unverbindlich zurück und wandte sich dann dem Gesamtverantwortlichen für Finanzierung und Organisation der Expedition zu. Pierre-Michel Rousseau war am wichtigsten und größten Forschungsinstitut Kanadas leitender Archäologe. Auch wenn eigentlich die arktische Archäologie der Nomadenvölker sein Spezialgebiet war, ließ er es sich nicht nehmen, an solchen High-Profile-Grabungen teilzunehmen – und seine Frau in die Vorgänge mit einzubinden. Conrad reichte Rousseau die Hand.

»Maureen Bowers hat die Bergung fotografisch für uns und ihr Magazin dokumentiert. National Geographic. Ah, das wissen Sie schon. Sie haben sich näher bekannt gemacht«, schmunzelte Rousseau. »Mir ist klar, dass Sie erst Zeit brauchen, um in Ruhe zu arbeiten, ...«

»Peter.«

»Natürlich. Und wir werden Maureen erst dazu holen, wenn wir es für sinnvoll halten.« Als er Conrads Blick bemerkte, bestätigte er: »Perrichon wird Ihnen zur Hand gehen, ich werde in beratender Funktion dabei sein. Ich habe schon einige Male Bergungen von solchen Eismumien geleitet. Ich kann Ihnen vielleicht von Nutzen sein.«

»Selbstverständlich, Monsieur Rousseau.«

Der Kanadier nickte zufrieden. »Dann sollten wir jetzt an die Arbeit gehen. Spätestens morgen kommt der Nächste.«

Conrad atmete tief durch. Seine eigenen hohen Ansprüche würden in den kommenden Stunden und Tagen sein geringstes Problem sein – permanent unter den Augen des unberechenbaren Perrichon und nun auch noch des einflussreichsten Archäologen Kanadas zu arbeiten, das würde sein Nervenköstum auf eine ungekannte Probe stellen. Er griff nach den Arbeitsanzügen, die sowohl den Schutz der Mumien vor Verunreinigungen gewährleisteten als auch gut isoliert schienen.

Das Labor sah nicht mehr aus, wie Conrad es wenige Stunden zuvor erstmals gesehen hatte. Die fünf Träger hatten mit ihrem Transportkarren beträchtliche Mengen Dreck eingetragen und der Block, den sie aus dem Boden geholt hatten, verlor ebenfalls eine Menge Erde, als sie die provisorische Plastikverhüllung entfernten. Diese hatte auf Conrads Liste gestanden, die Madsen von ihm eingefordert hatte. Sie schnitten die Gewebeplane vorsichtig auf und schlugen das gut zwei Meter lange Paket auf wie eine überdimensionale Frühlingsrolle.

Rousseau, Perrichon und Conrad standen einige Augenblicke nur da und starrten auf den Toten. Conrad gab sich einen Ruck; hier im Labor war er der Chef und musste sich auch so verhalten. Er wies die anderen an, mit ihm die obere Reihe der Schalbretter zu entfernen, die für Bergung und Transport als Kiste um die Eismumie herumgezimmert worden waren. Nachdem diese nach unten und oben offene Kiste fertiggestellt worden war, hatten Madsen, Herjolfsson und Harstad eine scharfkantige Metallplatte unter dem Befund durch den Boden getrieben. Dass dabei Funde beschädigt und möglicherweise auch andere Hinweise im Erdreich zerstört werden konnten, war ein nicht vermeidbares Risiko jeder Blockbergung; schließlich konnte niemand genau wissen, wie tief ein Fundensemble wirklich reichte, auch wenn es unwahrscheinlich war, dass sich unter den Mumien noch entscheidende Befunde verbargen. Die Archäologen an der Carrière hatten jedenfalls großzügig gearbeitet. Der Wikingerleichnam ruhte auf sicher dreißig Zentimetern solidem Erdreich. Conrad reichte das dritte Schalbrett an Perrichon, der es an der Wand abstellte. Weiterer lehmiger Dreck fiel auf den hellgrauen Laborboden.

»In Ordnung, fürs Erste reicht uns das. Lassen wir die restliche Umbauung stehen, zumindest bis wir die Metallplatte entfernt haben.« Er griff nach einem kleinen Palettmesser, einem sauberen Pinsel und einer Schale, in der er das entfernte Sediment sammeln wollte. »Lassen Sie uns anfangen, meine Herren.«

Das Entfernen der Metallplatte erwies sich als weniger problematisch, als Conrad befürchtet hatte. Madsens Technik ließ nichts zu wünschen übrig, und nachdem sie die Schraubverbindungen rundum gelöst hatten, konnten die drei Männer die Unterlage herausschieben. Bevor er auch nur einen Finger an die Leiche legte, wollte Conrad eine Röntgenaufnahme des gesamten Blocks machen, und das wäre durch die Stahlschicht natürlich unmöglich gewesen.

Auch das Kryolabor war mit Technik vom Feinsten ausgestattet. Rousseau lächelte breit, als er Peter das digitale Radiographiegerät vorführte. »Keine Photoplatten, kein aufwendiges Entwickeln und noch besser: fast kein Warten«, versprach der Kanadier und schwenkte den Arm des Apparates über den Untersuchungstisch. Conrad nahm die glänzende Oberfläche des Tisches genauer in Augenschein.

»Das Bild wird im Tisch selbst aufgenommen?« Die Panzerglasplatte schützte also eine hochmoderne Messplatte.

Es war Perrichon, der bestätigte: »Jawohl. Die gesamte Sensorik ist fest installiert und praktisch beliebig oft nutzbar. Wir... Jean...«, er verstummte kurz, sortierte seine Gedanken. »Wir haben einige Testläufe mit der Apparatur gemacht und ein paar frühe Fundstücke untersucht.«

Conrad fragte sich wieder einmal erstaunt, wer genau all das hier durch großzügige Spenden möglich gemacht hatte. Er konnte sich nicht vorstellen, dass es das Museum und die Magazine alleine waren. Und Rousseau hatte offensichtlich auch gute Kontakte in die USA. Aber vielleicht lag sein misstrauisches Gefühl an seiner zu europäischen Perspektive? Er hatte oft gehört, dass gerade in den Vereinigten Staaten das Sponsoring spektakulärer und vielversprechender Expeditionen zu den Steckenpferden reicher Großindustrieller und börsennotierter Unternehmen gehörte. Überhaupt war die Spendenkultur eine gänzlich andere als jenseits des Atlantiks. Conrad hatte solche Praktiken immer mit einem vagen Unwillen zur Kenntnis genommen, aber nie zuvor aus erster Hand erfahren, was eine solche private Finanzspritze wirklich für eine Ausgrabung bedeutete. In diesem Falle hätte man in Europa die Eismumien vermutlich nicht optimal bergen und lagern können. Eine Untersuchung vor Ort wäre daran gescheitert, dass weder ein Kryolabor noch die Mittel zur zerstörungsfreien Untersuchung zur Verfügung gestellt worden wären. Er bezweifelte auch, dass es solche Forschungscontainer bei ihnen überhaupt gab...

Conrad, Rousseau und Perrichon verließen während des eigentlichen radiographischen Vorgangs den abgeteilten Kühlbereich, der so gleichzeitig als Röntgenkammer fungierte. Zwei schmale Fensterschlitze in Augenhöhe mit Bleiverglasung waren die einzige Möglichkeit, in das Innere zu sehen. Der Apparat machte ein schnarrendes Geräusch.

»In ein paar Minuten haben wir die ersten Aufnahmen«, erklärte Perrichon und deutete auf einen Computermonitor neben ihm.

»Die Bilder werden gleich hier hergeschickt?«

Perrichon erklärte ihm in groben Zügen die Funktionsweise dieser neuen Art der Radiographie, und Conrad war beeindruckt. Die Bilder hatten neben ihrer schnelleren Verfügbarkeit auch den Vorteil, dass sie als Positiv erschienen, und dass sie digital im Computer erstellt und gespeichert wurden. Gegen die HighTech, die hier aufgefahren wurde, wirkten die Gerätschaften von Professor Bergens Ägyptenexpedition ziemlich altbacken, dachte Conrad.

Gespannt warteten sie auf die Resultate – aber was schließlich auf dem Bildschirm erschien, warf mehr Fragen auf, als es beantwortete.

Der unübersehbare, seltsam geformte Schatten im oberen Bauchraum des toten Wikingers unterbrach die Untersuchung, bevor sie überhaupt richtig angefangen hatte. Rousseau und Conrad hatten einige Minuten diskutiert, dann hatte Perrichon vernünftig vorgeschlagen, Madsen und vielleicht auch Tshakapesh – Madame Rousseau, wie Perrichon sich ausdrückte – hinzuzuziehen. Beide hatten umfangreiche Erfahrungen mit arktischer Archäologie und hatten unter Umständen schon etwas Vergleichbares zu Gesicht bekommen.

Nun standen fast alle wichtigen Personen der Carrière-Kampagne dicht gedrängt im äußeren Laborteil. Conrad beobachtete die Innu aus den Augenwinkeln. Er wusste noch immer nicht recht, was er von ihr und ihren übernatürlichen Theorien halten sollte. Wie konnte sie als Wissenschaftlerin so etwas Absurdes ernsthaft in Betracht ziehen?

»Nicht wahr, Peter?«, verlangte Madsen zu wissen.

Er fuhr zusammen. »Verzeihung?«

Perrichon grinste frech, und Conrad fühlte seinen Puls klettern.

»Sie könnten eine erste vorsichtige Untersuchung durchführen. Das war ja ohnehin der Plan. Aber auch eine Öffnung des Bauchraums zur Überprüfung des Röntgenbefundes wäre theoretisch hier für Sie machbar, richtig?« Madsen klang beherrscht, aber Conrad spürte, dass er sich nicht gern wiederholte.

Er schluckte einmal, doch er wusste sehr wohl, was der leitende Archäologe von ihm erwartete. Er wollte seinen Rücken gestärkt haben gegen den Mann am längeren Hebel. Steckte er schon wieder mitten in diesen Machtgeplänkeln, mit denen er doch diesmal nichts zu tun haben sollte? »Mit letzter Sicherheit kann ich das erst entscheiden, wenn wir den Leichnam überhaupt soweit freipräpariert haben, dass ich einen Eindruck von der betreffenden Körperzone habe. Aber im Hinblick auf die Ausstattung hier sollte das eigentlich kein Problem sein, nein.«

Madsen nickte und Rousseau wandte sich an seine Frau. Sie wechselten einige Worte in einer sehr fremdartigen Sprache. Tshakapesh beendete das Gespräch schließlich. »Sie tragen für alles die Verantwortung, Professor Madsen.«

Und Rousseau fügte hinzu: »Hiervon kein Wort an Bowers und ihre Kollegen. Lassen Sie sie besser einige Fotos schießen, *bevor* Sie weiterarbeiten. Und kein Wort von der ungeklärten Röntgenaufnahme. Haben wir uns verstanden? Es bleibt noch genügend Zeit, sich im Glanz der Entdeckung zu sonnen, wenn wir wissen, womit wir es zu tun haben. Doch bevor wir eventuell eine Öffnung der Toten vornehmen können, müssen noch einige wichtige... Aspekte einer solchen Aktion abgewogen werden.«

Conrad fühlte einen Schauer seinen Rücken hinunterlaufen – und das trotz des viel zu warmen Isolieranzugs.

Eine halbe Stunde später waren Bowers und Sapfield mit ihren Aufnahmen und ersten Fragen durch, und es kehrte wieder angespannte Ruhe ein. Der gefrorene Leichnam war nun wegen der Fotoaufnahmen gut ausgeleuchtet. Conrad und Perrichon arbeiteten mit feinen Werkzeugen daran, das Sediment rund um den Körper weiter und weiter abzutragen. An den Rändern gingen sie dabei recht handfest zu Werke und sammelten das anfallende Erdreich in Eimern, sodass es später sorgfältig gesiebt und ausgelesen werden konnte. Je näher sie an der Wikingermumie arbeiteten, desto vorsichtiger und exakter wurden ihre Bewegungen. Conrad verlor sich bald in der konzentrierten Arbeit. Er sah nicht einmal mehr Perrichon oder Rousseau, der als stummer Beobachter über jeden ihrer Handgriffe wachte. Als sie nach einigen Stunden – und Conrad hätte nicht sagen können, ob es zwei oder sechs gewesen waren – die Leiche bis auf die Aufliegeebene freigelegt hatten, hatte sich in seinem Kopf bereits ein recht umfassendes und überraschendes Bild der Gesamtsituation ergeben. Des ominösen Schattens auf dem Röntgenbild hätte es gar nicht bedurft, um die Eisleiche höchst interessant zu machen.

Vor ihnen lag der teils gut erhaltene Leichnam eines etwa vierzigjährigen Mannes. Damit, das wusste Conrad, war er für einen Wikinger schon ein älterer Mann. Die Theorie von einer Landnahmefahrt gewann damit an Glaubwürdigkeit. Die Erhaltung im Boden war nicht so optimal gewesen, wie es zuerst den Anschein gehabt hatte. Es musste länger anhaltende Tauperioden gegeben haben, denn besonders die linke Hälfte des Kopfes und beträchtliche Teile des Unterleibs und der Beine waren im Laufe der Jahrhunderte skelettiert. Der Rest des Leichnams war dagegen fast unversehrt. An einigen Stellen waren sie auf Textilreste gestoßen, die Conrad für den Moment an Ort und Stelle belassen hatte. Es wirkte wie einfaches leinbindiges, möglicherweise ungefärbtes Gewebe. Die Haut war kalkweiß und nur an wenigen Stellen verfärbt. Das halbe Gesicht mit den leeren Höhlen hinter den dunklen, geschlossenen Lidern wirkte wie ein schauderliches Memento Mori. Woran der Mann gestorben war, daran konnte es kaum einen Zweifel geben, denn nachdem sie den Körper säuberlich von Sedimenten und den meisten Verschmutzungen befreit hatten, traten zahllose Wunden deutlich hervor. Die Kehle des Mannes war fast bis zur Wirbelsäule durchtrennt worden, an seinen Armen und Händen waren tiefe Schnitte zu sehen, die Conrad – spätestens nach seinem kürzlichen Ausflug in die Welt der Kriminalistik – als Abwehrverletzungen identifizierte. Überall fanden sich zudem Zeichen stumpfer Gewalteinwirkung, als hätte jemand noch auf den am Boden liegenden Mann eingeprügelt. Sie hatten sich die Röntgenaufnahmen anschließend nochmals gründlich vorgenommen und mit den äußeren Befunden verglichen. Dort waren etliche Knochenbrüche auszumachen, die zumindest zum Teil mit äußeren Verletzungen korrelierten. Dieser Mann war bei einem äußerst brutalen Angriff gestorben, aber Conrad bezweifelte, dass es im Verlauf eines Kampfes dazu gekommen war. Wäre der Tote selbst bewaffnet gewesen und auf einen Angriff gefasst gewesen, hätte er sich kaum mit bloßen Händen verteidigen müssen, oder? Aber hatte Bjarni nicht gesagt, dass das Lederband im Grab von einer Waffe stammte? Am merkwürdigsten waren einige fast kreisrunde Verletzungen, die Conrad am Nackenmuskel ausmachte. Etwa faustgroße Hämatome, die jedoch unregelmäßig wirkten. Eine Sache, auf die er sich keinen richtigen Reim machen konnte; nicht zum ersten Mal auf dieser Grabung...

16

Vierundzwanzig Stunden später rief Rousseau die 'Eismumien-Truppe' zusammen, um die ersten Ergebnisse von Conrads Beschau vortragen zu lassen. Es war schon längst wieder dunkel draußen geworden, und Herjolfssons Prophezeiungen bestätigten sich bislang voll und ganz. Conrad hatte seit vorgestern kein Tageslicht gesehen. Todmüde war er zudem, aber das spielte im Moment keine Rolle; er war viel zu angespannt. Außer Perrichon und Rousseau, die bei den Untersuchungen die ganze Zeit anwesend waren, hatten sich auch Tshakapesh, Herjolfsson und Madsen mittlerweile versammelt. Und Marte Harstad war ebenfalls dazugekommen. Der 'Saal' war bis auf die sieben leer, und sie hatten die Tische am Kopfende zusammengeschoben, um im kleinen Kreis konferieren zu können. Der Koch hatte ihnen just ein kaltes Abendessen serviert, das im Moment die Aufmerksamkeit gänzlich beanspruchte.

»Gott sei Dank«, seufzte Harstad zwischen zwei Bissen einer pastetenartigen Gemüsemasse, »ich dachte schon, wir würden verhungern.«

Tshakapesh lachte ziemlich hämisch, aber Harstad schien ihr das nicht zu verübeln. Beide Frauen sahen nicht aus, als würden drei oder vier Tage des Fastens sie vor ernsthafte Schwierigkeiten stellen.

Conrad schob sich den Rest eines dick belegten Käsebrotes in den Mund und sah sich hilfesuchend um. Er sollte sofort etwas Koffein nachlegen, sonst würde bald der Einbruch kommen.

»Suchen Sie den hier?« Mit einem Lächeln schob Herjolfsson ihm einen großen Becher zu. Conrad nickte dankbar und musterte den Deutsch-Norweger. Der sah ebenso mitgenommen aus wie Harstad und Madsen. Die drei hatten sich auf der Fläche abgewechselt und in den letzten achtundvierzig Stunden fast rund um die Uhr die Eismumien geborgen. Seit vier Stunden befanden sich alle drei in der Wunderbox. Es wurde allmählich ein wenig eng, denn neben dem gekühlten Untersuchungsraum gab es keinen anderen klimakontrollierten Bereich. Natürlich wären auch die Außentemperaturen kein Problem, aber die Kontamination wäre es umso mehr. Die dritte, und wie es aussah am besten erhaltene, Mumie hatte im Moment ihren Platz auf dem Untersuchungstisch, aber die anderen lagen in provisorischen Containern an der Wand und waren ständig im Weg.

»Professeur Rousseau. Spannen Sie uns nicht länger auf die Folter«, sagte Harstad schließlich, nachdem sie ihr drittes Sandwich mit einem kräftigen Schluck aus ihrem Flachmann heruntergespült hatte.

»Aber nein, der Experte zuerst. Bitte, Peter.« Rousseau machte eine ausholende Geste, als präsentiere er Conrad einem Weltpublikum. Der tat sein Bestes, eine unbewegte Miene zu zeigen, schaute ein letztes Mal kurz auf seine handschriftlichen Notizen und begann dann zu erzählen, was sie in den vergangenen beiden Tagen hatten herausfinden können.

Die drei mumifizierten Männer gehörten alle etwa zur gleichen Altersgruppe und wiesen ähnliche Merkmale in Statur sowie allgemeinem körperlichen Zustand auf. Die Erhaltung war jedoch durchaus unterschiedlich. Es musste wärmere Perioden gegeben haben, in denen der Permafrost an dieser Stelle beinahe unterbrochen worden war. In dieser Zeit hatte besonders der zuerst geborgene Leichnam an einigen Stellen deutliche Verwesungsmerkmale entwickelt. Dieser Körper hatte ein wenig höher im Boden gelegen als beiden anderen, weshalb die Archäologen auch zuerst auf ihn gestoßen waren. Trotz der teils schlechten Erhaltung der Weichteile gab es in Conrads Augen klare Parallelen zwischen den Toten. Sie waren große, kräftige Männer gewesen, aber nicht mehr in der Blüte ihrer Jahre. Erfahrene Seefahrer, und bei den Wikingern hieß das auch Ruderer. Wenn man die noch erkennbare Muskulatur bedachte, konnten sie das alle wohl gewesen sein. Die Zähne und andere sichtbare Teile des Skeletts hatten keine Auffälligkeiten aufgewiesen, die detaillierteres Licht auf das Leben der Nordmänner geworfen hätte. Sie entsprachen Vergleichsfunden und passten zu einer Lebensweise, die sich zum großen Teil auf den Fischfang, die Jagd und etwas Feldbau stützte.

Der Runentext auf der Steinstele, die sich nun sicher als Grabplatte ansprechen ließ, passte zum Befund. Natürlich war völlig unklar, welcher der Männer Ketil war und ob die anderen beiden die auf der Steinplatte genannten Thorstein und Leif sein mochten. Nichtsdestotrotz war das Fundensemble schon jetzt eine archäologische Sensation. Endlich kannte man durch die Widmung des Helgi drei vorkolumbische Entdecker namentlich und konnte sie einer historisch gut belegten Kultur zuordnen. Dass der Befund offensichtlich über all die Jahrhunderte ungestört geblieben war, machte ihre Entdeckung umso wertvoller. Ein Rätsel blieben allerdings die Aussage des mysteriösen Grabtextes selbst und das unheimliche Abbild, das die Runen einrahmten. Hatte dieses fast außerirdisch aussehende Geschöpf etwas mit dem Tod der drei Wikinger zu tun; rührten gar die brutalen Verletzungen, denen die Seefahrer erlegen waren, von dieser Kreatur?

»Ich danke Ihnen, Peter«, eröffnete Rousseau seinen Beitrag. »Was die Beschreibung des Fundzusammenhanges und eine Deutung als Grablege für drei Wikinger angeht, dürfte

Einigkeit herrschen.« Er sah in die Runde. »Auch die Verletzungen haben Sie informativ und detailliert geschildert, Peter. Somit dürfte ebenfalls sicher sein, dass die Individuen auf sehr ähnliche Weise ums Leben kamen und extreme Gewalt dabei im Spiel war.«

Die Anwesenden nickten zustimmend.

»Was wir nicht oder vielmehr noch nicht kennen, sind die Umstände, unter denen die Wikinger umkamen. Hat jemand schon eine Theorie, die mit den bisherigen Erkenntnissen zusammenpasst?«

Du jedenfalls hast eine, dachte Conrad, als er in Rousseaus Gesicht blickte.

Harstad meldete sich als Erste. »Ein dreifacher Bärenangriff wird es ja wohl nicht gewesen sein.«

Verhaltenes Gelächter.

»Wahrscheinlich sind doch Kampfhandlungen«, schob Herjolfsson eilig nach, nachdem er Rousseaus säuerliche Miene bemerkt hatte.

»Ja, das meine ich auch«, bestätigte Conrad. »Die Verletzungen, die alle drei mal mehr, mal weniger ausgeprägt aufweisen, deuten auf kriegerische Auseinandersetzungen hin. Allerdings habe ich immer noch Bauchschmerzen wegen der ebenso eindeutig vorhandenen Abwehrverletzungen. Während eines Gefechtes ist man für gewöhnlich bewaffnet; die Untersuchungen, die ich bisher anstellen konnte, sprechen aber kaum dafür…«

Jetzt ergriff Madsen das Wort. »Peter hat recht. Selbstredend gibt es auch in einem bewaffneten Kampf Abwehrverletzungen, die sehen aber deutlich anders aus.« Er rutschte auf dem Stuhl nach vorne und nutze Harstads Hände, um seine Ausführungen optisch zu ergänzen. »Wenn Sie ein Schwert in der Hand haben, in circa neunzig Prozent der Fälle rechts, dann schützt Sie das Schwert teilweise vor Hiebverletzungen. Die Wikinger haben praktisch immer einhändige Schwerter mittlerer Reichweite verwendet. Wichtig ist dabei, dass diese regelhaft eine kurze Parierstange haben. Einen Schutzbügel oder gar Käfig für die Hand kannten die Wikinger nicht beziehungsweise verwendeten sie nicht. Die Gründe dafür sind in der Beweglichkeit zu suchen, die durch größere Schutzmaßnahmen beträchtlich eingeschränkt wird. Die kurze Querstange führt nun dazu, dass das Schwert sehr handlich ist und äußerst flexibel geführt werden kann, aber eben auch dazu, dass es schon ab dem Handgelenk aufwärts zu Treffern des Gegners kommen kann.« Er machte eine Schnittbewegung über Harstads Puls. »Merkwürdigerweise finden wir bei allen drei Wikingermumien aber auch zahlreiche Verstümmelungen an Handflächen und Fingern. Das ist umso seltsamer, als dass diese seefahrenden Krieger beim Kampf fast immer einen hölzernen Rundschild zur Abwehr von Schwerthieben des Gegners trugen. Der schützt praktisch den ganzen linken Arm samt Schulter und schirmt auch noch einen großen Teil des Oberkörpers ab. Es sollten also erstens zwischen rechter und linker oberer Extremität sowie zwischen linker und rechter Torsoseite deutliche Unterschiede auszumachen sein und zweitens die Hände im Vergleich zu anderen Körperteilen charakteristische Verletzungsmuster aufweisen. Beides ist aber nicht der Fall.« Er ließ Harstads Hand los und lehnte sich wieder zurück.

Alle schwiegen. Conrad grübelte und nickte gedankenverloren, dann äußerte er seine Vermutung. »Wenn man das alles bedenkt, dann würde ich annehmen, dass die drei Siedler bei einem plötzlichen Überfall zu Tode kamen. Es können ja durchaus viele Angreifer gewesen sein, sodass keine Möglichkeit bestand, die Waffen zu ergreifen. Aber warum jemand die Opfer auch noch so zurichten muss – denn ich denke, dass viele der Verletzungen post mortem entstanden – ist mir nach wie vor ein Rätsel.«

»Hah! Sehr gut, Peter«, Rousseau stand mit einem triumphierenden Grinsen auf. »Ich sage Ihnen, wie es sich zugetragen hat. Ich denke, meine Überlegungen sind äußerst stichhaltig. Aber wenn jemand nachher noch eine bessere Theorie hat, bitte heraus damit.« Er machte eine generöse Geste und eine rhetorische Pause. »Ich bin sicher, meine Damen und Herren, es waren die Thule!«

Conrad stockte der Atem. Was sollte das denn jetzt? Diese Thule Gesellschaft war eine Keimzelle der Nazi-Verschwörung gewesen, deren Aufdeckung ihn vor wenigen Wochen beinahe das Leben gekostet hätte... und das von Lisa... und Peter Kosminsky... ob er noch immer im Koma lag? Er hatte gehofft, die verstörenden Erlebnisse für immer hinter sich gelassen zu haben – und jetzt das. Er begann zu hyperventilieren, stand auf, musste sich aber an der Tischplatte abstützen.

Tshakapesh war die Erste, die ihn stützte. »Was ist los, Peter? Jagt Ihnen die Erwähnung unserer Vorfahren so viel Angst ein?«

Tshakapesh – Vorfahren. Wie das, was ist hier los? Er konnte keinen klaren Gedanken fassen.

Harstad fasste seine Schulter. »Keine Sorge, Peter. Das Volk der Thule ist Geschichte. Von ihnen geht keine Gefahr für uns aus.« Sie hatte Mühe, ihre Miene nicht amüsiert aussehen zu lassen.

»Und sie haben auch nicht den guten Fujimoto angegriffen oder gar Jean Scottes Tod zu verantworten«, murmelte Rousseau. »Peter, nehmen Sie doch wieder Platz. Marte, würden Sie ein Glas Wasser für unseren Anthropologen holen?« Er wartete, bis Harstad zurück war. »Aufgrund unserer aktuellen Erkenntnisse und dem, was man über Begegnungen zwischen den indigenen Völkern Nordamerikas und europäischen Eindringlingen weiß, schildere ich Ihnen nun meine Sicht der Ereignisse, die mit dem Tod der drei Invasoren endete.«

Die Thule hatten ihre Bezeichnung von westlichen Forschern erhalten, angelehnt an antike und mittelalterliche Gebietsbezeichnungen für ein Land weit im eisigen Nord-Westen, jenseits bekannter Gefilde. Geformt hatte sich die Thule-Kultur aus Völkern, die sich vor rund dreitausend Jahren in Alaska und dem nord-westlichen Teil Kanadas niedergelassen hatten. Die Vorfahren der Thule hatten ihren Ursprung vermutlich in den Kaltsteppen der Tundra Nord-Ost-Sibiriens; über die Behringstraße waren sie auf den amerikanischen Kontinent gelangt. Im Vergleich zu den bereits dort lebenden Menschen war das Volk der Thule wesentlich fortschrittlicher, vor allem, was die technologische Entwicklung anging. So schreibt man diesem Kulturkreis großen Einfluss bei der Verbesserung der hautbespannten Jagdboote, Kajaks genannt, zu. Ebenso waren die Thule maßgeblich daran beteiligt gewesen, die so wichtige Jagd auf Wale durch neuartige Harpunen und andere Waffen voranzutreiben. Das Aufkommen des Hundeschlittens, des Qamutik, und die Errichtung steinerner Wohngebäude (wo es möglich war) mit Eingangstunneln als Kältefalle und Windfang ließen die Thule-Kultur außerdem gedeihen. Diese Gesellschaft zeigte erste Anzeichen einer Spezialisierung und einer Vereinheitlichung religiöser Vorstellungen und Gebräuche. Auch eine Kunst mit für diese Kultur spezifischen Merkmalen konnte sich ausbilden.

Etwa um das Jahr 1000 veränderte sich in Nordamerika das Klima. Es wurde wärmer, die Bevölkerung wuchs, neue Einwanderer kamen. Gleichzeitig ging aber, wie immer bei einer Erwärmung, die Biomasse an jagbarem Großwild zurück. Wale, Robben und Karibus zogen weiter in kältere Regionen, ihren natürlichen Lebensraum. Die üblichen Folgen von gemäßigtem Klima, beginnender Seßhaftigkeit und wachsender Population waren auf dem gesamten Erdball seit Urzeiten dieselben: gesellschaftlicher Druck durch Hunger und Armut, gefolgt von territorialen Konflikten, die die Lebensbedingungen weiter verschlechtern. So machten sich die Thule zuerst in kleinen Gruppen, später in größeren Gemeinschaften auf in Richtung Osten. Dabei bevorzugte diese fortschrittliche, aber streitbare Kultur die süd- und subarktischen Gebiete der Eisgrenze und verdrängten größtenteils die dort ansässigen Menschen der Dorset-Kultur.

»Ich halte es deswegen für sehr wahrscheinlich, dass die hier siedelnden Nordmänner recht bald die unangenehme Bekanntschaft mit den nordamerikanischen Ureinwohnern gemacht haben, die ihr angestammtes Recht verteidigen mussten«, schloss Rousseau.

Interessant, dachte Conrad. *Die wissenschaftliche Verkleidung eines äußerst subjektiven Standpunktes zur Besiedelung des amerikanischen Kontinents.* So eindeutig und einheitlich, wie Rousseau es konstatiert hatte, waren die aktuellen Theorien in den Universitäten nämlich überhaupt nicht. Die Meinungen der Fachwelt gingen weit auseinander und reichten von den sibirischen Völkern, die über die Behringstraße gekommen waren, weiter zu Paläoindianern, welche womöglich vom südamerikanischen Kontinent eingewandert waren, bis zu exotischen Ansichten über Nordeuropäer aus spätsteinzeitlichen Epochen.

Speziell die Einwanderung aus Südamerika wurde in letzter Zeit immer mehr zu einem akzeptierten Szenario. Dies lag zum einen an der scheinbar wesentlich höheren Bevölkerungsdichte des Südkontinents und den ebenso weiter fortgeschrittenen Kulturen – hatten die Maya doch schon zu Zeiten, als die Thule nach Süd-Ost-Kanada gezogen waren, durchorganisierte Zivilisationen in Form von Stadtstaaten und eine hochkomplexe Glyphenschrift entwickelt. Entscheidend aber war, dass die meisten Fundplätze in Südamerika beträchtlich älter waren als die der nordamerikanischen Kulturen.

Und so verrückt es auch klang – für die letztgenannte Theorie gab es ebenfalls Argumente, verglich man die Steinwerkzeuge des französischen Magdalénien und folgender Epochen mit den Feuersteinklingen clovis-ähnlicher Kulturen in Nordamerika.

»Aber wie erklären Sie dann, abgesehen vom Zustand unserer drei Wikinger, die Grablegung und die Verse der Steintafel?«, unterbrach Conrad das Schweigen der Runde. »Was oder wer ist mit dem Adler gemeint, den sie 'gefüttert' haben wollen, was mit dem 'König der Krieger'? Nein, Professor Rousseau, das reicht mir als Erklärung für den Befund bei Weitem noch nicht aus. Mit Verlaub, Professor, wir sollten weitere Untersuchungen abwarten und nicht jetzt schon mit...«, er räusperte sich, »beinahe dogmatischer Bestimmtheit eine Forschungshypothese festlegen. Ich finde, wir sollten ergebnisoffen vorgehen.«

Rousseau schwieg und starrte ihn mit grimmigem, beinahe hasserfülltem Blick in die Augen. Conrad wich unwillkürlich ein Stück zurück, hielt aber dem Blickkontakt stand.

»Und wo sind irgendwelche Hinterlassenschaften Ihrer Thule?«, fragte Madsen kaum hörbar. Herjolfsson und Harstad nickten.

Wie ein Raubtier, das seinen Fokus auf eine aussichtsreichere Beute verlagert, fixierte der Kanadier nun den dänischen Wissenschaftler und giftete ihn an: »Was wollen Sie und Ihre Freunde damit sagen, Madsen?«

Rousseau hatte den Raum ohne irgendeinen Kommentar abzuwarten verlassen; selbst Tshakapesh blickte ihrem Mann nur mit verwunderter Miene hinterher.

Madsen räusperte sich. »Gut... wo waren wir stehen geblieben? Peter, ich denke, Sie sollten in Ihrer Eigenschaft als Federführender bei der Untersuchung der Eismumien mit Ihrem

Bericht fortfahren. Wenn ich mich richtig erinnere, waren wir bei den Abwehrverletzungen ausgestiegen.«

»Ja, und den Spekulationen, wie es zu diesen Verletzungen kam«, ergänzte Herjolfsson. »Man muss sich ja schon fragen, was man mit den Informationen der Grabplatte anfangen soll, wenn man bedenkt, wie bestialisch die Männer zugerichtet wurden. Nach dem, was ich bisher an Kiegerbestattungen gesehen habe – egal, ob friedlich eingeschlafen oder in der Schlacht gefallen – mutet dieses Ensemble äußerst merkwürdig an.«

Harstad hob die Hand wie ein Schüler, bevor Conrad auf Madsens Einleitung antworten konnte. »Zudem fehlt in allen Fällen die zu erwartende Ausstattung mit Grabbeigaben. Keine nordische Kultur hätte einen ihrer Krieger ohne seine Waffen bestattet.«

»Das stimmt«, sagte Perrichon in lakonischem Ton.

Nachdem Conrad sich sicher war, dass nicht auch Tshakapesh unbedingt noch etwas sagen wollte, trug er seine weiteren Untersuchungsergebnisse vor. »Also, wir haben ungewöhnliche Kampfspuren, die auf einen Überfall hindeuten. Die übliche Grabausstattung fehlt, das gebe ich besonders zu bedenken, und wir haben eine Grabplatte, deren Inhalt so gar nicht zu den Befunden passen will.«

Herjolfsson setzte zu einer Antwort an, aber Conrad bedeutete ihm zu warten. »Einen Moment noch, Bjarni, ich möchte nur noch kurz auf den Umstand der fehlenden Grabbeigaben zu sprechen kommen. Ich bin kein Spezialist für nordische Völker, schon gar nicht für die Wikinger, trotzdem habe ich solch einen Befund schon einmal gesehen. Ich habe als Student einmal auf einer Kampagne in den rumänischen Karpaten teilgenommen. Dort haben wir eine Siedlung aus der Zeit der Türkenkriege untersucht. Außerhalb des Dorfes gab es eine verhältnismäßig große Nekropole, in der viele Opfer der kriegerischen Auseinandersetzungen begraben wurden. Auch hier waren Waffenfunde die Seltenheit. Und wenn wir welche gefunden haben, dann waren es recht filigrane Prunkwaffen–«

»Verstehe!«, warf Harstad ein, diesmal ohne sich zu melden. »Weil man die kampftauglichen Waffen nicht entbehren konnte.«

»Exakt«, übernahm Conrad wieder. »Und vergesst nicht, dass wir ja durchaus Grabbeigaben gefunden haben. Die Gewandspangen sind einigermaßen hochwertig; und ich bin sicher, dass wir auch noch weitere Fibeln, Gürtelschließen oder Schmuck finden werden. Somit deutet der Befund aus meiner Sicht tatsächlich auf kriegerische Zeiten hin.«

»Was noch lange nicht heißt, dass irgendwelche Thule oder andere Eskimos zwingend die Gegner dieser Männer gewesen sein müssen«, bemerkte Herjolfsson flapsig.

»Genau«, murmelte Perrichon, während Tshakapesh dem Archäologen einen bösen Blick zuwarf. »Wahrscheinlich waren es doch die Katshituashku«, fügte sie dann mit einem Lächeln hinzu, das Conrad nicht deuten konnte.

»Zur Sache, Leute. Ich habe keine Lust und Energie, mich mit ungelegten Eiern zu beschäftigen – und ihr auch nicht!« Alle schwiegen, als Madsen den aufkeimenden Disput unterbrach. »Nichts für ungut, besonders Ihnen möchte ich nicht zu nahetreten, Apikusis, aber mir reicht es langsam. Die Rechte und Befindlichkeiten der indigenen Völker werden von Ihrem Mann schon in einem mehr als ausreichenden Maße geschützt und von uns in einem mehr als ausreichenden Maße beachtet.«

Tshakapesh setzte zu einer Erwiderung an, aber Madsen ließ sie nicht zu. »Wir werden diese Kampagne ohne Scheuklappen und ergebnisoffen durchführen. Wenn irgendwann ein Inuk ins Spiel kommt – und bisher gibt es nicht den kleinsten Anhaltspunkt dafür – dann werden wir das sicher nicht unter den Teppich kehren.«

Tshakapesh nickte resignierend.

»Fürs Erste konzentrieren wir uns auf das, was wir haben. Für mich liegt der Schlüssel zur Klärung des Befundes zu einem nicht unwesentlichen Teil in der rätselhaften Grabinschrift. Lassen Sie uns dort ansetzen, während Peter und Maurice weiter an den Mumien forschen.«

»Ganz meine Meinung«, gab Perrichon von sich.

Conrad klopfte mit seinem Bleistift leise auf den Tisch und erhielt die gewünschte Aufmerksamkeit. »Es gibt da noch etwas Interessantes. Sie werden sich noch an die Röntgenaufnahme des ersten Mannes erinnern–«

»Sollte da nicht Professor Rousseau dabei sein?«, unterbrach ihn Harstadt.

»Niemand hat ihn aufgefordert, die Besprechung zu verlassen«, antwortete Madsen und sah dabei Tshakapesh an, »und was in diesem Meeting besprochen wird, wann es besprochen wird, und wann es zu Ende ist, bestimmt der Leiter dieser Kampagne. Und das bin immer noch ich, auch wenn die Universität Quebec für den Fundplatz Carrière zuständig ist.« Er machte eine kurze Pause, wohlwissend, dass niemand das Wort ergreifen würde. »Zudem habe ich, wie gesagt, Professor Rousseau nicht aufgefordert, den Raum zu verlassen. Über Formalismen solcher Art wird noch zu reden sein, aber ich bin sicher, dass Monsieur Rousseau informiert wird.« Wieder blickte er ernst zu Tshakapesh, dann zu Conrad. »Peter, bitte fahren Sie fort.«

»Ja, also die Röntgenaufnahmen...«, er räusperte sich und lauschte der gespannten Stille seiner Zuhörer.

Es war Harstad, die sie nach einigen Augenblicken unterbrach. »Haben Sie herausfinden können, was der Schatten auf den ersten Bildern ist? Was haben die Aufnahmen der anderen beiden Leichen ergeben?«, fragte sie aufgeregt.

Peter schmunzelte. »Zunächst einmal passen die Röntgenbilder der inneren Befunde gut zu den äußeren Verletzungen, das erwähnte ich ja schon. Was wir uns nicht erklären können, sind diese deutlich begrenzten Schatten im Bauchraum und im Brustkorb – die wir bei *allen drei* Leichen gefunden haben.«

Ein Raunen ging durch die kleine Gruppe. Selbst Madsen hörte das zum ersten Mal und sah elektrisiert aus. Herjolfsson, der es immer wieder genoss, den advocatus diaboli zu spielen, warf ein: »Haben Sie Rousseaus teure Höllenmaschine mal überprüft?«

»Natürlich haben wir das, aber ein technischer Fehler ist praktisch ausgeschlossen. Pe… Maurice und ich haben uns alle betreffenden Aufnahmen genau vorgenommen. Die Schatten scheinen Zusatz- oder Fremdgewebe zu sein, auf jeden Fall sieht es nicht natürlich aus.«

»Vielleicht wurde ja auch etwas in der Körperhöhle platziert; vielleicht ein Organ, das der Verstorbene im Jenseits benötigt. Sie waren doch in Ägypten, Peter. Da war so etwas doch üblich – warum nicht auch hier? In isolierten Populationen entwickeln sich oft bizarre Bräuche.«

»Ich weiß Ihren subtilen Humor zu schätzen, Bjarni. Aber wir dürfen nicht vergessen, dass diese Mumien niemals konservatorisch oder sonstwie behandelt worden sind. Wir haben es hier mit natürlicher Mumifizierung durch den Permafrostboden zu tun. Es gibt ja noch nicht einmal so etwas wie eine Grabkammer oder auch nur einen Sarg. Vielmehr sieht es so aus, als wenn die drei schnell und ohne viel Aufwand zusammen unter die Erde gebracht wurden. Der einzige Hinweis auf eine ordentliche Bestattung ist unsere Steinstele und der Runentext darauf, aber die kann ja auch wesentlich später aufgestellt worden sein; sozusagen als Gedenkstein.«

»Geschenkt«, warf Madsen nun ein. »Worauf wollen Sie hinaus, Peter?«

Conrad atmete tief durch. »Sie haben mich gestern danach gefragt, und ich bin mittlerweile zu dem Schluss gekommen, dass wir eine der Mumien öffnen müssen, um zu erfahren, womit wir es zu tun haben. Ich sehe trotz der hervorragenden technischen Ausrüstung keine andere Möglichkeit voranzukommen.«

Jetzt konnte Tshakapesh sich nicht mehr zurückhalten. »Das können Sie nicht einfach so tun. Darüber muss die Universität mitentscheiden, außerdem könnten religiöse Gefühle der indigenen Völker verletzt werden und–«

»Schluss jetzt!«, der Däne schlug mit flachen Händen auf den Tisch und erhob sich. »Sie und Ihr Mann haben gestern noch klargestellt, dass ich hier die Verantwortung trage, wenn ich Entscheidungen treffe – und genau das werde ich jetzt tun.« Madsen tigerte um den improvisierten runden Tisch. Sein Ärger über Rousseaus ständige Einmischungen und insbesondere die Anweisungen, die er gestern in der Wunderbox erteilt hatte, stand ihm ins Gesicht geschrieben. »Also... den meisten Aufruhr wird es aus Richtung der Sponsoren geben, deshalb werden wir die Bowers ins Boot holen. Dann kann sie knipsen, was das Zeug hält, und alles brandheiß in ihrem Magazin vermarkten. Was Ihre Befürchtungen – oder vielmehr die von Monsieur Rousseau – angeht, Apikusis, diese Männer waren *meine* Landsleute... oder die von Bjarni. Da sind keinerlei religiöse Befindlichkeiten der Inuit involviert. Und Ihre politischen Interessen kümmern mich nicht im Geringsten! Genausowenig wie irgendwelche Eitelkeiten!« Er nahm Platz; niemand nutze die Pause für einen Einwand. Madsen blickte zu Conrad. »Morgen wird aufgeschnitten, Peter. So, es ist spät, Leute. Wir sollten alle schlafen gehen, uns steht ein arbeitsreicher Tag bevor.«

17

Es war in den bisherigen Übernachtungen auf der Carrière fast Normalität geworden, dass er vor dem Einschlafen wach lag, an die Decke seiner Schlafbox starrte und immer wieder dieselben Gedanken wälzte. Durch das schwache rote Blinklicht eines Feuermelders vertiefte sich dieses Nachdenken zunehmend zu einer meditativen Angelegenheit, gegen die er aber ankämpfte. Dieses schlafraubende Grübeln durfte nicht zur Gewohnheit werden. Er fragte sich, wer auf die skurrile Idee gekommen war, ein exakt alle dreißig Sekunden aufglimmendes Brandwarngerät in einem Stahlcontainer anzubringen, der praktisch kein brennbares Mobiliar enthielt und in dem es außer der Beleuchtung kaum elektrische Verbraucher gab... Wahrscheinlich lag es daran, dass der Hersteller dieser Spezialunterkünfte in den Vereinigten Staaten ansässig war.

Das Enträtseln von Merkwürdigkeiten war spannend und es war ein Teil seiner Arbeit, den er sehr mochte. Doch warum geriet er in jüngster Zeit immer wieder in Situationen, in denen archäologische Befunde seine reale Lebenswelt beeinflussten? War er zu engagiert, trennte er nicht mehr zwischen Beruf und Privatleben, wurde er doch paranoid? Zwei 'echte' Todesfälle innerhalb weniger Wochen auf derselben Kampagne – nein, das sprach nicht für Verfolgungswahn. Über das Ableben seines Vorgängers Jean Scotte wusste er nicht viel, allgemein wurde es als tragischer Verkehrsunfall aus Übermüdung und bei schlechten Sichtverhältnissen behandelt. Das hatte mit Fujimotos Fall offensichtlich nichts zu tun. Doch zumindest Tshakapesh glaubte an eine Verbindung der Todesfälle. Was, wenn die Frau selbst die Finger im Spiel hatte? *Das ist absurd, Peter*, schalt er sich. Welches Motiv sollte sie haben? Und auch die Gelegenheit wäre zumindest im Falle des kanadischen Ethnologen kaum gegeben gewesen.

Dann waren da die phänotypischen Gemeinsamkeiten zwischen den Leichen der Wikinger und der von Suzukis Assistent, die ihn nicht zur Ruhe kommen ließen. Er wurde das Gefühl nicht los, dass die Übereinstimmung der Befunde ihren Grund in der Art des Sterbens hatten – und das war in der Tat äußerst beunruhigend. War es tatsächlich möglich, dass ein Tier dahintersteckte, das an einer Krankheit litt, die schon zu Zeiten der wikingischen Siedler ihr Unwesen getrieben hatte? Es würde die Entstehung der Legende erklären, von der Tshakapesh ihm erzählt hatte (und an die sie offensichtlich selbst glaubte); nur bezweifelte er, dass eine solche Infektion über viele Jahrhunderte auf ein so kleines Gebiet beschränkt bleiben konnte. Zudem schien es ihm extrem unwahrscheinlich, nach tausend Jahren scheinbar keine Veränderung einer Infektion zu beobachten....

Fujimoto kam wieder in sein Bewusstsein. Es gab noch keine Rückmeldung von der Polizei, höchstwahrscheinlich lag der Japaner in der Kühlbox der Pathologie in Quebec und war noch gar nicht obduziert worden, schließlich lag sein Tod gerade vier Tage zurück. Doch die Schnittspuren – und darüber, dass es welche waren, bestand nach reiflicher Überlegung aus Conrads Sicht kein Zweifel mehr – konnte man kaum übersehen. Dann sollte man allerdings noch einmal intensiv nach einer Tatwaffe suchen... es war wie verhext. Er sollte sich darauf konzentrieren, die morgige Untersuchung der Eismumien zu planen, anstatt Gedankenspielen nachzuhängen, die am Ende sowieso nichts brachten. Bevor ihm endlich die Augen zufielen, ermahnte er sich, die Wikinger auf vergleichbare, eindeutige Schnittspuren zu untersuchen. Über die Konsequenzen, sollte er dabei fündig werden, wollte er aber heute Nacht nicht mehr nachdenken. Die Fujimoto-Episode hatte ihm gereicht...

Neben seinem Assistenten Perrichon waren Bowers als Fotografin und Sapfield (selbst Archäologe allerdings von der unangenehmen, besserwisserischen Sorte) anwesend. Professor Rousseau glänzte durch Abwesenheit, und Conrad hatte sich nicht erkundigt, ob es zu einer weiteren Auseinandersetzung zwischen Madsen und dem Professor gekommen war. Es war voll genug im Labor. Die beiden Amerikaner würden für die wissenschaftliche Dokumentation gute Dienste leisten, auch wenn ihr Interesse in die vermarktbare, populärwissenschaftliche Richtung ging. Von Jane Russler, die zwar auch im Dienste eines amerikanischen Publikumsmagazines stand, aber von Hause aus Archäobotanikerin war, versprach er sich echte Hilfe. Ihre Kenntnisse waren sicherlich von Nutzen, wenn es an die Auswertung von Magen- und Darminhalt der Mumien ging. Anhand von Pollen und Pflanzenresten konnte man ziemlich gut auf die Ernährungsweise und sogar die damals vorherrschende Vegetation schließen. Zusätzlich hatte die Amerikanerin sich ein wenig mit Parasitologie beschäftigt, denn in vorindustriellen Zeiten war die Besiedelung des Darmtraktes mit solchen Organismen ein normaler Befund.

Conrad war von Madsens Entschlossenheit beeindruckt. Der Ausgrabungsleiter hatte deutlich gemacht, dass jede Untersuchung, die Conrad an den Mumien (nach Rücksprache mit ihm) vornahm, seine volle Rückendeckung besaß. Gerade mit Blick auf den Konflikt mit Rousseau war Conrad froh, dass sein gegenwärtiger Chef die exemplarische Öffnung wenigstens eines Wikingers unterstützte. Die in der Wissenschaftlerszene derzeit weit verbreitete Neigung, auf eine Erforschung zu verzichten, wenn sie zu einer Beeinträchtigung des Befundes führte, hielt er für völlig absurd. In letzter Konsequenz würde diese Haltung darauf hinführen, auf jegliche Grabungstätigkeit oder Fundbergung zu verzichten. Am Ende stand die Wahl zwischen Erkenntnis und Bewahrung. Conrad betrachtete sich als Wissenschaftler – die Erkenntnis musste im Zweifel die Oberhand behalten.

Zusammen mit Madsen hatten er und Perrichon am frühen Morgen eine halbe Stunde lang noch einmal alle Röntgenaufnahmen gesichtet, um den besten Kandidaten zu bestimmen. Conrad entschied, den Wikinger mit den deutlichsten Schatten zu sezieren. Sein erster Ansatz bestand in einer minimalinvasiven Vorgehensweise, bei der sie die moderne Schlauchkamera einsetzen konnten. Diese lieferte immerhin Bilder in NTSC-Auflösung, dem amerikanischen Standard für Fernsehsender. Doch die Ergebnisse waren enttäuschend. Der Bauchraum wies keine große Höhlung auf und die Kamera hatte permanent kaum identifizierbare Strukturen im Blickfeld. Das Vorhaben glich einem Herumrühren in lockerem Erdreich. Nach etwa einer Stunde beschloss Conrad, dass die Beschädigungen der Mumie bei einer Öffnung der Körperhöhle auch nicht viel größer wären, sie dafür aber eine vernünftige Untersuchung möglich machte.

»Ich werde also gleich den Torso öffnen. Maureen, Sie sollten den Befund jetzt noch einmal gründlich im ungeöffneten Zustand dokumentieren.« *Und ich werde währenddessen nach eindeutigen Schnittspuren unter der Vielzahl von Verletzungen suchen,* rief er sich ins Gedächtnis. »Auch im Fortgang der Untersuchung möchte ich nach jedem Arbeitsschritt Bilder. Klar, was ich meine, Maureen?« Sie nickte und begann, die Mumie aus allen zugänglichen Blickwinkeln zu fotografieren.

Nachdem er sich versichert hatte, dass keine der äußeren Verletzungen zweifelsfrei den Beweis für Schnittverletzungen lieferte, setzte er den ersten Schnitt mittig unterhalb des Brustkorbes an und zog ihn bis fast zum Bauchnabel. Bowers'

Kamera klickte ein Dutzend Mal. Dann machte er von den Endpunkten aus etwa fünfzehn Zentimeter lange Schnitte zu den Körperseiten. Als Conrad die beinahe ledrig anmutende Haut zurückklappte, stockte allen Anwesenden der Atem.

Teilweise von dunklerem Gewebe bedeckt, aber deutlich zu erkennen, lag eine fast weiße Fremdstruktur in erstaunlich gutem Erhaltungszustand vor ihnen. Das einem überdimensionierten Engerling ähnliche Objekt besaß einen raupenähnlichen Kopf (halb verdeckt von den letzten Rippenbögen), einen segmentierten Körper und eine Art Schwanzfortsatz, der Conrad an ein monströses Geißeltierchen denken ließ. Es handelte sich zweifelsfrei um ein eigenständiges Lebewesen im Körper des Wikingers. Conrad musste den Drang zu würgen unterdrücken und wandte den Blick rasch ab. Bowers hatte weniger Selbstbeherrschung. Sie legte die Kamera relativ unsanft auf dem Beistelltischchen für die medizinischen Instrumente ab und rannte mit vor den Mund gehaltener Hand aus dem Kältelabor. Sie schaffte es bis in den Vorraum, dann hörte man ein deutliches Klatschen, gefolgt von unregelmäßigem Geplätscher. Erstaunlicherweise entledigte sich Bowers ihres Frühstückes ohne die zu erwartenden Würgelaute. Conrad fand das interessant. Nachdem er einige Male tief durchgeatmet hatte, wandte er sich an Perrichon, der als Einziger einigermaßen unbeeindruckt schien: »Maurice, ich glaube, wir sollten jetzt Doktor Madsen hinzuziehen.«

Instinktiv betrachtete Conrad seine Hände. Obwohl ihm die Vorstellung einer Gefährdung durch den seit tausend Jahren toten Organismus absurd schien, war er froh, dass er Chirurgenhandschuhe aus Latex trug. Vor dem kaum unterdrückbaren Gefühl des Ekels jedenfalls boten sie einen gewissen Schutz. Während sie auf Perrichons Rückkehr mit Madsen warteten, der sich wahrscheinlich gerade im Mumien-

Grabungszelt aufhielt und den Befund unter den Wikingerleichen begutachtete, wandte sich Conrad an Russler. »Jane, soweit ich informiert bin, sind Sie wohl der einzige Teilnehmer auf der Carrière, der rudimentäre Kenntnisse in Parasitologie hat – und ich kann doch davon ausgehen, dass wir es hier mit einer parasitären Lebensform zu tun haben, oder?«

Sie räusperte sich. »Ja, davon können wir ausgehen. Auch wenn ich noch nie ein solches Monstrum gesehen habe. Weder in einem Menschen noch in einem Tier.« Auch sie legte jetzt Latexhandschuhe an. »Und wir sollten uns Gedanken machen, wie dieses Lebewesen in den Körper des Toten eingedrungen ist. Es gibt zwei Möglichkeiten: Entweder haben wir es mit einem postmortalen Befall zu tun; dann stellt sich die Frage, warum wir ein solches 'Standbild' vorfinden–«

»Was meinen Sie damit, Jane?«

»Entschuldigung, Peter. Nun, wenn dieser Organismus irgendwann die Leiche befallen hat, sich ernährt hat und gewachsen ist, wieso ist dann der Endbefund nach vielleicht hunderten von Jahren dieses Bild? Man würde doch weitergehende Stadien erwarten, wie Eiablage mit Nachkommen oder einfach nur Verzehr von Gewebe, bis nichts Verwertbares mehr übrig ist.« Sie nahm ein Skalpell und stach in den bananengroßen Parasiten. »Die zweite Möglichkeit ist ein Befall zu Lebzeiten unserer Wikinger. Dann wären diese... Dinger mit ihrem jeweiligen Wirt gestorben, was zwar eindeutig die gruseligere Variante ist, aber meiner Meinung nach auch die weitaus wahrscheinlichere.«

Mittlerweile hatte auch der altkluge Sapfield mit grauem Gesicht die Kältekammer verlassen und leistete der Fotografin Gesellschaft, was Conrad eine gewisse Schadenfreude fühlen ließ. Perrichon und Madsen betraten den Laborcontainer. Der Däne sprach kurz mit den beiden Amerikanern. Der Inhalt der Ansprache war durch die geschlossene Thermotür des

Kryolabors nicht zu verstehen, aber die beiden verließen unmittelbar den Container.

»Es sieht so aus, als haben Sie etwas Interessantes entdeckt, das man ohne die Öffnung der Mumie nicht gefunden hätte.« Man merkte dem Dänen die Erleichterung an. »Dann schießen Sie mal los, Peter.«

Der Angesprochene wies auf Russler, die sogleich mit einer Zusammenfassung ihrer bisherigen Erkenntnisse und Vermutungen begann. Durch die schmalen Fenster des Kryolabors sah man mittlerweile Bowers und Sapfield auf Knien, mit Putzeimer und Aufnehmern bestückt, wie sie die Reste ihres Frühmahls entfernten. Als Sapfield zu ihnen sah, konnten sich Madsen und Conrad ein Grinsen nicht verkneifen.

Als die Archäobotanikerin am Schluss ihrer Ausführungen angelangt war, legte der Grabungsleiter das weitere Vorgehen fest. »Jane, Peter, Sie beide werden, soweit das unsere Labormöglichkeiten hergeben, möglichst viel über diesen seltsamen Parasiten herausfinden. Ich denke, wir müssen dazu auch die anderen beiden Mumien öffnen. Ich sehe kein großes Risiko, das auch noch auf meine Kappe zu nehmen.« Er lächelte ein wenig grimmig, verzichtete aber auf eine Anspielung in Richtung Rousseaus oder der reizbaren Tshakapesh. »Vielleicht kann man am Schluss sogar eine irgendwie geartete Verbindung zu diesem Vieh auf der Grabplatte herstellen. Wer weiß... Die beiden abgekochten Reporter da draußen haben ihre Sensation auf jeden Fall bereits, und Rousseau wird sich zumindest über mangelnde Publicity für 'seine' Carrière nicht beklagen können.« Diesmal lachte Madsen so laut auf, dass man es außerhalb der Kryokammer hören musste.

18

Nach der Öffnung und einer ersten Bestandsaufnahme gab es für Conrad an den Mumien der Wikinger zur Zeit wenig Arbeit. Er wollte abwarten, was die Archäobotanikerin Russler über den Parasiten herausfinden würde. Für ihn stand nun die Auswertung seiner ersten Ergebnisse an. Dass die Leichen keine eindeutig identifizierbaren Schnittverletzungen aufwiesen – was den Beweis für (zumindest teilweisen) menschlichen Ursprung der Verletzungen gebracht hätte – beunruhigte ihn. Allerdings hätte er nicht sagen können, ob er bei einem gegenteiligen Befund gelassener gewesen wäre...

Er war froh, endlich wieder in beheizten Räumen ohne einen Schutzanzug herumzulaufen, und auch das beinahe ganztägige Tragen von Latexhandschuhen hatte seine Geduld auf eine Probe gestellt. Eine weitere Erfreulichkeit war Suzukis offene Art, die im krassen Gegensatz zu Perrichons stand. Mal war der Mann introvertiert und unzugänglich, ein anderes Mal unverbindlich freundlich, dann wurde er aus heiterem Himmel aggressiv. Conrad konnte kein Muster erkennen, welches Ereignis der Kanadier mit beinahe phlegmatischer Ruhe zur Kenntnis nahm, und bei welcher scheinbaren Nichtigkeit Perrichon aus der Haut fuhr. Sein Assistent schien schlicht unberechenbar. Glücklicherweise hatte er Madsen klar machen können, dass er den Mann zur Zeit nicht beschäftigen konnte, und Russler hatte die Unterstützung durch einen laborerfahrenen Helfer dankend angenommen.

Nach freundlichem Smalltalk mit dem Japaner, der begonnen hatte, die organischen Proben der Leichen einer Kohlenstoff-14-

Datierung zu unterziehen, und einem ausführlichen Bericht seiner Mumienuntersuchung wechselte Conrad das Thema. »Shinji, wo hat denn der Kollege Scotte gearbeitet, beziehungsweise, wo finde ich seine Unterlagen? Ich denke, es ist an der Zeit, mich mit seinen Papieren vertraut zu machen.«

»Dort drüben, an dem Eckschreibtisch.« Suzuki deutete auf den hinteren Teil des Containers, der durch die Aufstellung des Mobiliars absichtlich abgetrennt wirkte. »Jean Scotte liebte seine Burg, und er erlaubte niemandem, sein Reich zu betreten«, fuhr er fort, als er Conrads Gesichtsausdruck bemerkte. »Nur seine rechte Hand, Ihr lieber Perrichon, hatte Einblick in Scottes Arbeitsweise. Unser Ethnologe verkündete nur, eine Diskussion während seiner Forschung gab es nicht. Worüber auch, er hat ja nie etwas rausgelassen...«

Conrad hoffte, dass er nicht zu investigativ klang, als er feststellte: »Dann hat es wohl auch keinen Zweck, Perrichon zu fragen, woran Scotte zuletzt gearbeitet hat.«

»Ich denke nicht«, Suzuki lächelte. »Nach meiner Einschätzung ist es sogar von Vorteil, dass Ihr Assistent momentan anderweitig eingebunden ist. Ich fürchte, er könnte Ihre völlig normale, professionelle Neugier vielleicht... unangebracht finden. Sie haben da ja schon Erfahrungen gemacht.«

»Wohl wahr«, Conrad nickte nachdenklich. »Wissen Sie denn, woran Scotte zuletzt gearbeitet hat?«

Der Datierungsspezialist hob Schultern und Augenbrauen. »Keine Ahnung, Peter. Er war in der letzten Zeit noch verschlossener als sonst. Etwas beschäftige ihn anscheinend so sehr, dass er regelrecht fahrig wirkte.«

»Und das war sonst nicht seine Art.«

»Nein, ich glaube, Jean Scotte konnte nichts leicht aus der Ruhe bringen, er wirkte stets beherrscht und souverän, außer am Schluss eben...« Suzuki dachte nach. »Es ist schon sonderbar. Er hat sich oft den ganzen Tag in der Gegend herumgetrieben, ich meine außerhalb des Grabungsgeländes. 'Spurensuche' nannte er das. Außerdem konnte er so besser nachdenken, behauptete er. Und die Ergebnisse waren ja in der Tat oft beeindruckend. Aber in den letzten Wochen... da ist er manchmal sogar über Nacht weggeblieben.«

»Hmm...« Scottes Nachfolger kratzte sich im Nacken. »Ich mache mich mal an die Arbeit. Es hilft ja nichts, einen Überblick muss ich mir schließlich verschaffen.« *Warum rechtfertigst du dich eigentlich? Als wäre es ein Sakrileg, Scottes Unterlagen durchzugehen*, schalt Conrad sich.

Scottes Imperium wirkte beeindruckend. Große Papierstapel, zahlreiche Fundkisten und zwei mächtige Röhrenmonitore ließen die Abtrennung seines Arbeitsbereiches fast wie eine Mauer erscheinen. »Scotte hat alles in den Rechnern verwaltet?« Conrad deute auf eines der beiden großen Desktopgehäuse.

»Nein, ganz im Gegenteil«, antwortete Suzuki, ohne von seiner Gewebeprobe aufzusehen. »Er hat unsere sündhaft teuren Computer überhaupt nicht eingeschaltet. Rousseau und vor allem Madsen hat das unglaublich aufgeregt; genützt hat es nichts. Scotte war einfach gut. Wenn er seine Erkenntnisse bekannt gab, waren sie fast immer endgültig. Korrekturen oder Ergänzungen waren eigentlich nie notwendig.«

»Aha«, murmelte Conrad, der sich regelrecht darauf freute, endlich einmal mit solch fortgeschrittenen Gerätschaften arbeiten zu können. Allein diese Bildschirme... die hatten bestimmt vierfache VGA-Auflösung, wenn nicht mehr. »Dann werde ich mich wohl mit dem Wust an Papieren beschäftigen. Prost Mahlzeit.«

»Fangen Sie mit der riesigen orangenen Kladde an, Peter. Alles Wichtige hat er darin chronologisch zusammengefasst.

Dieses Buch war auch das Einzige, was jeder einsehen durfte. Hat ganz gut funktioniert, so konnte man schnell einen Überblick über seine Arbeitsergebnisse gewinnen. Zumindest diesen Teil seiner Informationspolitik könnten Sie ja beibehalten.«

»Ich denke darüber nach, Shinji.« Conrad schlug die sicherlich A2-große Dokumentation auf und war sofort beeindruckt. Der kanadische Ethnologe hatte eine Art Melange aus datenlastigem Logbuch und erklärenden sowie resümierenden Textpassagen erstellt, die tatsächlich eine übersichtliche Darstellung des aktuellen Forschungsstandes ergab.

Als es draußen schon wieder dämmerte, hatte Conrad sich durch etwa achtzig Prozent der Dokumentation gearbeitet. Allerdings gab es bis da hin kaum Bemerkenswertes. Scotte hatte sich mit Keramikfragmenten und einigen wenigen Holzkohleresten beschäftigt. Fujimotos Datierungen der organischen Materialien bestätigten die vermutete Zeitstellung des Fundplatzes, größtenteils das elfte Jahrhundert. Scotte war schon frühzeitig zu der Einschätzung gelangt, dass die Carrière kein Siedlungsplatz gewesen war. Von ihm stammte die These vom Opfer- oder Kultplatz, wenngleich es dafür noch keine belastbaren Beweise gab. Er hatte dafür plädiert, in den umliegenden Gebieten zumindest eine ausführliche Prospektion durchzuführen, um den Fundplatz in dem natürlichen Steinbruch besser einordnen zu können. Das war ihm umso wichtiger, als man derzeit im Küstenstädtchen Saint-Anne, dem vermutlichen Siedlungsplatz, keine Grabungen durchführen konnte. Eine knappe Woche vor seinem Tod war seine akribische Arbeitsweise plötzlich einer etwas unpräziseren gewichen. Es gab kleine Ungereimtheiten, die es zu untersuchen galt. Es war auch nicht ersichtlich, ob Scotte seine Absicht, die Umgegend zu erkunden, in die Tat umgesetzt hatte oder es bei Gedankenspielereien geblieben war. Konkrete Funde oder

Befunde jedenfalls erwähnte er nicht und sie tauchten auch nirgendwo auf.

Was Conrad wirklich zu denken gab, war, dass die sonst streng chronologisch und inkrementell fortgeschriebene Fundnummerierung auf einmal Lücken enthielt. Scotte verwendete jetzt Zehnersprünge zwischen Inventarnummern und ließ einigen Abstand nach den einzelnen Eintragungen. Für Conrad sah es ganz so aus, als wolle er sich die Möglichkeit späterer Nachträge offenhalten – völlig konträr zu seiner bisherigen Dokumentationsphilosophie. Zwei Eintragungen mit einem Abstand von nur fünf Ziffern schienen diese Vermutung zu bestätigen. Suzukis Bemerkung über Scottes Verhalten in dessen letzten Tagen kamen ihm in den Sinn. Was war hier los? Hatte Scotte etwas entdeckt, das ihm Sorge bereitete oder so sensibel war, dass er es, entgegen seiner sonstigen Arbeitsweise, nicht dokumentierte? Aber was sollte das gewesen sein? Er konnte sich zwar vorstellen, dass man der Öffentlichkeit, in Gestalt von Bowers, Sapfield, vielleicht sogar Jane Russler, manches (temporär) vorenthalten wollte... aber den anderen Wissenschaftlern, die sich über Scottes Kenntnisstand informieren wollten? Unwahrscheinlich. Irgendwann hätten Madsen, Rousseau oder Herjolfsson bei einer solchen Geheimniskrämerei doch ein Machtwort gesprochen. Aber wahrscheinlich war es wegen Scottes Ableben gar nicht erst zum Disput gekommen. Was zurückblieb war eine zum Ende hin schlampige Dokumentation – und man hatte mit ihm ja auch schnell 'einen würdigen Ersatz für Scotte' verpflichten können, wie Herjolfsson sich ausgedrückt hatte. Wieder dieses unangenehme Bauchgefühl, das neue Nahrung dadurch erhielt, dass praktisch alle physikalischen Untersuchungen für Scotte von Fujimoto durchgeführt worden waren.

19

Es war bereits dunkel, in wenigen Stunden würde die gefährlichste Zeit der Nacht beginnen. Noch war er nicht wach; jeder wusste, dass man die besten Chancen hatte, ihn zu erwischen, wenn er gerade erwacht war und seine Sinne noch nicht auf Hochtouren liefen – ganz wie bei einem Grizzly oder einem Murmeltier nach monatelangem Winterschlaf. Aber man musste auch erkennen können. Nur die, die an ihn glaubten, waren in der Lage, ihn wahrzunehmen. Doch den Ungläubigen nützte es nichts, ihn zu verleugnen. Er existierte unabhängig davon, ob man ihn fürchtete, als Hirngespinst abtat oder überhaupt nichts von seiner Existenz ahnte. Deshalb erwischte er fast immer die Unwissenden und die Leugner.

Sie hatte Außenstehenden das geheime Wissen ihres Volkes preisgegeben und sie alle gewarnt. Aber anstatt ihr zu glauben und den alten Mächten mit Respekt zu begegnen, hatte man sie als naives Eskimofrauchen abgekanzelt. Sie waren nicht gut, doch von einem Katshituashku geholt zu werden, hatte keine Menschenseele verdient – auch nicht diese Eindringlinge. So blieb ihr nichts anderes übrig, als selbst für die Sicherheit der Mannschaft zu sorgen, den Dämon aufzuspüren und ihn zu vertreiben. Ihre Vorahnungen hatten sie selten getäuscht; dass der Katshituashku heute Nacht wieder auf die Jagd gehen würde, hatte sie schon den ganzen Tag gespürt. Und prompt hatte es nach der abendlichen Essensausgabe begonnen zu schneien, um dem Dämon Deckung zu gewähren. Mittlerweile war der Niederschlag so dicht, dass man kaum zehn Meter weit sehen konnte.

Tshakapesh lud das Repetiergewehr durch, sicherte es und hängte sich die Waffe quer über den Rücken. Sie kam sich albern vor, weil sie sich mit der Remington sicherer fühlte, obwohl sie wusste, dass sie das Geschöpf, dessen Fleisch bei ihrem Volk als so verwundbar wie ein Eisberg galt, damit nicht ernsthaft verletzen konnte. Vielleicht hatte ihr Vater recht, und sie sollte der westlichen Kultur nicht so tolerant begegnen, wie sie es tat... aber mit ihrer Ehe hatte sie die Entscheidung bereits getroffen, obwohl sich Pierre-Michel sehr mit ihrem Volk identifizierte und ihren Glauben respektierte. Manches Mal hatte sie gar den Eindruck, dass er über das Ziel hinausschoss.

Ihre Patrouille hatte sie gegen zweiundzwanzig Uhr mit einem Rundgang auf der Carrière begonnen. Dort schien alles ruhig und sicher. Sie hatte keine fremde Präsenz gefühlt. Doch schon auf dem steinigen Pfad, noch über hundert Meter von der Containersiedlung entfernt, fühlte sie sich unbehaglich. Sie vermutete, dass das Wesen sich unter dem stählernen Gebäudekomplex zwischen den Stelzen, Fahrzeugen und Transportboxen verborgen hielt. Auch wenn hier die Sichtverhältnisse deutlich besser waren als im Schneegestöber vor den Containern, musste sie wachsam bleiben.

War da eine Tür zugefallen oder hatte nur der Wind etwas umgeworfen? Sie wirbelte herum und richtete den Lichtkegel ihrer Taschenlampe auf den Eingang zum Kryolabor. Von irgendwo dort war das Geräusch gekommen, aber auf den Stahlbrücken und Außentreppen hielt sich niemand auf. Als sie an Conrad und diese Bowers dachte, lächelte sie. So wie sie speziell diese beiden kennengelernt hatte, wären die jetzt in heller Panik, überzeugt, dass einer ihrer mumifizierten Wikinger als Zombie sein eisiges Gefängnis verlassen hatte, um Jagd auf arglose Archäologen zu machen. *Diese von der Natur entfremdeten Zivilisationsjunkies... Zombies... völlig verrückt*, ging es ihr durch den Kopf.

Sie leuchtete zwischen die beiden Schneeraupen links von ihr. Da war eindeutig ein Laut gewesen, den nicht der Wind verursachte. Eine seltsame Mischung aus Schnüffeln und einer Art Röcheln oder Rasseln. Auch wenn der Katshituashku sich lieber in der Deckung des Schneetreibens aufhielt, war sie nun sicher, dass er in diesem Labyrinth unter den Stahlkisten herumschlich. Doch momentan fühlte sie die Anwesenheit des Dämons kaum noch, offensichtlich entfernte er sich von ihr. Sie bewegte sich unter den Bürocontainern hindurch und folgte dem Wesen bis zum Wohnbereich. Da war es wieder, dieses witternde Geräusch, unterbrochen von Schlurfen oder Schleifen. Hatte die Kreatur bereits Beute gemacht und zog eine arme Seele zwischen die metallenen Kühlboxen, in denen ein Großteil der Nahrungsvorräte gelagert wurde?

Die Innu zog das Gewehr vom Rücken und entsicherte es. Sie beschleunigte ihre Schritte und leuchtete – die kleine Maglite zwischen den Zähnen und die Langwaffe im Anschlag – in die Gasse, die von den zwei Meter hohen Vorratsbehältern gebildet wurde. Sie war sich sicher, am anderen Ende einen Schatten gesehen zu haben, der in Richtung Bürobereich flüchtete. Sie rannte los, jetzt durfte sie ihn nicht mehr aus den Augen verlieren. Sie hatte keine Ahnung, was sie tun würde, wenn sie den Katshituashku stellte; sie bezweifelte, dass er sich von dem Amulett aus Walknochen von einem Angriff lange abhalten ließ, doch sie sah keine andere Möglichkeit.

Kurz bevor sie um die Ecke der letzten Metallkiste bog, war die Präsenz fast übermächtig. Der eisgeborene Dämon musste in ihrer unmittelbaren Nähe sein. Plötzlich hatte sie Angst, kalter Schweiß brach ihr aus. Sie ging in die Hocke, lugte um die Kante der stählernen Box und schoss zweimal in die Dunkelheit. Dann fühlte sie, wie sie nach vorne katapultiert wurde und ein unglaublicher Schmerz in ihrem Kopf explodierte. Das Letzte, was sie wahrnahm, bevor sie das Bewusstsein verlor, waren zwei blutunterlaufene, gelbe Augen.

»Gott sei Dank, sie lebt!« Madsen zog seinen Handschuh wieder an und erhob sich. »Kräftiger Puls, ein bisschen schnell.«

»Wir müssen sie schleunigst ins Warme bringen«, rief Conrad und blickte sich um. Fast die gesamte Belegschaft war hinausgelaufen, als sie die Schüsse gehört hatten. Er erkannte Herjolfsson, Suzuki, der in der Dunkelheit zwischen den anderen beinahe wie ein Kind wirkte, die drei National Geographic-Amerikaner und einen großgewachsenen, norwegischen Studenten, den er schon im Wikinger-Zelt gesehen hatte. »Du... äh, Nils. Komm, hilf mir, wir müssen sie reinbringen. Am besten direkt in die Krankenstation.«

Madsen wandte sich an eine Gruppe Studenten: »Holt Decken aus den Quartieren, los, Beeilung!«

Tshakapesh stöhnte, während sie sie die schmale Stahltreppe zum Medizincontainer hinaufschleppten. Als sie schließlich auf der mit dunkelgrünem Kunstleder bezogenen Bahre lag, schlug sie die Augen auf, die jetzt noch kleiner wirkten, als sie ohnehin waren. »Ihr müsst Pierre anrufen.« Sie verzog das Gesicht und schloss die Lider; erneut stöhnte sie auf. »Meine Hand, das tut so weh.«

Hanns Paulson, der Arzt der Carrière-Kampagne, strich ihr über die Stirn. »Ich gebe Ihnen etwas, kleinen Moment.« Er ging hinüber zu einem Wandschränkchen, dessen Türen mit einem überdimensionalen roten Kreuz beklebt waren, entnahm ihm ein kleines Fläschchen mit einer klaren Flüssigkeit und zog eine Spritze auf.

»Ihr müsst Pierre anrufen, er ist gestern Abend nach Hause gefahren«, flüsterte Tshakapesh.

Madsen griff sanft ihre Schulter. »Das haben wir schon versucht, Apikusis, aber wir haben ihn noch nicht erreicht.

Ruhen Sie sich aus, alles wird gut. Bjarni wird weiterhin versuchen, Ihren Mann zu erreichen.« Er bedeutete Herjolfsson, sich auf den Weg ins Büro zu machen.

Nachdem vorsichtiges Hochschieben nichts brachte, schnitt Paulson den linken Ärmel ihres dicken Anoraks auf und verabreichte ihr das Schmerzmittel. »Das ist etwas ganz Feines, Apikusis, ein Morphiumderivat, von dem man angeblich nicht abhängig werden kann. Naja, wir wollen es nicht ausprobieren.«

»Danke, Doktor«, murmelte sie, derweil Paulson die Einstichstelle mit einem Pflaster abdeckte. »Sie wissen doch, dass ich kein Doktor bin.« Dann zog er vorsichtig den Handschuh von Tshakapeshs rechter Hand. »So, dann wollen wir doch einmal schauen, was hier los ist.«

Sie ächzte leise.

»Was zum Teufel ist denn das?«

Eine hufeisenförmige Einblutung war auf dem Handrücken zwischen Daumen und Zeigefinger deutlich zu erkennen. Auf der Handfläche war das Hämatom etwas schwächer ausgebildet.

»Mir fällt dazu nichts anderes als eine Bissverletzung ein. Wenn es nicht so verrückt klänge, würde ich sagen, dass die Form zu einem menschlichen Gebiss passt.« Er legte ihre Hand vorsichtig ab. Tshakapesh schien bereits eingeschlafen. »Aber das ist ja völlig absurd.«

Wie so vieles auf dieser Grabung, dachte Conrad. »Das Gebiss eines Bären sieht jedenfalls anders aus, würde ich meinen.« Niemand reagierte auf seine Äußerung.

»So, liebe Kollegen, Apikusis braucht jetzt Ruhe.« Paulson wedelte mit den Armen. »Geht in eure Kojen oder trinkt auf den Schrecken einen Cognac in der Kantine. Morgen wissen wir mehr.« Er schob Madsen, der noch etwas erwidern wollte, zum Ausgang. »Später, Stefan. Das hat alles Zeit bis morgen früh. Wir können jetzt sowieso nichts machen. Trink einen Schluck für mich mit, gute Nacht.«

20

Frühsommer
im Jahr eins nach der Ankunft

Leif hob das Objekt vor seiner Brust ein Stück in die Höhe. Aller Augen waren an diesem frühen Morgen auf ihn gerichtet, die Sonne in seinem Rücken ließ ihn wie eine neblige Kontur gegen das Licht verschwimmen. Er hatte sich nie viel um seine Stellung als Anführer geschert, hatte sich für Politik und für Ränke – die Waffen der alten Männer – nur so weit interessiert, wie es für seine unmittelbaren Ziele absolut erforderlich gewesen war. Und auch Selbstinszenierungen hatten ihn nie gekümmert, denn er hatte sie bislang nie gebraucht. Leif war selbst unter den kräftigen Graenlendingar noch ein großgewachsener und auffallend robuster Mann. Die meisten seiner Freunde überragte er um einen halben Kopf, und niemand, der ihn im Boot auf der Viking oder im Kampf gesehen hatte, hätte irgendeinen Zweifel gehabt, was er darstellte.

Aber in diesem Moment spürte er die Kraft einer anderen Art von Macht. Die Stärke, die aus Verehrung erwächst.

Als er an diesem Morgen des Sumarblót das Heiligste aus den Tiefen der Höhle hervorbrachte, fiel völlige Stille über die mehr als einhundert Stammesleute, die ihn am Fuß des kleinen Hangs erwarteten. Sie konnten nicht glauben, was sie da sahen. Selbst nachdem sie die Hraeswelg-Höhle einmal hatten betreten dürfen, um sich von der Wahrheit ihrer göttlichen Führung zu überzeugen, hätten sie das hier nicht für möglich gehalten. Leif brachte von den Wesen, die er weit im Inneren der Höhle gefunden hatte, nicht etwa gebleichte Schädelknochen mit; er trug vollständige Köpfe, einen in der rechten, den anderen in der linken Hand.

Leifs Herz schlug hart und aufgeregt, als er nun im hellen Licht erstmals genau erkannte, was er im flackernden Fackelschein nur vage hatte erahnen können. Die Gesichtszüge der großen Männer waren hager und vom langen Schlaf zerdrückt, aber den seinen eindeutig nicht sehr fremd. Das helle Haar hing in langen, verfilzten Strähnen bis an seine Ellenbogen herab, als er die abgetrennten Köpfe nun emporhob. Ein Raunen ging durch die Zuschauer, die die Gesichter nun auch erkennen konnten. Keine Spur von schmalen, geschlitzten Augen oder schwarzem Haar der Skraelingar. Diese Höhle war von Kreaturen ihrer eigenen Götter bemalt worden, seien es Ahnen oder *jötnar*, die Vinland vor ihnen bewohnt hatten.

Ohne ein Wort der Erklärung schritt Leif auf den Stein zu, den seine Männer auf seine Anweisung hin unter dem größten Baum in der Nähe des Höhleneingangs errichtet hatten. Es war bedauerlich, dass hier keine Eichen wuchsen, aber die stattliche Hemlocktanne würde genügen.

»Wir folgen den Ahnen auf dem Weg in das Neue Land«, sprach Leif und hielt die Schädel der beiden Vorväter ein letztes Mal in die Höhe. »Im Kampf werden wir die Herrschaft erringen. Die Götter haben uns den Weg und unser Schicksal in der Schlacht gegen die Skraelingar gezeigt.« Leif wies in Richtung der Höhle mit ihren eindrucksvollen Bildern Hraeswelgs und der Gottwesen, halb Mensch, halb Tier. »Und wir werden Hraeswelg ihre toten Leiber zur Speise reichen, bis das Neue Land keinen Skraeling mehr kennt.«

Die Krieger gaben zustimmende Geräusche von sich und tauschten Blicke aus, in denen sich Überdruss mit Vorfreude mischte. Zu lange hatte man Fischer und Bauer gespielt. Es war an der Zeit, sich wieder dem eigentlichen Handwerk zu widmen, das den Göttern gefällig war und das ihre Namen in die Ewigkeit tragen würde.

Ketil stieß einen tiefen, kehligen Ruf aus, der von den Kriegern nach und nach aufgenommen wurde und die Lichtung füllte wie eine uralte Erinnerung. Leif hätte schwören können, dass hier schon vor langer Zeit Rituale im Namen derselben Götter stattgefunden hatten. Er blickte in das gefrorene, deformierte Gesicht des Ahnen, das eine Handbreit vor seinem eigenen baumelte. Hinter dem Ohr erkannte er eine kunstvolle Tätowierung. Es war beinahe schade, aber es führte kein Weg daran vorbei, was er nun tun musste.

Das rhythmische Rufen war zu einem treibenden Gesang geworden, der jeden seiner Handgriffe begleitete und lenkte. Leif legte die Köpfe, die er zuvor mit seinem besten Messer abgetrennt hatte, auf den Altarstein. Er wählte den Mann mit dem gestochenen Hirschen hinter dem linken Ohr und sah konzentriert in das Gesicht. Nur die Augen waren eingefallen, weil die Augäpfel fehlten, sonst wirkte es beinahe wie das eines Schlafenden. Leif hielt den Schädel mit seiner Linken fest und hob das Messer. Beim ersten Schnitt erwartete er halb, dass das Wesen die Lider heben und zu ihm sprechen würde. Doch die eiserne Klinge fuhr durch Haut und drang auf Knochen, ohne dass etwas derartiges geschah. Es erforderte einige Mühe, aber nachdem er den Skalp abgezogen hatte, gelang es ihm schließlich, den obersten Teil des Schädels beinahe rund abzutrennen. Die Menge rief zu den Göttern; und sie riefen seinen Namen. Er spürte schon jetzt die Kräfte der Ahnen auf ihn übergehen. Entschlossen löste er die Knochenplatte mit der Spitze des Messers und richtete den Schädel wieder auf. Mit Zeige- und Mittelfinger seiner rechten Hand drang er in das Innere ein und stellte zufrieden fest, dass er dort auf zähen Widerstand stieß. Als er seine Finger zurückzog, glänzten sie dunkel und klebrig.

Das gesamte Dorf hielt den Atem an, und plötzlich war es totenstill um ihn herum. Dieser Moment würde alles verändern. Er würde nie wieder einer von Vielen sein, die zur Landnahme aufgebrochen waren. Von heute würde er unsterblich sein. Leif führte die Finger zu seinem Mund und aß von der Kraft, der Weisheit und der Seele des Wesens. Es würde nun für immer ein Teil von ihm sein.

21

Bevor er seinen Arbeitstag begann, besuchte Conrad Tshakapesh. Sie war wach und saß bereits auf ihrem Krankenbett. Noch bevor er sie begrüßen konnte, meldete sich Paulson zu Wort. »Oh, guten Morgen, das trifft sich gut. Dann können Sie jetzt ein paar Minuten auf die Dame achtgeben, während ich schnell frühstücken gehe. Wenn es nach ihr ginge, wäre sie heute schon wieder auf der Grabung. Aber sie hat eine Gehirnerschütterung.« Schon war er an der Tür. »Ich bin in einer Viertelstunde zurück.«

Tshakapesh und Conrad blickten sich einen Moment lang verdutzt an. »Nun, wie ich sehe, haben Sie den Angriff zum Glück gut überstanden. Was macht Ihre Hand?«

»Ist erträglich. Die Kopfschmerzen sind schlimmer.« Sie senkte ihre Stimme. »Ich bin froh, dass Sie vorbeigekommen sind. Ich muss mit Ihnen reden; ich wüsste nicht, mit wem sonst. Die halten mich doch alle für übergeschnappt.«

Conrad blickte sie fragend an.

»Sie glauben doch auch nicht, dass das schon wieder ein Bär war, Peter. Wir müssen den anderen klarmachen, dass sie nicht so weitermachen können.«

»Nein, Apikusis, ich glaube auch nicht, dass ein tollwütiger Bär für diese Überfälle verantwortlich ist. Es sei denn, er kann mit einem Baseballschläger umgehen«, versuchte er die Situation aufzulockern, doch es zeigte keine Wirkung auf Tshakapeshs ernsten Gesichtausdruck. »Aber ich glaube auch nicht, dass wir es mit einem mythologischen Bösewicht zu tun haben. Schon die

Bisswunde an Ihrer Hand deutet auf einen real existierenden Menschen hin.«

»Der Katshituashku hat den Kopf eines Menschen, wenn er sich unter sie begibt«, zischte sie. »Sie müssen mir glauben, Peter. Was wir hier tun ist nicht recht. Wir haben die alten Dämonen geweckt, und sie werden unser Eindringen nicht zulassen.«

»Apikusis, ich respektiere Ihre Sicht, Ihre Religion und Ihre Kultur, aber ich kann nicht akzeptieren, dass eine Gestalt aus der Sagenwelt Ihres Volkes für diese Verbrechen verantwortlich sein soll. Es muss eine rationale Erklärung geben. Diese Attacke haben Sie einem Menschen aus Fleisch und Blut zu verdanken.«

»Wachen Sie doch auf, Peter!« Dann begann sie wieder zu flüstern. »Sie haben seine Präsenz gespürt, auf der Lichtung, als wir Fujimoto gefunden haben. Ich weiß es, Sie haben seine Wunden gesehen.«

Conrad wurde ungeduldig. »Und Sie haben seine Verletzungen ebenfalls gesehen. Da waren unübersehbare Schnittspuren, Apikusis, verstehen Sie? Ich bin mir sicher, dass wir in den nächsten Tagen eine Bestätigung von der Polizei erhalten werden. Dann wird hier sowieso ermittelt, und Ihr Dämon wird sich in Luft auflösen, Sie werden sehen.«

»Wieso glauben Sie eigentlich, dass der Katshituashku nicht mit einem Messer umgehen kann?«

Conrad war verdattert, er fand keine Worte.

In diesem Moment betrat der Arzt die Krankenstation. »Danke, dass Sie auf meine ungeduldige Patientin aufgepasst haben. Mit Ihnen alles in Ordnung, Peter? Sie sehen blass aus.«

»Nein, nein, alles bestens. Ich brauche nur etwas zu essen. Bis später.« Bevor er den Container verließ, blickte er noch einmal zu der Innu, die ihm mit schwer deutbarer Miene nachsah.

Er hätte nicht sagen können, was er gerade gegessen hatte. Während des gesamten Frühstücks rotierten seine Gedanken. Diese Tshakapesh war eindeutig durchgeknallt. Schon als sie die schrecklich zugerichteten Überreste von Suzukis Assistenten entdeckten, hätte er für die Innu, die so beiläufig mit der durchgeladenen Waffe hantierte und bei Fujimotos Anblick sonderbar gefasst wirkte, nicht die Hand ins Feuer gelegt. Aber würde sie so weit gehen, sich selbst in die Hand zu beißen und sich dann dermaßen eines mit dem Gewehrkolben überzuziehen, dass sie eine Gehirnerschütterung davontrug? Eher nicht, auch wenn er sich viele religiös motivierte Absurditäten vorstellen konnte.

Worum ging es Tshakapesh? Wieso brachte sie diese Geistergeschichten überhaupt ins Gespräch? Er wusste, dass sie und Rousseau an der Universität in Quebec arbeiteten und auf der Carrière-Expedition für den Bereich der Ureinwohner des amerikanischen Kontinents verantwortlich waren. Aber bis dato gab es gar keine Hinweise auf irgendwelche indigenen Völker, noch nicht einmal auf diese Thule-Kultur, die der Professor so gerne ins Spiel gebracht hätte. Conrad hielt den Mann, der sich mit irritierendem Eifer für die Inuit stark machte, durchaus für fähig, in der entsprechenden Stimmung gewalttätig zu werden. Doch der Überfall auf Tshakapesh rückte ihn auf Conrads schwammiger Liste der Verdächtigen weit nach unten. Und Perrichon? Ein Choleriker vor dem Herrn, aber warum sollte Scottes ehemaliger Mitarbeiter so etwas tun? Interessanter war da schon Jean Scotte selbst – wenn er nicht bereits tot gewesen wäre, als Fujimoto angegriffen wurde. Aber war er das wirklich? Conrad hatte den vermeintlichen Unfall nicht mit eigenen Augen gesehen, doch er hatte die vergangenen Tage die Ohren offengehalten und wusste, dass die unterschiedlichsten Versionen über Scottes Tod kursierten. Von einem alkoholbedingten Verkehrsunglück bis zu Tshakapeshs

Eisdämonen-Rache. Nach seinen bisherigen Erfahrungen misstraute er fast allen hier. Jeder schien eigene Interessen zu verfolgen. Selbst Madsen und Herjolfsson, die er wirklich mochte, hatten es ihm gegenüber mit der Wahrheit nicht immer allzu genau genommen. Die Kommunikationspolitik auf dieser Grabungskampagne bestand aus Salamitaktik und tendenziösen Interpretationen.

Seine Gedanken wanderten wieder zu Scotte. Hatte Suzuki nicht davon gesprochen, dass der kanadische Ethnologe manchmal tagelang durch die Umgegend gestreift war – und in den letzten Wochen sogar ab und zu über Nacht verschollen geblieben war? Was, wenn er gar nicht tot war, wenn er sich verborgen hielt und in der Dunkelheit sein Versteck verließ, um die Teilnehmer der Carrière-Expedition zu dezimieren? Dann hätte Tshakapesh ihren Katshituashku, wenn auch in einer abgespeckten Version... Doch hier stellte sich erneut die Frage des Motivs, wenn man denn die verdrehte Geschichte eines 'untoten' Täters akzeptierte. Das einzige für Conrad erkennbare Motiv auf dieser Grabung war Publicity-Geilheit. Das rückte die Clique des Amerikaner in den Fokus, schließlich würden sich mysteriöse Todesfälle auf einer archäologischen Grabung todsicher in einer Explosion der Druckauflage niederschlagen. Allerdings erst, wenn wirklich etwas an die Öffentlichkeit gelangte, und so einen Fluch hätte man doch viel medienwirksamer inszenieren können, wenn sie nicht bis zum Hals im Schnee steckten und weitab der Zivilisation waren... Außerdem... so weit würden auch die nicht gehen; undenkbar, das waren immer noch Journalisten, oder?

Wie er die Sache auch drehte und wendete, sein einziger Ansatzpunkt schien Scotte selbst. Er würde den Spuren des Ethnologen folgen und ebenfalls die nächste Umgebung erkunden – schließlich wurde er als Scottes Nachfolger behandelt. Er würde nur bei Tageslicht unterwegs sein; und eine Waffe zu seinem Schutz würde man ihm nicht verweigern. Kurz fragte er sich, wen er mitnehmen könnte, fand aber keinen vertrauenswürdigen Kandidaten. Was hätte er jetzt um Lisa mit ihrer Kombinationsgabe und Furchtlosigkeit gegeben... Und die durchgeknallten Theorien von Untoten und Dämonen hätten ihr sicherlich gefallen.

Der Tag war enttäuschend verlaufen. Nach der Mittagspause war er losmarschiert und hatte das Gebiet unmittelbar oberhalb des natürlichen Steinbruchs erkundet. Ohne jeden Erfolg, wie er sich eingestehen musste. Madsen hatte keine Einwände gehabt, auch wenn er Conrads angebliches Vorhaben, dort oben nach Siedlungsresten zu suchen, für völlig zwecklos hielt. Im Kältelabor gab es derzeit nichts für ihn zu tun. Russler war immer noch mit Pollenanalysen und einfachen parasitologischen Untersuchungen zugange. Und die Unterlagen seines Vorgängers konnten warten, bis es dunkel wurde. Gegen achtzehn Uhr war er zurück.

»Hallo, Shinji. So spät noch im Labor?«

»Guten Abend, Peter. Wie ich sehe, haben Sie auch nichts Besseres vor.«

»Ich muss mir noch einmal Scottes Unterlagen vornehmen. Ich werde aus manchen Dingen einfach nicht schlau.« Er setzte sich und begann, systematisch die Dokumente aus den letzten vier Wochen zu sichten. In dieser Zeit mussten die Gründe für Scottes merkwürdiges Verhalten zu suchen sein. Vielleicht ergab sich dann sogar eine Erklärung für die gespannte Stimmung und die rätselhaften Vorkommnisse auf dieser Kampagne. »Sagen Sie, Shinji, hat Scotte manchmal Funde von seinen Streifzügen mitgebracht. Ich meine Dinge, die Sie datieren sollten?«

»Aber ja. Oft waren das Tierknöchlein oder Reste von Holzkohle. Er hoffte, die zur Carrière passende Ansiedlung in der näheren Umgebung zu finden.«

»Holzkohle?«

Der Japaner lächelte schief. »Er hat erwartet, alte Feuerstellen zu finden. Aber es waren immer rezente Proben, soweit ich weiß. Überreste irgendwelcher Wildcamper, was denn auch sonst?«

Conrad musste lachen. Scottes Erfolg schien mehr auf Fleiß, als auf Genialität zu beruhen. »So funktioniert das doch nicht. Holzkohle erhält sich nur im trockenen Milieu. Sowas findet man nur in tieferen Schichten, und ich glaube nicht, dass er in den gefrorenen Boden hineingekommen wäre.«

»Stimmt, oder man sucht in Neanderthalerhöhlen.«

»Wo Tshakapeshs Dämonen hausen.« Jetzt mussten sie beide lachen.

»Ich nehme an, bei den Tierknochen war es ebenfalls eine Fehlanzeige?« Conrad wurde wieder ernst.

Suzuki zuckte mit den Schultern. »Ich habe keine Ahnung. Scotte hat immer darauf bestanden, dass Fujimoto seine Proben untersucht. Vielleicht hat er befürchtet, ich könnte mich über ihn lustig machen...«

Schon wieder Fujimoto. Conrad war mehr denn je der Überzeugung, dass all diese Vorfälle eine gemeinsame Ursache hatten.

22

Der Tag begann sonnig, und er hatte ein schlechtes Gewissen. Conrad beschloss, im Labor bei seiner Archäobotanikerin vorbeizuschauen und sich erst dann erneut auf Scottes Spuren zu begeben. Auch wenn er gestern nichts herausgefunden hatte, spürte er, dass in den Wanderungen des Ethnologen der Schlüssel zum Verständnis dieses Fundplatzes liegen musste. So sehr ihn die Verbrechen beschäftigten, er war immer noch Archäologe – und von der Carrière hatte er trotz des immensen Aufwandes an Personal und Logistik noch immer kein vernünftiges Bild. Es gab eine Bestattung von drei brutal ermordeten Wikingern und eine Grabplatte mit einem größtenteils unverständlichen Text und dem Bildnis eines fremdartigen Monsters. Als er die Metalltür zum Labor öffnete, saß Russler vor einem Mikroskop.

»Oh, hallo Peter. Gut, dass Sie kommen.« Sie winkte ihn zu sich. »Das müssen Sie sich ansehen.«

Conrad nahm die Brille ab und blickte durch das Okular. Bei den beidäugigen Geräten benötigte er immer ein paar Sekunden, bis er fokussieren konnte. Langsam wurde das Bild deutlich. »Das gibt es doch nicht! Wo haben Sie das her?«

»Aus dem Gehirn... vielmehr aus dem Schädel, von der Gehirnmasse ist ja praktisch kaum noch etwas da.«

Er setzte die Brille wieder auf. »Aus welchem Schädel, Jane?«

»Aus allen dreien.«

»Alle drei? Die hatten alle drei diese... Dinger im Kopf? Lauter Miniaturen von diesem... das ist ja...« *Widerlich*, ergänzte er in Gedanken. »Was halten Sie davon, Jane?«

»Ich vermute, dass die drei Männer, die da hinten im Kühlschrank liegen, über kurz oder lang an diesem Parasiten gestorben wären – wahrscheinlich eher schnell, bei diesem Befall. Das sind ja schon Larven, jedenfalls würde ich das Stadium so einordnen. Eier oder ähnliches habe ich noch keine gefunden, aber ich bin sicher, dass das Körpergewebe unserer Mumien voll davon ist.«

Ihm drehte sich beinahe der Magen um, er schwitzte. Hatte er irgendetwas ohne Latexhandschuhe angefasst?... Nein, auf keinen Fall, darauf hatte er immer geachtet, egal ob in Ägypten, auf dem Balkan oder hier. »Glauben Sie, dass es noch... ansteckend ist?«

Sie entfernte den Objektträger, verstaute ihn in einem Kunststoffkasten, zog ihre Handschuhe ab und warf sie in einen roten Apparat mit einer waschmaschinenartigen Glastür und der Aufschrift 'd&b Vacuum Autoclave'. »Also bei dem Larvenstadium würde ich das ausschließen. Die sind alle tot, soweit ich das feststellen konnte. Bei den vermuteten Eiern oder Sporen wäre ich mir nicht so sicher. Denken Sie nur an Tutanchamuns Fluch.« Sie grinste.

Conrad musste so schnell wie möglich raus aus dem Labor. »Ich muss mich um Scottes Unterlagen kümmern. Vielen Dank, Jane. Ich schaue heute Abend nochmal rein.«

Conrads Laune war auf einem neuen Tiefpunkt angelangt, schon bevor er die Lichtung erreichte, auf der Fujimoto so fürchterlich sein Leben verloren hatte. Er hatte gehofft, irgendwelche Hinweise auf Scottes Explorationen zu finden – und wenn das nicht passierte, dass die frische Luft wenigstens seinen Kopf ein wenig freipusten würde. Stattdessen wurde er das Gefühl nicht los, etwas Maßgebliches zu übersehen. Er schnaufte unzufrieden.

Der Strauch, aus dem die Polizei den Leichnam geklaubt hatte, war an einigen Stellen immer noch rot-braun verfärbt. Conrad blieb einige Schritte davor stehen. Es hatte nicht so viel geschneit, dass die Spuren der Bergungsoperation völlig verschwunden waren, und einen Moment betrachtete er das Gewühl unter der obersten Schneedecke. Er hätte besser achtgeben sollen, als sie den Toten fanden. Spuren suchen, statt schockiert das Weite zu suchen. Vielleicht hätte er handfeste Hinweise auf den Täter finden können, wenn er gleich reagiert hätte. *Mann, du bist Archäologe, kein Bulle*, sagte er sich selbst. Das mochte stimmen, aber wenn der mordende Irre es nun auf die restlichen Mitglieder der Grabung abgesehen hatte, dann war das nur ein schwacher Trost.

Die Sonne hatte fast ihren höchsten Punkt erreicht, als er die Lichtung durchquerte und nach dem Weg bergan Ausschau hielt. Er hatte Scottes vagen Aufzeichnungen entnommen, dass es jenseits der Lichtung einen Pfad geben musste, der weiter hinauf führte, schließlich bis zum Plateau weit oberhalb der Carrière. Je länger er ging, desto besser verstand Conrad Madsens und Herjolfssons amüsierte Gesichter, als er ihnen vorgestern von seinem Plan erzählt hatte. Schon in der näheren Umgebung ihres Fundplatzes war eine Siedlung unwahrscheinlich. Hier oben war der Gedanke geradezu hanebüchen. Es gab keine Quellen in der Nähe, keine landwirtschaftlich nutzbaren Flächen, und je höher er stieg, desto länger musste auch die Bodenfrostperiode dauern. Hier hatte nie jemand gelebt, mit Ausnahme weniger Inuit auf der Durchreise – und Rousseaus Thule möglicherweise.

Conrad straffte den Riemen des Repetiergewehres, das er auf Tshakapeshs Rat hin quer über den Rücken trug. Beim Aufstieg war ihm viel zu heiß in der Thermoausrüstung, doch er war fest entschlossen, für die verschwendete Zeit wenigstens durch einen spektakulären Blick über das weite Umland entschädigt zu werden. Und so bahnte er sich weiter seinen Weg den Berg hinauf, immer hin und her in Serpentinen zwischen den hoch aufragenden Nadelbäumen. Einen erkennbaren Pfad gab es schon lange nicht mehr.

Warum hatten die Wikinger ausgerechnet in dieser unwirtlichen Gegend ihre drei Mannen bestattet? Und was hatte sich noch vor der Felswand der Carrière abgespielt? Sein Instinkt bestätigte Scottes Theorie, dass sie es mit einer Art von Kultplatz zu tun hatten, denn nichts anderes ergab auch nur den mindesten Sinn. Aber warum hier? Warum an dieser Stelle so viele Kilometer von der Küste und der vermuteten Siedlung entfernt? Nicht einmal die Landschaft war imposant. Das beeindruckendste war die Carrière selbst, was für Kanadas Wildnis nicht viel war.

Conrads Kenntnisse über wikingische Siedlungsgeschichte hatten sich in den letzten Tagen vervielfacht, aber fachlich begründet spekulieren konnte er über solche Fragen noch längst nicht. Es gab fast immer einen handfesten Anlass dafür, eine Opferstätte an einem bestimmten Ort einzurichten. Dieser Grund mochte aus heutiger Sicht wenig überzeugen, aber eigentlich war es nicht viel anders als bei der Entstehung von Wallfahrtsorten des christlichen Kulturraums oder Pilgerstätten. Ein Gläubiger sah etwas, oder es ereignete sich etwas Außergewöhnliches an einem Ort – etwas, das die Nähe eines Gottes in den Augen der Gläubigen belegte. Und bei den Wikingern gab es eine Auswahl verschiedener Götter oder anderer mächtiger Wesenheiten, die mit charakteristischen Landschaftsformen einhergingen.

Conrad pausierte an einen kräftigen Douglasienstamm gelehnt. Er wandte sich dem steil abfallenden Hang zu, den er heraufgekommen war. Der Wald lag unter seiner weißen Decke vollkommen still da. Dennoch war es nicht schwierig, sich vorzustellen, dass hier etwas ungesehen herumschleichen konnte.

Mächtige Wesen... das konnten auch bei den Wikingern mythische Monster sein. Er schüttelte den Kopf über sich selbst. Tshakapesh hatte es mit ihrer Geschichte geschafft, sich in seinem Gehirn festzusetzen, kein Zweifel. Es ärgerte ihn, dass die Innu immer noch an ihrer Schauermär festhielt. Gestern hatte er sie schon wieder außerhalb der Krankenstation gesehen und zweifelte kein Stück daran, dass sie ihre Patrouillen wieder aufgenommen hatte. *Wieso glauben Sie eigentlich, dass der Katshituashku nicht mit einem Messer umgehen kann?' Weil du dann sicher tot wärst, Tshakapesh*, dachte er biestig.

Er kam in keiner Richtung weiter. Nur sein sinnfreier Marsch hinauf auf den Mont Albért, der lief recht gut. Es war etwa Mittag, als er aus den Bäumen heraustrat und den Plateaugipfel des Mont Albért erreichte. Der eisige Wind griff nach ihm, sobald er den Schutz der Hangwälder verließ, und obwohl die Sonne schien und einen Sonnenbrand auf der Nase versprach, wurde ihm binnen Minuten kalt. Conrad stapfte ein Stück weiter am Rand der Ebene entlang in die Richtung, in der die Carrière lag. Ein Abbruch in der sonst relativ ebenmäßigen Steilflanke des gewaltigen Tafelberges, der von Fichten und Rotzedern gesäumt wurde.

Der Blick hinunter, wo er die Zelte und Container jetzt als Miniaturen erkennen konnte, fesselte seine Aufmerksamkeit nur kurz. Er suchte das Gelände nach Hinweisen ab, die eine Erklärung für das Interesse der Wikinger liefern konnten. Von den Andenvölkern wusste er, dass sie in Felsformationen Naturgeister sahen und *huacas* an solchen Orten errichteten. Auch die Prärieindianer kannten vergleichbare Praktiken. Aber die Wikinger? Die fühlten sich eher von solitären Objekten, einem großen Findling, einer mächtigen Eiche, einer heißen Quelle oder einem Geysir zu einer Kultstätte inspiriert.

Conrad wischte sich über die Stirn und schirmte seine Augen gegen das grelle Licht der tiefstehenden Sonne ab. Er sah nichts

Auffälliges, aber der Winter war auch keine Zeit für archäologische Prospektionen. Gut möglich, dass der Schnee interessante Geländeformen, vielleicht sogar menschliche Hinterlassenschaften verbarg. Was für eine Zeitverschwendung. Er griff nach Scottes Notizen.

Was hatte der Ethnologe hier gesucht? Warum diese Geheimniskrämerei und die konspirative Zusammenarbeit mit Fujimoto? Was steckte dahinter? Und was hatte Scotte eigentlich datieren lassen? Suzuki hatte von organischen Proben gesprochen, aber das war vollkommen absurd. Es sei denn... Hektisch ging er seine Aufzeichnungen über Scottes Logbuch durch, suchte nach abweichenden, auffälligen Datierungen. Nichts. Nur diese Lücken. Warum sollten die peniblen Listen Lücken enthalten? Er hatte angenommen, dass Scotte sie als Platzhalter für ausstehende Resultate freigelassen hatte. Aber was, wenn es anders gewesen war? Wenn der Forscher sehr wohl gewusst hatte, was bei diesen Analysen herausgekommen war, es aber dann unmöglich auf die offiziellen Listen schreiben konnte, weil...? Er konnte sich keinen Grund vorstellen, aber Scottes Auslassungen waren eine unbestreitbare Tatsache.

Conrad fühlte seinen Puls schneller werden. Wenn es wirklich verschleierte Proben gab, wo konnten die hergekommen sein? Organische Fundstücke, deren Datierung hilfreiche Erkenntnisse erwarten ließ – das war eigentlich nur unter einer einzigen Bedingung hier draußen denkbar, oder? Conrad fing an, gegen die Kälte im Kreis zu marschieren. Begann er jetzt auch zu spinnen, so wie der Rest dieser seltsamen Grabungstruppe? Oder war er auf die einzige mögliche Erklärung für alles gestoßen? Schließlich würde seine Idee sogar erklären, wo der angebliche Katshituashku hauste...

Der Weg hangabwärts war weniger anstrengend, aber gefährlicher als der hinauf zum Plateau. Wo sollte er mit seiner

Suche anfangen? Und wem sollte er von seinem Geistesblitz berichten? Verdammt nochmal. Etwas am Rand seines Gesichtsfelds lenkte ihn ab. War da eine Bewegung gewesen? Conrad schob die Brille die Nase hinauf und blickte nach rechts, wo sich in etwa einem Kilometer Entfernung der Hang oberhalb der Carrière befinden musste. Was immer er meinte gesehen zu haben, es wiederholte sich nicht. Unschlüssig blieb er stehen. Genau so lange, bis er die kaum noch erkennbaren Spuren im Schnee sah, die weg von seinem Standort zwischen die Bäume führten. Riesige Spuren.

Conrad hatte die Waffe vor die Brust genommen und entsichert. Nachdem er den Baumbestand hinter sich gelassen hatte, kämpfte er sich langsam durch ein großes, offenes Schneefeld. Rechts von ihm zog sich der schneebedeckte Hang hundert Meter hinauf zum Plateau, wo er vor einer halben Stunde noch selbst gestanden hatte. Die verwinkelte Topographie mit den kleinen Einschnitten und Klüften war schwer zu überblicken, und er konnte sich seltsamerweise nicht an dieses kahle Schneefläche erinnern, obwohl sie nicht weit von der Carrière entfernt sein konnte. Die Spuren waren inzwischen wieder verschwunden. Hätte es ein wenig mehr Neuschnee gegeben, so vermutete Conrad, dann hätte er auch zwischen den Bäumen nichts mehr von ihnen entdeckt. Hier draußen hatte der Wind ausgereicht, um sie verschwinden zu lassen. Aber hieß das nicht, dass die Spuren mehrere Tage alt waren? Wie passte das zu der Bewegung, die er gesehen zu haben meinte?

Er schritt langsam über das freie Gelände, das keinerlei Sichtschutz bot, das Gewehr im Anschlag, den Herzschlag auf Hochtouren. Aber nichts geschah, und er erreichte eine Art kleinen Abri. Unter dem Felsüberhang lag kein Schnee. Er legte dankbar seinen Rucksack ab und setzte sich für einen Moment des Verschnaufens. Wenn er lauschte, konnte er von hier die Geräusche der Lüftungsmaschinen und Pumpen an den

Grabungszelten hören. Luftlinie konnten es kaum mehr als vielleicht zwei-, dreihundert Meter durch die sichtversperrenden Bäume sein. Allerdings bezweifelt er, dass der direkte Weg begehbar war. Dennoch, wenigstens würde man ihn hören, wenn er schrie oder einen Warnschuss absetzte. Okay, auch wenn er es nicht eingestehen wollte, er war nervös. Aber wenn seine Idee von vorhin stimmte, dann war dieser Felsüberhang ein guter Ausgangspunkt, mit der Suche zu beginnen. Schließlich *war* da eine Bewegung gewesen. Oder?

Conrad brauchte keine Minute, um festzustellen, dass sein Geistesblitz genau ins Schwarze getroffen hatte. Am Ende des Abris, zwischen einigen vorspringenden Felsnasen fand er sie, die einzige Erklärung für wikingerzeitliche Holzkohleproben, für Scottes Verschwinden über Nacht... und möglicherweise auch den Ort, wo sich der Mörder aufhielt, der es auf die Kampagnenteilnehmer abgesehen hatte. Und diese Erklärung war eine Höhle in unmittelbarer Nähe der wikingerzeitlichen Fundstelle Carrière.

Er hatte keine richtige Taschenlampe, nur eine winzige Leuchte, die an seinem Schlüsselbund befestigt war. Ein Geschenk von Lisa, die eine solche Ausrüstung in Anbetracht ihres Abenteuers in Ost-Berlin nunmehr für überlebenswichtig hielt. Conrad starrte auf die kleine Lampe, die kaum größer als sein Daumen war, dann auf den schwarzen Höhleneingang. Was, wenn der Katshituashku da drin auf ihn lauerte? Dann würde er das Gewehr benutzen. Oder auch nicht, denn niemand bei Verstand feuerte eine Langwaffe in einem kleinen Raum ab. Man wäre taub... und wenn die Kreatur nicht sofort tödlich getroffen wäre... verdammter Mist. Die Vernunft diktierte es, zum Expeditionsgelände zurückzukehren, sofort Meldung bei Madsen zu machen und mit Personal und einer angemessenen Ausrüstung zurückzukehren. *Und wenn Peter Conrad eines war, dann vernünftig.* Aber einen winzigen Blick musste er einfach riskieren – Eisdämon hin oder her.

Fassungslos stolperte er fort von dem Abri, die Tasche nur locker über eine Schulter geworfen, das Gewehr wie vergessen an der Seite baumelnd. Er konnte kaum fassen, was er da gerade gesehen hatte, aber nun gab es keinen Zweifel. Er musste sofort von seinem Fund berichten, und zwar Tshakapesh und genau genommen auch Rousseau. Wer hatte noch gesagt, dass der oberste Leiter der Expedition kurzerhand abgereist war? Er erinnerte sich nicht. Nach dem Eklat bei ihrer Planungssitzung waren alle einfach nur froh über seine Abwesenheit gewesen. Hatte Paulson ihn nicht wegen des Überfalls auf Tshakapesh informieren wollen und ihn dann nicht erreichen können? Ja, so war es. Conrad überkam ein flaues Gefühl. Was, wenn Rousseau irgendwo zerfleischt im Wald lag, so wie Fujimoto? Er wollte gar nicht darüber spekulieren, erst musste er Tshakapesh ausfindig machen.

Desorientiert sah er sich nach dem Weg um, auf dem er hergekommen war, und stapfte in seiner eigenen Spur zurück. Er passierte einen großen Felsen, der am Rand des kahlen Stücks Steilhang lag. Die Bewegung registrierte er erst, als es zu spät war und etwas Schweres ihn zwischen Nacken und Hinterkopf traf. Er ging zu Boden, vom Schlag gelähmt. Wider Erwarten verlor er nicht ganz das Bewusstsein. Vielleicht hatte der Angreifer nicht genau genug getroffen. Conrad konnte die Augen nicht öffnen, spürte aber, wie jemand... etwas seine Arme packte und zerrte. Die Panik kam erst jetzt, als er hilflos durch den Schnee geschleift wurde. Er würde in der Höhle des Monsters enden, blankgefressen bis auf die Knochen; oder zerfetzt irgendwo über die Felsen drapiert. Er versuchte, sich irgendwie zu wehren, schaffte es aber nicht einmal, seinen Kopf zu heben.

Nach einigen Augenblicken, ließ man ihn mit einem tiefen Ächzen los. Und es geschah... nichts. Knirschende Schritte entfernten sich. Wohin war der Angreifer verschwunden? Wollte er ihn hier erfrieren lassen? Wieso zur Hölle konnte er sich nicht rühren? Conrad schluckte die Panik mit Mühe herunter und atmete konzentriert durch Nase und Mund, bis sich seine Gedanken ein wenig beruhigten. Er konnte die Helligkeit durch seine geschlossenen Lider erkennen, aber so sehr er es auch versuchte, der Hieb auf seinen Schädel–

Ein sonderbares Zittern durchfuhr den Boden, dann spürte er es auch in der Luft. Conrads Herz raste, stolperte. Was zum Teufel... Eisnadeln trafen sein Gesicht. Seine Hände zuckten nutzlos an der Seite mit dem Instinkt, sein Gesicht zu schützen. Erst, als es um ihn herum allmählich dunkler und schließlich stockfinster wurde, begriff er es. So fühlte es sich an, von einer Lawine verschluckt zu werden.

23

Frühling
im Jahr eins nach der Ankunft

Ehrfürchtig stand Leif vor der unglaublichen Botschaft, die die Götter für ihn hinterlassen hatten. Für sie alle. Eine Prophezeiung, eine Warnung, aber auch ein Versprechen. Leif betrachtete die schwarzen und rotbraun gemalten Bilder. Dies war ein Land des Kampfes. Große Kämpfe standen ihnen bevor, und große Krieger würden hier geboren – und herrschen. Er sah all dies klar in den Szenen, die vor ihm aus der Dunkelheit hervortraten, wo immer er seine Fackel in die Nähe der Höhlenwände brachte. Unzählige bewaffnete Figuren füllten die Wände, und er war sich sicher, dass das die Einheimischen waren, die Skraelingar, die sie schon aus Graenlend kannten und die es hier im Neuen Land in ungleich größerer Anzahl zu geben schien. Sie würden sich ihm und den Seinen in den Weg stellen und ihnen den Weg zu ihren Reichtümern ebenso wie zu den besten Fisch- und Jagdgründen und vor allen Dingen dem fruchtbaren Boden des Neuen Landes verwehren.

Oder sie würden es zumindest versuchen...

Leif durchstreifte die Höhle, so weit er konnte, und am Ende seiner Erkundung war die Gewissheit in ihm absolut. Dies war ein Ort, an dem die Götter Helden schufen. Der Ort, der für ihn und sein Volk zum Schicksal werden würde.

Wenn er den anderen hiervon berichtete, dann wären endlich alle Zweifel an ihrer Reise ausgeräumt. Die Frauen, die sie im Frühjahr aus Graenlend geholt hatten, waren hier im Großen und Ganzen zufrieden. Aber Leif wusste wohl, dass einige seiner Männer sich die versprochene Viking ganz anders ausgemalt hatten und die Suche nach Siedlungen, die sie ausrauben konnten, noch lange nicht aufgegeben wollten. Das Siedeln auf fruchtbarem Boden war schön und gut – aber wo waren die Dörfer und Städte? Der Reichtum der Bewohner dieses neuen Landes? Im Osten hatte man immer satte Beute gemacht, aber hier, Tausende Seemeilen im Westen, gab es nichts als Leere, so schien es. Leif selbst hatte sich hin- und hergerissen gefühlt. So viel Land, das sie nur in Besitz zu nehmen brauchten, war für die Zukunft tausendmal wertvoller als neue Gold- und Silberschätze – trotzdem hatte er die Enttäuschung der Kampfgefährten nachfühlen können. Bis heute. Bis zu diesem Moment, denn nun wusste er, dass die Kämpfe nur eine Frage der Zeit waren und sie sich ihre Herrschaft nach dem Willen der Götter hart würden erarbeiten müssen.

Dieses neue Land war mehr, als er erwartet hatte. Es stimmte, dass die Fischgründe reich und der Boden gut waren, dass die Hänge der Berge mit Bäumen so voll waren, dass sie neue Schiffe bald im Dutzend würden bauen können und niemand befürchten musste, im Winter ohne Brennmaterial zu bleiben. Auch die ersten Häuser, die sie der Schnelligkeit wegen aus Grassoden und in den Boden eingetieft errichtet hatten, würden sie schon im kommenden Jahr durch herrschaftliche Hallen aus guten Holzstämmen ersetzen können. Alles bot das Neue Land im Überfluss. Ihr Land. *Sein* Land, dachte Leif. Denn heute war er auserwählt worden von den Göttern, die an diesen fernen Gestaden herrschten. Die Zeichen an den Wänden der Höhle waren für ihn, um ihm zu zeigen, was ihn und seine Gefolgsleute erwartete. Es war wie in den Sagas versprochen. Nicht so ein jämmerlicher Flecken Erde wie das Graenlend seiner Eltern, nein, dies hier war das Land im Westen, zu dem die Götter ihnen den

Weg hatten weisen wollen. Andere vor ihm waren bloß zu zögerlich oder zu schwach gewesen, ihn zu gehen.

Leif dachte an die Familie, die er in Graenlend zurückgelassen hatte, wo immer mehr von ihnen den Glauben an die Götter verloren. Eigentlich kein Wunder, wenn man sich dieses Land im Nordmeer anschaute. Leif lachte. Sollten sie doch ihren seltsamen, einsamen Gott anbeten, dessen Sohn anscheinend an irgendein Kreuz genagelt worden war. Seine Leute hatten den Beweis gefunden, dass die Götter den Mutigen letztlich den gerechten Lohn zukommen ließen. Ein wahres Vinland.

Halfdan, Ketil und Thorstein waren die ersten, denen er die Hraeswelg-Höhle zeigte. Auf den Gesichtern der drei Männer sah er dasselbe Erstaunen, dieselbe Ehrfurcht, die er selbst gespürt hatte. Und die längst dem Hochgefühl der eigenen Erhabenheit gewichen war. Er erklärte seinen Männern, was er im Sinn hatte, dass hier der *lund*, der heilige Bezirk, ihres Dorfes sein würde. Natürlich war es ein weiter Weg, aber wen konnte es wundern, dass die Götter sich diesen Platz hoch oben am kahlen Berg ausgesucht hatten? Von hier konnten sie weit über das bergige Umland schauen, vielleicht sogar bis zur Küste? Leif würde es herausfinden. Halfdan stand noch immer wie vom Blitz gerührt vor den gemalten Prophezeiungen und duckte den Kopf unter Hraeswelgs Raubvogelblick. Als er sich zu ihrem Anführer umwandte, stand darin etwas völlig anderes als sein üblicher Kampfeseifer. Genau das brauchte er, diesen Willen zur Unterwerfung, dachte Leif. Er wünschte sich nicht zum ersten Mal, sie hätte einen *gothi* in ihrer Mitte. Aber niemand hatte daran gedacht, einen Priester auf ihre Vinlandfahrt mitzunehmen. Leif überlegte. Wenn er selbst das Amt übernahm, beanspruchte er die königliche Herrschaft über das Land. Er war sich sicher, dass Hraeswelg dafür einen Preis verlangen würde, aber den war er bereit zu zahlen.

24

Es war warm und hell. Und er schwebte auf einer Wolke aus... Morphin. Conrad erinnerte sich genau an diese spezielle Art von Wohlgefühl, und um es genießen zu dürfen, erforderte es meist ganz widerliche Verletzungen. Obwohl er nichts dergleichen körperlich spüren konnte, befürchtete er das Schlimmste.

»Sind Arme und Beine noch dran?«, erkundigte er sich mit gespielter Lockerheit und bleierner Zunge.

Jemand näherte sich seinem Bett. Conrad erwog, die Augen zu öffnen. Andererseits, lohnte das die Mühe?

»Sie sollten sich um andere Körperteile Sorgen machen, wissen Sie.« Tshakapeshs Stimme klang belegt. Sie hustete.

»Hm.« Er machte nun doch den Versuch, die Lider zu heben. Es wurde heller und heller, aber es dauerte eine halbe Ewigkeit, bis er das Gesicht in den Fokus bekam.

»Was machen die Augen?«, erkundigte sich die Innu.

Conrad runzelte die Stirn. *Wieso?* dachte er und sagte es vielleicht auch.

»Sie haben gesagt, dass Sie nichts sehen konnten. Kurz nachdem wir Sie ausgegraben hatten.«

Die Erinnerungen kehrten mit einem Schlag zurück, und ohne die Beruhigungsmittel in seinem Blut hätte er wahrscheinlich eine heftige Panikattacke bekommen. Plötzliche Atemnot und ein durchdringendes Zittern erfassten ihn.

»Ganz ruhig. Jetzt passiert Ihnen sicher nichts mehr.« Ihr Tonfall war so kalt, dass ihre Worte ihn tatsächlich ablenkten.

»Wie... bitte?«

»Wie konnten Sie derart leichtsinnig sein?«, fauchte sie unvermittelt. »Ich hatte Sie nicht für einen dieser Trottel gehalten, die sich leichtfertig in Lebensgefahr begeben. Ein Glück, dass Sie sich nicht noch selbst mit dem Gewehr erlegt haben, das muss man ja bald als glücklichen Zufall betrachten.«

»Was? Ich...« Er brachte keinen Satz zustande.

»Eine Lawine um Himmels willen! Wollen Sie mir ernsthaft erzählen, Sie hätten die nicht rechtzeitig bemerken können? Ihr Glück, dass der Hang an der Stelle nicht so lang und die Schneise schmal ist. Was zum Teufel hatten Sie überhaupt dort oben verloren?«

Conrad schnaubte erbost. »Lawine!« Er setzte sich auf und bemühte sich um ein möglichst böses Starren, was aber nur den Kopfschmerz verstärkte.

Die Innu lehnte jetzt mit verschränkten Armen am Arzneimittelschrank.

»Da... Ich wurde attackiert und... Lawine, so ein Unsinn.« Frustriert fuhr er sich mit den Händen durch die Haare und zuckte zurück, als er die schmerzhafte Beule ertastete.

»Attackiert?« Tshakapesh sah überrascht auf und setzte sich auf die Kante des Krankenbettes. »Was meinen Sie mit attackiert? Haben Sie den...«

Conrad zog die Decke unters Kinn und schloss die Augen. Er versuchte, sich zu konzentrieren, aber er konnte nur mit Mühe vollständige Sätze zusammenbringen. »Da war etwas. Jemand. Spuren zwischen den Bäumen.« Er erinnerte sich an die Bewegung. »Aber ich weiß nicht, wer.«

Als er die Augen wieder öffnete, betrachtete die Innu ihn nachdenklich und wesentlich weniger feindselig. Er ahnte, was jetzt kommen würde.

»Haben Sie den Katshituashku gefunden?«

Er schüttelte vage den Kopf. »Nein, nicht Ihr Monster. Aber ich habe etwas viel, viel Wichtigeres gefunden, Apikusis. Holen Sie Madsen und die anderen.«

Paulson erklärte Conrad, dass er ihm das Morphin in erster Linie zur Beruhigung verabreicht hatte. Als die Lawine heruntergekommen war, hatte man das an der Carrière noch bemerkt, auch wenn kein Schaden auf der Ausgrabungsfläche oder an den Zelten entstanden war. Tshakapesh, die seit diesem Morgen wieder ihre Runden um das Expeditionsgelände drehte, hatte anscheinend eine Art Vorahnung. Jedenfalls hatte sie bei Madsen und Herjolfsson nachgefragt, wo Conrad abgeblieben sei. Als die beiden ihr belustigt von seinen 'Prospektionen' in der Umgebung der Carrière erzählten, war sie sofort losgestürmt. Auch wenn man nicht direkt das Schlimmste annehmen wollte, konnte Madsen nicht riskieren, den nächsten Ethnologen zu verlieren, fasste Paulson zusammen. Und so hatten sich auch Herjolfsson, Harstad und einige aus der amerikanischen Journalistenriege dem Suchtrupp angeschlossen.

»Heißt das«, stöhnte Conrad, »dass Miss Bowers eine Hochglanzfotoserie über meine Rettung bringen wird?«

Paulson lachte. »Ich glaube kaum, dass danach noch ein Hahn kräht, jetzt wo Sie diese Höhle gefunden haben.«

»Die Höhle, zu der ich schnellstmöglich zurückmöchte.«

Paulson seufzte. »Wie ich sagte. Das Morphin mussten wir Ihnen hauptsächlich geben, weil Sie in Ihrem Schock derart agitiert waren, dass wir befürchteten, Sie könnten sich selbst verletzen. Bei Kopfverletzungen ist das nicht ungewöhnlich. Es ist schon erstaunlich, dass Sie sich noch so gut an das erinnern, was passiert ist.«

Tat er das? Conrad setzte ein falsches Lächeln auf und betete, dass es den Arzt von seiner Einsatzfähigkeit überzeugen würde. Er musste zu dieser Höhle, bevor er noch verrückt wurde. Bevor die anderen alles vor ihm sahen, all die seltsamen Dinge, die er im dünnen Licht der Minitaschenlampe gesehen zu haben glaubte. Denn er war sich seiner Erinnerungen keineswegs so sicher, wie er Tshakapesh, Madsen und vor allem Paulson gegenüber tat – und gegenüber Herjolfsson, der nun an die Tür klopfte und eintrat.

»Und Sie sind sich sicher…« Der Archäologe verstummte, als er Conrads Gesichtsausdruck sah. »Nun gut. Ist schon klar. Dann spiele ich Ihren Aufpasser, sonst lässt der Doktor Sie ja nicht raus.«

»Ganz genau so ist das«, murmelte Paulson im Hintergrund.

Fünf Minuten später verließ Conrad an Herjolfssons Seite den Container, der zur Krankenstation ausgebaut war. Das erste Mal seit seiner Ankunft war der Himmel vollkommen wolkenlos, und die tiefstehende Vormittagssonne schien ihm grell ins Gesicht. Er fühlte die Wirkung der Beruhigungsmittel noch, und eine unterschwellige Übelkeit, die von der leichten Gehirnerschütterung herrühren musste.

»Langsam, kommen Sie, Peter. Auf die fünf Minuten kommt es nun auch nicht mehr an. Wenn Sie sich jetzt den Hals brechen, wäre unsere Lawinenbuddelei gestern völlig sinnlos gewesen.«

Er hielt sich am Geländer fest und warf dem Norweger einen gereizten Blick zu. Tshakapeshs Vorwürfe heute Morgen hatten ihm gereicht. Er schloss aus Herjolfssons Bemerkung, dass die Innu ihm nicht anvertraut hatte, was der Lawine vorausgegangen war... Interessant. »Wie ist denn der Stand der Dinge? Hat irgendjemand inzwischen Rousseau erreicht?« Er hoffte, dass seine Frage beiläufig klang.

»Der Chef – ich meine Madsen – ist mit den meisten Helfern im Moment oben, um die Beleuchtung zu installieren. Zum Glück haben wir tatsächlich ein Kabel, das geeignet und lang genug ist, um es von Zelt zwei bis dort hoch zu verlegen.

Natürlich quer durch den Wald über den Steilhang. Nils und einer seiner Freunde haben da vorhin eine ziemliche Kletterpartie hingelegt, aber ich denke, dass sie es mittlerweile geschafft haben.« Herjolfsson trat hinter Conrad auf den vereisten Boden und setzte eine Sonnebrille auf.

»Sehr gut, das ist–«

»Was den obersten aller Bosse angeht, den hat noch immer niemand an den Apparat bekommen, soweit ich weiß. Auch seine Frau nicht. Die dürfte die nächsten Tage aber auch anderweitig beschäftigt sein.« Herjolfsson klang alles andere als betrübt über Rousseaus Abwesenheit, aber Conrad zwickte es erneut im Magen.

25

Wenigstens zwanzig Menschen standen unterhalb des Felsdaches, und niemand schien etwas anderes zu tun zu haben, als ihn anzustarren, als er mit Herjolfsson aus dem Schatten der Bäume heraus auf das Schneefeld trat. Dorthin, wo ihn gestern jemand unter Tonnen von Schnee hatte verschwinden lassen wollen. Conrad schluckte, dann konzentrierte er sich auf Herjolfssons stetes Stapfen und folgte in seinen Spuren.

Maureen Bowers war die Erste, die das etwas unheimliche Gaffen beendete, indem sie die letzten Schritte auf ihn zuging und ihm heftig die Hand schüttelte. »Ich gratuliere Ihnen. Großartig. Ich kann es nicht erwarten, endlich selbst einen Blick hineinwerfen zu dürfen.«

Mit Erleichterung registrierte er, dass offenbar nicht alle schon vor ihm in der Höhle gewesen waren. Als die meisten der Anwesenden nun in Bowers Gratulation einstimmten und sich nach dem Beinaheunglück erkundigten, gewann er eher den Eindruck, dass bisher niemand außer Madsens engstem Kreis etwas gesehen hatte.

»Peter. Was ist denn nun?« Herjolfsson winkte ihm ungeduldig zu. »Der Chef will Sie dabei haben, wenn die Lichter angehen.«

Conrad grinste. Madsen war gerade enorm in seiner Gunst gestiegen. »Entschuldigen Sie mich. Maureen, James...«

Die beiden Reporter sahen ihm sehnsüchtig nach, als er die letzten Meter hinauf zum Felsüberhang überwand. Er ignorierte das Hämmern in seinem Kopf. Es war ihm vollkommen egal, ob er nachher zusammenklappte, nichts konnte ihn jetzt noch davon abhalten, diese Höhle zu untersuchen. Der archäologische Instinkt, den sein Mentor Carl Bergen so gern beschwor, sagte ihm, dass es endlich Antworten geben würde. Vielleicht auf Fragen, die sie noch gar nicht gestellt hatten...

Madsen stand mit Harstad vor dem Höhleneingang und zog angestrengt an einer Selbstgedrehten. Beide sahen aus, als hätten sie eine schlaflose Nacht und schon einen mörderischen Arbeitstag hinter sich. »Peter!« Harstad umarmte ihn kurz. »Sie haben uns ja zu Tode erschreckt.«

»Aber immerhin hat sich Ihr beinahe selbstmörderischer Ausflug gelohnt«, ergänzte Madsen mit einem halben Grinsen und einem Klaps auf Conrads Schulter. »Ich hoffe, Sie sind bereit? Denn ich glaube nicht, dass irgendjemand von uns die gute Apikusis noch lange zurückhalten kann.«

Conrad fühlte seinen Herzschlag flattern.

Vom engen, etwas verwinkelten, aber fast mannshohen Eingang aus hatten Harstad, Madsen und Tshakapesh einen Weg mit begehbaren Platten verlegt, der so weit wie möglich eine Störung der Oberflächenfunde und der Bodenstratigraphie vermeiden sollte. Im Schein einer großen Stabtaschenlampe folgte Conrad dem schmalen Pfad, bis er nach gut zwanzig Metern an einer rechteckigen Fläche von drei auf fünf Metern ankam. Die kleine gedrungene Gestalt, die ihn dort erwartete, konnte nur Tshakapesh sein. Und die großen Objekte an den vier Ecken der Plattform identifizierte er als die Halogenstrahler, mit denen auch die Zelte nach Anbruch der Dunkelheit ausgeleuchtet wurden.

»Bitte, Mister Conrad«, sagte Tshakapesh förmlich und reichte ihm das klobige Ende eines Verlängerungskabels, dann legte sie ihm einen Stecker in die andere Hand. Ohne eine Sekunde zu zögern, stellte er die Verbindung her.

Ein riesiger schwarzer Umriss war das Erste, was aus der plötzlichen Helligkeit hervortrat. Der gewaltige Vogel erschien an der fast glatten Höhlendecke über ihnen, als wollte er sich auf sie stürzen, mit gespreizten Fängen und Schwingen. Der aufgerissene Schnabel befand sich genau über ihren Köpfen. Einige Sekunden konnte niemand etwas sagen, nur das überraschte Ausatmen der fünf Forscher war zu hören.

Conrads Blick fuhr über die Details der Malerei, die geradezu unheimlich naturalistisch anmutenden Flügel mit einzeln ausgeführten Federn in verschiedenen Brauntönen, die bedrohlichen, krallenbesetzten Klauen und die scharf dreinblickenden Augen, die sie zu fixieren schienen. Es sah wirklich aus, als wollte der riesige... Adler sie im nächsten Augenblick zerreißen und verschlingen. Conrad starrte sprachlos hinauf, den Kopf im Nacken.

»Hræsvelgr heitir, er sitr á himins enda, jötunn í arnar ham; af hans vængjum kvæða vind koma alla menn yfir.« Harstads Worte verteilten sich in dem eisigen, weiten Raum. Zu Conrads Glück kam die Übersetzung gleich hinterher. »Hraeswelg heißt er, der am Himmelsrand sitzt, ein Riese in Adlergestalt; von seinen Flügeln – so sagt man – kommt der Wind über alle Menschen.«

Stille folgte dem Zitat, aber dann lachte Tshakapesh plötzlich. »Das hätten Sie wohl gern, Marte.« Sie bückte sich zu einem der Strahler und richtete ihn weiter nach unten.

»Genau. Nie im Leben ist das wikingische Kunst«, hörte Conrad sich sagen. Und obwohl er wahrhaftig kein Experte war, wusste er, dass er recht hatte.

»Nein, ist es nicht«, murmelten Madsen und Herjolfsson fast synchron und kaum hörbar. »Großer Gott.« Madsen nahm den zweiten Strahler und positionierte auch diesen neu. Unterhalb des Adlers wurden unzählige menschliche Figuren sichtbar, hunderte, vielleicht noch mehr. Die Gestalten waren mit Speeren oder etwas ähnlichem bewaffnet, vielleicht auch Harpunen, dachte Conrad. Und sie schienen in Gruppen auf der

Jagd zu sein. Madsen schwenkte den Strahler ein Stück weiter an der Wand entlang, augenscheinlich auf der Suche nach der Jagdbeute. Und dann sahen sie sie zum ersten Mal. Detailliert ausgeführte Figuren, wesentlich größer als die Jäger – und sie sahen aus wie eine Mischung aus Mensch und Tier. Staunend blickte Conrad auf diese Chimären mit dem Kopf eines Vogels, eines Wolfs, eines Bären…

Plötzlich wurde er beiseite gestoßen und konnte nur im letzten Moment verhindern, dass er auf den ungeschützten Höhlenboden trat. Tshakapesh stürmte ohne ein Wort der Erklärung aus der Höhle. Einen Moment dachte er daran, ihr zu folgen, aber dann richtete er seine Aufmerksamkeit auf Madsens, Herjolfssons und Harstads Unterhaltung.

»Das ist es! Mein Gott, das ist absolut unglaublich… Kein Zweifel mehr, warum der Kultplatz dort unten liegt, oder was meinen Sie, Chef?«

Madsen nickte. »Natürlich. Der Adler am Nordrand der Welt, die Riesen…« Conrad hatte das Gefühl, nur die Hälfte zu verstehen. »Vielleicht war der Zugang zur Höhle damals offensichtlicher, die großen Blöcke dort vorne könnten in den letzten Jahrhunderten vom Hang herabgekommen sein. Und wahrscheinlich gab es vor diesem Erdrutsch auch einen direkten begehbaren Weg vom Eingang bis unten zur Carrière.« Madsen formte mit den Händen die Geländeoberfläche.

»Der heilige Bezirk hätte dann in unmittelbarer Nähe der ursprünglichen Kultstätte gelegen, aber so wie nordische Riten das nun einmal verlangten, nämlich unter freiem Himmel«, bestätigte Herjolfsson.

»Aber…«, Conrad musste es von ihnen hören, auch wenn er sich sicher war, die Antwort zu kennen. »Aber das hier war ursprünglich kein wikingischer Kultort.«

»Nein. Das hier ist älter«, sagte Harstad. »Vielleicht Jahrtausende älter.«

»Vielleicht, vielleicht«, wiederholte Madsen mit einem Mal unwirsch. »Vielleicht haben Aliens die Pyramiden errichtet... Wir betreiben hier Wissenschaft, meine Damen und Herren. Und dazu brauchen wir mehr von den Befestigungsplatten. Und Strahler. Wieviele sind davon noch im Lager?« Madsen blickte Herjolfsson fragend an, der nur mit den Schultern zuckte. »Dann find es heraus, Bjarni. Und Sie, Peter, holen Sie Tshakapesh wieder her!«

Conrad entdeckte Tshakapesh nach wenigen Minuten. Sie saß ein Stück weiter den Hang hinauf, mitten in der Kälte auf einem Felsblock, der zwischen der Höhle und der Carrière am Hang zu kleben schien wie ein missgestalteter Balkon. Die Innu musste bemerken, dass er sich näherte, wandte ihm aber das Gesicht nicht zu. Als er näherkam, erkannte er Spuren von Tränen und blieb stehen. Er war selbst angeschlagen, und bei aller Großartigkeit ihrer heutigen Entdeckung – die wirkliche Tragweite war ihm noch immer vollkommen unklar. Er war weit außerhalb seiner eigenen Gewässer, und das war kein gutes Gefühl, selbst wenn einem niemand nach dem Leben trachtete. Da war das Letzte, wonach ihm der Sinn stand, ausgerechnet Tshakapesh emotional beistehen zu müssen. Wieso reagierte sie überhaupt so merkwürdig? Offenbar hatten sie doch eine Bilderhöhle der Innu oder deren Vorläuferkulturen gefunden, warum war ihre Stimmung also plötzlich gekippt?

»Er müsste jetzt hier sein. Es ist nicht richtig, dass er heute nicht dabei war«, brach Tshakapesh die Stille, als Conrad sich bis auf einige Schritte heranwagte.

»Rousseau... Ihr Mann?«

»Natürlich Pierre-Michel«, erwiderte sie barsch. »Das hier ist es. Das ist seine Grabkammer des Tutanchamun. Mein Gott...« Die Innu rieb sich mit beiden Händen durch das Gesicht. »Ich kann es einfach nicht fassen. Ich kann nicht glauben, was Sie gefunden haben. Und Sie wissen gar nicht, was das ist, oder?«

Conrad zuckte mit den Schultern und ließ sich schließlich vorsichtig neben ihr nieder. Durch die Baumwipfel konnten sie die Grabungszelte unten am Fuß des Hangs erkennen »Ich nehme an, dass es eine der ältesten Bilderhöhlen des nordamerikanischen Kontinents sein könnte?«, schlug er vorsichtig vor.

Tshakapesh schnaufte kopfschüttelnd. »Peter. So etwas wie das hier, gibt es überhaupt nicht. Nirgendwo in ganz Kanada, nirgendwo auf dem amerikanischen Kontinent, soweit ich das beurteilen kann. Nicht im Norden und nicht in Südamerika. Petroglyphen, also Felszeichnungen, ja. Meistens dort, wo man sie von Weitem sehen konnte. Aber selbst das ist hier oben eine Seltenheit. Die alten arktischen Völker haben eher Skulpturen geschaffen, meist *inuksuit.*« Als sie Conrads fragenden Gesichtsausdruck sah, gewann ihre wissenschaftliche Seite wieder die Oberhand, »Anthropomorphe Landmarken aus aufeinandergesetzten Steinen.«

»Keine Bilderhöhlen?«

Tshakapesh fixierte ihn mit ihren tiefdunklen Augen. »Bis zum heutigen Tag ist keine einzige bekannt. Keine«, sie schluckte. »Überhaupt nichts Vergleichbares. Noch dazu hier, mitten im Niemandsland.«

»Aber es ist doch Kunst bekannt? Aus prähistorischer Zeit?« Conrad hatte seine Schwierigkeiten, sich vorzustellen, auf welcher Basis die hiesigen archäologischen Kulturen definiert wurden, wenn es keine solchen Funde gab.

»Es sind künstlerische Darstellungen gefunden worden«, erklärte Tshakapesh. »Aber es sind fast immer kleine Objekte, transportable Kunst oder Ritualgegenstände. Viel wichtiger sind die mündlichen Überlieferungen. Verstehen Sie, hier ist die Trennung zwischen Ethnologie und Archäologie nicht so, wie

Sie das aus anderen Teilen der Welt kennen. Manche der Geschichten, die sich die arktischen Völker hier heute erzählen, sind mit größter Wahrscheinlichkeit viele hundert Jahre alt, manche möglicherweise tausende Jahre.«

Conrad ließ das Gesagte einige Momente sacken. Wahrscheinlich lag in dieser Bedeutung der Legenden auch der Grund, weshalb diese Frau die Existenz des Katshituashku nicht ausschließen wollte und konnte.

»Was meinten Sie mit Niemandsland?«, griff er ihre Worte zur Lage der Höhle auf.

Sie machte eine ausholende Geste. »Nun, wir sitzen hier auf einem weißen Flecken der archäologischen Landkarte«, erklärte sie, »zwischen den ohnehin nicht gerade üppigen archäologischen Belegen für frühe Kulturen im Südosten Kanadas. Sie kennen ja die Funde aus Ainse-aux-Meadows auf Labrador, und südlich von hier, in New Brunswick, kennt man auch einige alte Fundstellen, auch wenn die wohl zu anderen Völkergruppen der First Nations gehören dürften... Aber obwohl wir uns in einer geographisch so günstigen Zone am Sankt-Lorenz-Strom befinden, hat man bisher keine echten Beweise für die Thule oder die noch älteren Dorset-Leute hier finden können. Was als Merkwürdigkeit galt. Und etwas, das Pierre-Michel unbedingt ändern wollte. Er war sich schon immer sicher, dass es nur eine Frage der Zeit war, bis ein Fundplatz endlich jeden Zweifel beseitigen würde.«

»Zweifel? Woran? Ich verstehe nicht.«

»Sie verstehen das nicht?« Tshakapesh sprach wieder mit ihrer altbekannten Bissigkeit. »Nun Peter, die Kultur meines Volkes, meiner Vorfahren und überhaupt aller nomadischen Kulturen, die sich bis in die Neuzeit erhalten haben, wird von den meisten Forschern kaum als gleichrangig mit den schriftführenden Zivilisationen betrachtet. Und da ist es meiner Erfahrung nach ziemlich gleichgültig, ob wir von Archäologen,

Ethnologen, Historikern oder Linguisten sprechen. Noch schlimmer sind da nur die politischen Führer und die Mehrheitsgesellschaft.« Conrad konnte ihr kaum widersprechen, auch wenn er sich nicht sicher war, wie objektiv sie die Sachlage einschätzen konnte. »Die ältesten noch lebenden Kulturen werden, wenn nicht gar systematisch, so doch mit der allergrößten Nichtachtung und Gleichgültigkeit zugrunde gerichtet. Sie werden das kaum wissen, aber mittlerweile leben fast ausnahmslos alle Inuit in staatlichen Siedlungen. Und die Bedingungen an solche Orten sind verheerend. Die Identität dieser Menschen ist so eng mit ihrer uralten Lebensweise verflochten, dass sie dort einfach verschwindet. Wie der Rauch der Herdfeuer. Selbstmordrate, Alkoholismus, Gewalt... Unsere uralte Kultur verschwindet, jetzt gerade, in dieser Zeit.« Die Innu trug diese Erklärung sachlich und ohne dramatische Gesten vor.

Conrad war bereit, sie beim Wort zu nehmen. Und er versuchte zu verstehen, warum sie ihm das gerade alles berichtet hatte, worauf das alles hinauslief. »Und dieser Fundplatz beweist, dass auch die nomadischen Kulturen große, bleibende Leistungen hervorbringen?«, versuchte er.

»Dieser Fundplatz könnte zum einigenden Symbol der arktischen Völker werden«, erwiderte sie, und Conrad hörte aus ihren Worten Rousseau heraus. Das war der große Traum des Professors, von dem sie gesprochen hatte. »Finden Sie das abwegig, Peter?«

»Ich habe darüber nicht nachgedacht, muss ich gestehen. Aber nein, wenn Sie sicher sind, dass es sich um... Thulekunst handelt, dann wird–«

»Möglicherweise ist es auch Kunst der Dorset«, unterbrach Tshakapesh ihn. »Sie erinnern sich? Die direkten Vorfahren der Inuit, die Thule, kamen aus Alaska um das Jahr 1000 hier in diese Gegend. Und sie verdrängten die ansässigen Völker. Dieses

Adlermotiv ist für Thulekunst eher ungewöhnlich. Aber vielleicht verehrten die Dorset den Adler. Von ihren rituellen Praktiken und Glaubensvorstellungen ist kaum etwas bekannt.« Die Innu erhob sich endlich von ihrem eisigen Platz. »Hat Madsen Sie eigentlich geschickt?«

»Ich soll Ihnen sagen, dass Sie in Abwesenheit des Professors fürs Erste die Verantwortung für den neuen Fundplatz tragen. Da es sich offenkundig nicht um einen wikingerzeitlichen Befund handelt, ist Ihre Expertise für arktische Ethnologie und Archäologie gefragt.«

»Wir müssen Pierre-Michel so schnell wie möglich erreichen.«

»Sie machen sich auch Sorgen, nicht wahr?«

Tshakapesh zog eine Grimasse. »Was soll die Frage, Peter? Mein Mann kann in der Wildnis sehr gut auf sich achtgeben. Aber er wird vollkommen außer sich sein, weil er das alles verpasst!«

Als Conrad und Tshakapesh wieder am Eingang zur Höhle ankamen, waren die meisten Expeditionsteilnehmer nicht mehr zu sehen. Nur zwei vermummte Gestalten waren damit beschäftigt, den besten Weg vom Waldpfad über das Schneefeld bis zum Höhleneingang mit Flatterband zu markieren. Offenbar hatte Madsen den Rest seiner Mannschaft an ihre eigentlichen Aufgaben zurückbeordert. Mit einem skeptischen Blick stellte Conrad fest, dass schon bald die Sonne untergehen würde. In der Höhle selbst machte das keinen großen Unterschied, vorausgesetzt Herjolfsson hatte weitere Leuchten auftreiben können.

»Ah. Apikusis.« Madsen blinzelte ihnen aus der Felsöffnung entgegen. Anders als erwartet ersparte er sich weitere Kommentare und trat zu ihnen. »Lassen Sie uns das weitere Vorgehen planen. Wir haben natürlich nicht wirklich genug

Personal, um beide Fundplätze angemessen zu bearbeiten, aber eine Erstuntersuchung und grundlegende Erfassung sollten wir hinbekommen.«

»Und einige erste Datierungen könnten uns auch gute Dienste leisten«, warf Tshakapesh ein.

»Gut. Das Labor haben wir ja da. Außerdem kann ich Ihnen ein paar Helfer abtreten, wenn Sie mir sagen, wen Sie gebrauchen können.«

»Heißt das, dass Sie und Herjolfsson mir nicht die ganze Zeit auf den Füßen stehen werden?«, erkundigte sich die Innu erfreut.

Madsen maß sie mit einem langen Blick. »Es wäre mir lieb, wenn möglichst wenige Personen den Befund stören, bevor wir alles so gut wie machbar dokumentiert haben. Im Augenblick sind Sie die einzige Expertin, denn um Wikingerkunst handelt es sich schließlich nicht.«

Conrad ahnte, was Tshakapesh sagen würde, bevor Sie ihn fragte, ob er mit Techniken fotografischer Dokumentation vertraut sei und ihn – für den Anfang – zu ihrem einzigen Mitarbeiter ernannte.

»Morgen früh können Sie beide dann loslegen, bis dahin ist bis hier rauf alles gesichert–«

»Stefan! Stefan!« Aufgeregtes Rufen erklang aus dem Inneren der Höhle. Marte Harstad erschien mit hektisch roten Wangen und winkte auch Conrad und Tshakapesh zu, ihr zu folgen. »Kommen Sie, das müssen Sie sich ansehen!«

Mittlerweile brannten drei zusätzliche Großstrahler, die auf den weiter entfernten Teil der Höhlenwand gerichtet waren. Conrad war sich fast sicher, dort einen schmalen Durchgang tiefer in den Berg hinein zu erkennen, aber dann hatte er nur noch Augen für die neuen Malereien, die auf diesem Wandabschnitt sichtbar geworden waren. Obwohl es sich eher um schlichtere Zeichnungen handelte, war ihr Inhalt eindeutig zu erkennen. Es waren Kampfszenen, in denen kleine Figuren gegen sehr viel größere Gestalten fochten. Zwei Gruppen, die sich erbittert gegenüberstanden. Die Darstellungen wirkten trotz ihrer Einfachheit bewegt, insbesondere, weil die Abfolge der Tableaus offensichtlich eine Chronologie zeigte: die großen Männer waren weit in der Minderheit, und trotzdem gelang es ihnen unter dem Schutz dunkler Raubvogel-, wahrscheinlich Adlerfiguren, die zahllosen kleinen Krieger zurückzudrängen, zu dezimieren und schließlich zu besiegen.

»Und sehen Sie sich das hier an«, kommentierte Herjolfsson aufgeregt.

Mit offenem Mund betrachtete Conrad die Szene, auf die der Norweger nun einen weiteren Strahler richtete. Auf der anderen Seite der Höhle, die durch eine natürliche Ausbuchtung der Felswand bislang im Dunkeln gelegen hatte, dem Kopf des Adlers am nächsten, spielte sich ein Opferritual ab. Der riesige Adler an der Decke hatte seinen Schnabel nicht grundlos aufgerissen. Es sah so aus, als wollte er verschlingen, was ihm dort dargebracht wurde: die Körper der besiegten Feinde, aufeinander gestapelt. Die fassungslose Stille, die die Forscher schon bei der Entdeckung der ersten Gemälde ergriffen hatte, stellte sich wieder ein. Minutenlang waren sie alle vollauf damit beschäftigt zu erfassen, was sie sahen. Conrad hatte das Gefühl, dass er der Einzige war, der die Zusammenhänge einfach nicht begriff. »Ich verstehe nicht... Was zum Teufel ist das?«

Harstad lachte. »*Leif fand den König der Krieger und war sein erster Diener. Wir gaben im Neuland dem Adler Speise*«, deklamierte sie die Inschrift der mysteriösen Grabplatte. »Und ich denke, wir wissen jetzt auch, was genau unsere wikingischen Freunde dem Adler angeboten haben.«

»Könnte mir jetzt bitte jemand das mit dem Adler erklären?« Conrad war zu neugierig, als dass ihm seine Unwissenheit unangenehm gewesen wäre.

»Hraeswelg war eigentlich ein Riese, ein *jötun*, der aber die Gestalt eines Adlers annehmen konnte. Viele der Figuren der altnordischen Mythologie haben diese Fähigkeit, ihre Gestalt zu verändern, Sie kennen Vergleichbares sicher aus der griechischen Sagenwelt. Wie Marte vorhin schon sagte, war Hraeswelg der Schöpfer des Windes, und er sollte am nördlichen Rand der Welt hausen. Natürlich war der Adler damit gerade für die seefahrenden Wikinger von enormer Bedeutung, aber in der Vorstellungswelt nicht nur der Wikinger war Hraeswelg noch aus einem anderen Grund eine der wichtigsten mythischen Figuren; Hraeswelg heißt nichts anderen als 'Verschlinger der Toten'.«

Tshakapesh unterbrach Herjolfsson, als der kurz Luft holte. »Das ist alles sehr interessant, Bjarni, und ich kann mir sehr gut vorstellen, dass Ihre Vorfahren«, bemerkte sie mit einem Blick in die Runde, »diese Bilder so gedeutet haben – aber die Schöpfer dieser Malereien – und das waren ganz sicher keine Wikinger – drückten ganz andere Gedanken damit aus.«

»Geschenkt.« Madsen nickte. »Sie werden aber verstehen, dass uns am meisten fasziniert, wie die nordischen Seefahrer auf diese Kultstätte reagiert haben, wie die Wikinger sie in ihre eigene Vorstellungswelt übertragen haben.«

Tshakapesh warf Conrad einen Blick zu, der sehr nach *Verstehen Sie, was ich vorhin mit 'kaum als gleichrangig' meinte?* aussah.

»Die Carrière wird einer der wichtigsten außereuropäischen Wikingerfundplätze werden, auch unabhängig von seiner aufsehenerregenden Lage!«, begeisterte sich Harstad. »Ganz sicher werden wir noch auf Reste des Hraeswelg-Kultplatzes stoßen – und das allein ist schon eine Sensation.«

»Da die nordischen Religionen keine Kultarchitektur kannten, gibt es fast keine sicheren Erkenntnisse zu ihren Kultpraktiken, nur späte schriftliche Informationen, die jedoch eher christlicher Propaganda zuzuordnen sind«, setzte Madsen für Conrad als Erklärung hinzu. »Und bislang war nicht einmal mit letzter Sicherheit klar, wie die Berichte von Menschenopfern zu bewerten sind, aber ich denke…«

»*Ich* denke, wir sollten mit der wissenschaftlichen Arbeit beginnen, und Sie, Peter, sollten Ihre Fotoapparate holen«, bemerkte Tshakapesh trocken.

Conrad ging zusammen mit Madsen zurück zum Basislager, während Harstad und Herjolfsson Tshakapesh noch bei der Verlegung weiterer Schutzplatten halfen. Seine Kopfschmerzen waren wie weggeblasen, wahrscheinlich wegen des Adrenalins. Er konnte es nicht erwarten, die Malereien im Detail und gut ausgeleuchtet zu betrachten. Aber auch wenn er als Professor Bergens Grabungsleiter den Umgang mit den großen Fotoapparaten inzwischen gut beherrschte, so war er doch kein Profifotograf… Nur die Journalisten jetzt schon zu involvieren, war ausgeschlossen.

»Stefan. Wenn Sie die Aufnahmen lieber selbst machen und mich ins Labor zurückschicken wollen, verstehe ich das sehr gut. Die Untersuchungen an den Mumien sind ja auch noch nicht abgeschlossen«, bot er an.

Madsen brummte. »Das stimmt schon. Aber nach dem, was Jane gefunden hat, ist es vielleicht klüger, die weiteren Untersuchungen stationär am Institut der Universität oder des Museums durchführen zu lassen.«

»Gibt es neue Erkenntnisse zu diesem… Parasiten?«

Der Däne gab ein schnaufendes Geräusch von sich. »Erkenntnisse nun nicht gerade. Eine derartige Lebensform scheint völlig unbekannt zu sein. Wir haben Shinji auch noch dazu konsultiert, und der Gute war völlig aus dem Häuschen, doch erwartungsgemäß keine große Hilfe.«

»Na gut. Ich werde Maurice bitten, Jane auszuhelfen, wenn das nötig sein sollte.«

Madsen grinste. »Das läuft nicht so wirklich gut mit Ihnen und Perrichon, oder?«

Für einen Moment war Conrad versucht, dem Grabungsleiter die ganze Geschichte zu erzählen, denn er mochte es gar nicht, als sozial inkompatibel dazustehen – aber dann entschied er sich dagegen. Das würde Zeit kosten und nichts bringen. Maurice Perrichon hatte seinen Ruf bestimmt schon weg. Oder er verhielt sich nur ihm gegenüber so unmöglich, und dann würde er mit seiner Beschwerde nichts gewinnen.

»Ist schon in Ordnung, Peter. Und ehrlich gesagt kommt Tshakapesh viel besser mit Ihnen aus als mit mir oder irgendjemand anderem auf dieser Grabung. Besser Sie arbeiten mit ihr in dieser Höhle als ich.« Madsen grinste und stieg die Treppe zu seinem Büro hinauf, wo die Fotoapparate aufbewahrt wurden. »Ach so, was Perrichon angeht. Würden Sie den mal zu mir schicken?«

Das war einfacher gesagt als getan. Auch wenn es in den vergangenen Stunden niemand bemerkt hatte, war Maurice Perrichon wie vom Erdboden verschluckt.

Er fror, weil er sich seit Stunden kaum bewegt hatte. Die Luft in der Höhle war windstill, aber ebenso eisig wie unter freiem Himmel. Als er die Displaybeleuchtung auf seiner G-Shock betätigte, stellte er fest, dass sie seit über sechs Stunden ununterbrochen gearbeitet hatten. Die Innu hatte die Höhlenwände in Abschnitte geteilt, Bezeichnungen vergeben und führte exakt Buch über die erstellten Aufnahmen. Dabei erfasste sie sowohl den Inhalt jeder einzelnen Bildnummer als auch die genaue Position der Kamera, die sie durch ein provisorisches Raster auf dem Höhlenboden eindeutig beschreiben konnte. Conrad war froh über die offenkundige Erfahrung der Archäologin. Auch wenn sie bislang nur selten in Höhlen gearbeitet hatte, eine rasche und unkomplizierte

Einmessung beherrschte sie ausgezeichnet. So konnte er sich auf die sorgfältige Bedienung und Justierung der Aufnahmetechnik konzentrieren. Die Höhlenmalereien selbst nahm er mittlerweile nur noch am Rande wahr, so sehr war er auf die perfekte Schärfe und die Ausleuchtung der zu erfassenden Wandabschnitte konzentriert.

»Peter? Ich denke, wir sollten eine kleine Pause machen«, sprach Tshakapesh ihn zum ersten Mal seit einer gefühlten Ewigkeit an. »Ich werde uns heißen Kaffee und etwas zu Essen organisieren. Was halten Sie davon?«

Conrad blickte erfreut auf. »Sehr gute Idee.«

Die Innu zog ihre klobigen Handschuhe über. »Dauert nicht lange«, lächelte sie und griff nach dem Gewehr.

Als sie schon fast den Ausgang erreicht hatte, der jetzt im Halbschatten lag, fiel Conrad ein, was er sie eigentlich schon seit einiger Zeit hatte fragen wollen. »Apikusis? Weshalb haben Sie eigentlich niemanden erzählt, dass mich jemand angegriffen hat, bevor die Lawine niederging?«

Sie blieb kurz stehen, drehte sich aber nicht zu ihm um. »Ich denke, Sie kennen die Antwort darauf, Peter.«

»Sie–«

Ohne eine weitere Erklärung war sie in die Nacht verschwunden.

Conrad fluchte. Er sah sich in dem hell erleuchteten Teil der Höhle um. Sie hatten am Eingang mit den Aufnahmen begonnen und die Wand linkerhand inzwischen vollständig erfasst, in über hundert Aufnahmen. In solchen Fällen durften die Filmkosten keine Rolle spielen. Die Leuchten bestrahlten nun das Ende dieses Saals, wo die gemalten Jägerhorden einem scharfen Knick in der Felsformation folgten.

Er begriff noch immer nicht, zu welchem Bild sich das alles zusammensetzen sollte. Es schien offensichtlich, dass die Malereien in wenigstens zwei Phasen angebracht worden waren.

Der wunderbare riesige Adler, der über ihm an der Decke schwebte, die Jäger und die Tiermenschen konnten unmöglich von derselben Hand stammen wie die skizzierten Kampfszenen, die an der anderen Wand aufgebracht worden waren. Auch schien es sich um unterschiedliche Pigmente zu handeln.

Conrad warf einen unwohlen Blick in das Halbdunkel. Bevor er hier weitere Zeit mit Grübeleien verschwendete, sollte er noch ein, zwei Aufnahmen machen, bis Tshakapesh zurückkam. Die Kamera stand bereits auf Position und er richtete das Objektiv nun auf das geknickte Ende des Saals, wo eine schmale dunkle Spalte das Licht der Strahler verschluckte. Er sah durch das Okular und tarierte den Ausschnitt anhand der Marken, die Tshakapesh gesetzt hatte, genau aus. Um jegliches Verwackeln auszuschließen, löste er auch diesmal per Fernbedienung aus.

Der Vorblitz zuckte kurz auf – und wurde von zwei Pupillen aus dem finsteren Spalt zurückgeworfen.

26

Conrad stürzte rückwärts zu Boden und riss dabei Kamera und Stativ um, denn er hielt noch immer den Fernauslöser umklammert. Mit lautem Poltern krachte das teure Gerät auf den Boden, doch er war zu schockiert, um sich darüber Sorgen zu machen. Was zum Teufel! Mit aufgerissenen Augen verharrte er sicher noch eine Minute auf dem Boden, bevor er sich wieder rühren konnte. Und dann packte ihn statt Furcht oder Neugierde alles übertreffender Überdruss. Er hatte die Schnauze voll von dieser absurden Millionengrabung mit ihren Freakgelehrten, den kotzenden Hochglanzjournalisten, den heimlichen Hoheiten mit der feststehenden Interpretation und vor allen Dingen dem Arschloch, das die Einsamkeit der Wälder nutzte, um den Mitgliedern der Grabung aufzulauern und sie zu töten, wenn sie unvorsichtig waren.

Conrad stand auf und griff nach dem zweiten Gewehr, lud durch und entsicherte. Er würde jetzt nachsehen und dem Spuk ein Ende bereiten – und er war bereit, sich zu verteidigen, wenn er wieder angegriffen wurde. Seine Nackenhaare stellten sich auf, als er mit erhobener Waffe vorsichtig über den ungeschützten Höhlenboden auf den vermuteten Durchgang im Fels zuschritt. Er hatte augenblicklich ein schlechtes Gewissen, weil er den Fundort kompromittierte. Andererseits war dort nicht mehr viel zu stören, wenn jemand hier durchgelaufen war, um sich im hinteren Teil der Höhle zu verstecken; und bislang gab es keinen Hinweis auf einen anderen Zugang zur Hraeswelg-Höhle als den, durch den sie hereingekommen waren.

»He, Sie! Ich weiß, dass Sie irgendwo da sind. Ich...«, obwohl er sich zunehmend dämlich vorkam, war es besser als die erdrückende Stille. »Ich bin bewaffnet und ich werde schießen, wenn es nötig ist.«

Das Kabel des Strahlers, den er sich gegriffen hatte, schleifte geräuschvoll hinter ihm über den Boden. Um das Gewehr abzufeuern, würde er diese Lichtquelle fallen lassen müssen, das war ihm klar. Aber in die Dunkelheit konnte er unmöglich gehen, er wäre jedem Angreifer völlig ausgeliefert. Doch nichts geschah. Wen auch immer die Augen im Blitzlicht verraten hatten, hielt sich vor ihm versteckt. Wahrscheinlich noch weiter im Berg, denn das Ende des zweiten Saales, der sich allmählich vor ihm auftat, war nicht zu erkennen. Conrad drehte sich nach links, dann zur rechten Seite, um ganz sicher zu gehen, dass sich niemand zwischen den Vorsprüngen und Felsnasen in seinem Rücken verbarg – und erstarrte. Alles Blut wich für einen Augenblick aus seinem Kopf.

Was in Gottes Namen... Eine Nische im Gestein war vollständig mit einem weiteren Adler und etwa einem Dutzend Mischwesen aus Menschen und den unterschiedlichsten wilden Tieren ausgemalt. Im bewegten Licht sah es aus, als würden die Figuren tanzen und sich an den Wänden entlangdrücken, um auf das zu sehen, was sich auf dem Boden des Alkoven befand. Conrad ging so nahe heran, wie es das Stromkabel zuließ, und blickte auf die drei Toten, die dort aufgebahrt lagen. Er dachte nicht mehr an Tshakapesh, die Wikinger oder den Katshituashku, denn was er hier sah ließ all das in Bedeutungslosigkeit versinken. Und er wusste sehr genau, was er hier vor sich hatte. Dieser Befund hier erklärte absolut alles, was geschehen war.

Die mumifizierten Toten waren in Tierhäute und Pelze gekleidet, die über und über mit Knochenperlen und Zähnen unterschiedlichster Art bestickt waren. Die Machart hatte gewisse Ähnlichkeiten mit der traditionellen Kleidung der arktischen Völker, wie er sie kannte; aber keiner der drei war ein Eskimo. Nur einer der Leichname war vollständig. Bei den beiden anderen fehlten die Köpfe, wie es aussah aber auch nur die. Das wächserne Gesicht des dritten Mannes war vollkommen europäisch, wie aus dem Lehrbuch. Sogar helle Haarsträhnen umrahmten den Kopf. Und trotzdem zweifelte Conrad nicht einen Augenblick, dass er dort auf gar keinen Fall einen Wikinger vor sich sah. Denn er kannte diese Art von Zierbestandteilen aus Perlen, Raubtierzähnen und insbesondere den großen, auffälligen Hirschgrandeln. Er kannte auch die Sitte, die Toten mit leuchtend rotem und gelbem Ocker zu schmücken, der immer noch an vielen Stellen zu erkennen war.

Er stellte die Lampe, ohne nachzudenken, ab und näherte sich behutsam dem einzelnen Kopf und betrachtete die auffällige Tatöwierung, die er am Hals des Mannes fand. Und dann sah er auch noch eine weitere Beigabe, die jemand dem Toten auf die Brust gelegt hatte. Er griff vorsichtig nach dem unverkennbaren Objekt.

Die Höhle, der ganze Kult, und damit der Gott und die mythischen Wesen, die die Wikinger hier mit ihren Menschenopfern verehrt hatten, waren zehntausende von Jahren alt. Eiszeitliche Jäger aus Zentraleuropa. Ohne jeden Zweifel. Das war...

Plötzlich fühlte er eine Bewegung hinter sich. Bevor er reagieren konnte, trat jemand die Lampe um, und die empfindliche Halogenröhre zerbrach mit einem hellen Klirren. Er rechnete jeden Augenblick mit einem Hieb oder einem Schuss, aber er schaffte es mit dem Gewehr in der Hand und dem Rücken zur Wand bis zu dem schmalen Durchgang, durch den das Licht aus dem ersten Saal fiel. Erst als er vor der Höhle angekommen war und in Richtung des Basislagers losrannte, bemerkte er, dass er immer noch die Geschossspitze aus Feuerstein in der anderen Hand hielt.

Conrad rutschte den vereisten Hang hinunter. Er hatte keine Taschenlampe mehr, aber zu seinem Glück schien ein fast voller Mond auf die reflektierende Schneedecke. Er hätte sich sonst wohl den Hals gebrochen, als er an den Flatterbändern entlang den Hang hinunterstürmte. Wo zum Teufel war Tshakapesh abgeblieben? Sie war jetzt mindestens eine halbe Stunde fort, und Conrad konnte sich keinen guten Grund dafür vorstellen. Wahrscheinlich lag sie tot irgendwo in diesem verfluchten Nadelwald.

Er war vollkommen außer Atem, als das Lager endlich in Sichtweite kam. Außer den gedämpften Außenleuchten, die die Außentreppen und Stege immer erhellten, sah er nirgendwo Licht. Er musste sofort zu Madsen, sie würden zu mehreren die Höhle nach dem verrückten Mörder durchsuchen... und den archäologischen Fund des Jahrhunderts – er prallte frontal gegen eine kleinere Gestalt, die wie aus dem Nichts in seinem Weg auftauchte.

»Tshakapesh!«

Die Innu war hingestürzt und tastete nun nach ihrer Stabtaschenlampe.

»Tshakapesh, ich muss...« Conrad schnappte nach Luft. »Irgendjemand ist da in der Höhle. Er wollte sich auf mich stürzen...«

»Was? Wer war es?« Tshakapeshs Stimme klang irgendwie eigenartig, und als Conrad sie etwas besser sehen konnte, hatte sie einen ebenso seltsamen Ausdruck im Gesicht.

»Ich konnte es nicht sehen. Er hat sich von hinten angeschlichen, als ich–«, er unterbrach. Er musste das Wichtigste zusammenfassen, ohne wie ein Geisteskranker dazustehen. »Da ist ein zweiter Saal. Und da drinnen hat sich jemand versteckt. Aber als ich ihn stellen wollte, da...«

»Verdammt nochmal, Peter. Was? Was ist dort oben denn nun passiert?« Tshakapesh wurde laut.

Conrad brachte es nicht heraus. Er konnte es einfach. »Es ist alles ganz anders, als wir gedacht haben, Apikusis. Ganz anders.« Er streckte ihr die Hand mit der charakteristischen Steinspitze entgegen. »Ich mag ja keine Ahnung von Wikingern oder arktischer Archäologie haben. Aber mein Wissen zur europäischen Vorgeschichte ist grundsolide.« Er schluckte. »Das hier sieht nicht nicht nur aus wie eine eiszeitliche Geschossspitze aus Europa, das *ist* eine europäische Feuersteinspitze aus dem Gravettien. Mindestens fünfundzwanzigtausend Jahre alt.«

»Sie...« Tshakapesh verstummte.

»Und da oben liegen auch noch drei gut erhaltene Eismumien, die genau zu diesem Befund passen. Haben Sie von Dolní Věstonice in der Tschechoslowakei gehört?« Conrads Stimme überschlug sich fast. »Es ist alles da. Identische Kleidung, Beigaben wie diese Gravettespitze, Ocker über die gesamte Bestattung verteilt. Diese Höhle ist der Beweis für–« Erst in diesem Augenblick wurde ihm die andere Bedeutungsebene dieser unglaublichen Entdeckung bewusst, und seine Worte versiegten.

Tshakapesh starrte ihn an. Mehrere Sekunden fixierte sie so reglos seine Augen, dass ihm neuerlich der Schweiß ausbrach. Dann sank sie plötzlich auf die Knie und fing an, vor sich hin zu murmeln.

Ratlos hockte er sich vor ihr in den Schnee. »Was? Apikusis, was ist denn?«

»Das meinte er also. Deswegen hat er...«, die Innu schüttelte den Kopf. »Deswegen musste Jean Scotte sterben. Und deswegen hat er auch versucht, Sie...«

Der tiefe Schmerz, der aus ihren Worten herauszuhören war, verriet Conrad, dass es nur um Rousseau gehen konnte. Aber das ergab...

»Er hat versucht, diese Entdeckung zu verhindern. Und als der unglückliche Jean Scotte mit einigen Funden und den Datierungen zu ihm kam, bekam er Panik.« Tshakapesh war unter ihrem dunklen Teint richtiggehend weiß geworden. »Vielleicht wollte er ihn gar nicht umbringen, vielleicht...«

»Apikusis, wovon reden Sie?« Aber er verstand bereits, hatte es begriffen, aber nicht wahrhaben wollen, in dem Moment als er das wahre Alter der Höhlenmalereien erkannt hatte. Und Tshakapesh selbst hatte ihm die Gründe erzählt, ohne es zu ahnen. So großartig die Entdeckung der Höhle mit ihren Malereien auf den ersten Blick für die First Nations war – so vollkommen ruinierte ihre wahre Bedeutung alles, wofür Rousseau mit seiner Forschung kämpfte. Unumstößlich. Unumkehrbar. Das stellte alles auf den Kopf. Die Folgen für die amerikanische Gesellschaft waren unabsehbar... es würde die ganze Welt verändern.

»Peter. Es gibt dort menschliche Überreste? Das haben Sie doch gesagt, oder?«

Conrad nickte und sah Tshakapesh noch ein wenig weißer werden. »Wir müssen ihn aufhalten. Sofort. Kommen Sie.«

»Was hat er vor?«, wollte Conrad wissen, aber Tshakapesh wartete nicht auf ihn. »Apikusis! Verdammt nochmal.« Ihm blieb nichts übrig, als ihr zu folgen. Unter keinen Umständen konnte sie allein dort hinaufgehen. »Lassen Sie uns Madsen und die anderen holen. Apikusis!«

»Wir haben keine Zeit! Pierre-Michel – er ist in der Höhle, und er hat irgendetwas Schreckliches vor. Peter, bitte. Helfen Sie mir!«

27

Der beinahe volle Mond schien geradewegs auf den verschneiten Hang und den Abri, der im bleichen Licht wie die berühmten Kreidefelsen von Dover anmutete. Die Innu hatte Conrad in durch die Anstrengung des schnellen Aufstieges abgehackten Sätzen informiert, dass Jean-Pierre vorhin an den Containern auf sie gewartet hatte. Sie hatte sofort vermutet, dass er sich die letzten Tage irgendwo in der Nähe versteckt hatte, denn er war unrasiert und sah mitgenommen aus. Aber ihre anfängliche Erleichterung und Freude über das Wiedersehen waren schnell Argwohn und Angst gewichen. Der sonst immer kontrollierte, korrekte Professor wirkte zutiefst verwirrt. Als sie ihrem Ehemann von der Entdeckung der Adlerhöhle berichtet hatte, war Rousseau nicht im Mindesten überrascht gewesen – stattdessen hatte er sie angeschrien. Es waren die wirren Anschuldigungen, die auf seinen Ausbruch folgten, aus denen Tshakapesh folgerte, dass ihr Mann etwas mit Scottes Tod zu tun hatte. Und vor allen Dingen mit dem Anschlag auf Conrad. Dann hatte er angekündigt, 'dem Ganzen ein Ende zu setzen'. »Sie werden niemals bestehen. Niemals!«, hatte er nur noch gesagt und war verschwunden.

Dass Scotte sein Leben mit der Entdeckung der eiszeitlichen Jäger in Rousseaus Augen verwirkt hatte, leuchtete ein. Doch warum hatte der Professor Fujimoto ermordet? Und dann auf solch bestialische Weise? Hatte er den mythischen Katshituashku benutzen wollen, um die Entdeckung der Höhle zu verhindern? Conrad kam bei diesen Fragen nicht weiter. Tshakapesh und er stapften die letzten Schritte über den knirschenden, vereisten

Schnee. Aus dem Spalt drang noch immer Licht nach draußen, wie Conrad erleichtert bemerkte. Aber dann nahm er einen strengen Geruch wahr. »Was ist das?«

»Feuer. Kommen Sie.«

Sie brachten beide die Gewehre in Anschlag und betraten die Höhle. Der beißende Geruch wurde schlimmer, und Conrad fühlte Panik in sich aufsteigen. Was hatte Rousseau getan? Er packte einen der verbliebenen Halogenstrahler und leuchtete in den Tunnel zum nächsten Saal der Höhle hinein.

»Rousseau!« Conrad räusperte sich. »Rousseau, wo sind Sie?«

Der Gestank wurde noch intensiver, und jetzt konnte er auch den Rauch erkennen, der in zögerlichen Schwaden aus dem Felsspalt schwebte.

Tshakapesh schien unfähig, zu rufen oder überhaupt etwas zu sagen. Sie packte ihn am Ärmel und lud ihre Waffe durch, dann traten sie gemeinsam in den zweiten Saal.

Es war schlimmer, als er es sich vorgestellt hatte. Conrad schwenkte den Lichtkegel auf die Bestattung der Eiszeitler und die bemalte Felsnische. Seine Augen tränten von dem dichten Qualm, aber das Ausmaß der Zerstörung hätte denselben Effekt gehabt. Der Irre musste einen ganzen Kanister Benzin über den menschlichen Überresten ausgeleert und sie in Brand gesteckt haben. Die Flammen fanden uralte Nahrung in den hölzernen Beigaben, die auf und zwischen den Toten lagen und auch in der Kleidung mit ihren Tierhaaren. Der charakteristische Geruch verbrennender Haare und tierischen Eiweißes, und der Schock über diese Zerstörung unwiederbringlicher archäologischer Beweise ließen ihm schlagartig übel werden.

Tshakapesh schrie voller Zorn etwas Unverständliches auf Inuktitut in die Höhle. Hatte er noch einen Funken Zweifel an ihr gehabt, verflog er in diesem Moment. Die Innu spielte ihre

Wut nicht. »Jean-Pierre! Du bist wahnsinnig!«, brüllte sie schließlich.

Conrad zwang sich dazu, den Blick von den brennenden Männern abzuwenden und mit dem Strahler langsam den Raum abzutasten.

»Oh nein. Oh mein Gott, nein«, stieß Tshakapesh aus. Sie stolperte gegen ihn.

Er erfasste erst einige Sekunden später, was er da sah. Dieses Bild würde ihn für den Rest seines Lebens in den Träumen verfolgen. Vielleicht fünfzehn Meter entfernt lag Rousseau rücklings auf dem Boden, bewegungslos. Seine Daunenjacke war vollkommen zerfetzt. Sein linker Unterarm lag einige Meter entfernt. Auf Rousseau hockte eine schmale Gestalt. Die Kreatur hielt ein Messer in der dürren, sehnigen Hand; allerdings benutzte sie es im Moment nicht. Conrad begriff erst, dass dieses Wesen mit seinen Zähnen Rousseaus Gesicht zerriss, als es den Kopf hob, und das Blut an dem Kinn unter den aufgerissenen Augen herunterlief. Dann fielen drei Schüsse. Zwei der Kugeln trafen Maurice Perrichon in den Rücken.

28

Wie vor den Kopf geschlagen trat Conrad nach der Unterredung mit Herjolfsson, Russler, Harstad und Madsen aus dem Büro der Grabungsleitung auf den Stahlgittergang. In seiner Jackentasche umklammerte er die steinerne Pfeilspitze so fest, dass es schmerzte. Es fiel ihm schwer zu glauben, dass das hier wirklich geschah – und doch konnte er nicht das Geringste tun. Außer die Wahrheit zu sagen, und das war gerade grandios gescheitert. Madsen hatte ihm Order erteilt, zu packen und sich auf die Evakuierung vorzubereiten. Stattdessen führten ihn seine Füße zur Wunderbox.

Die letzten sechs Stunden waren ein einziges Chaos gewesen. Etwa zwei Stunden, bis zum Sonnenaufgang, hatten sie auf den Rettungshubschrauber und dann die Polizei gewartet. Keine Gelegenheit, Madsen und Herjolfsson zu erzählen, was sich in der Höhle zugetragen hatte.

Tshakapesh und Paulson war es schließlich gelungen, die Blutung an Rousseaus Arm zum Stillstand zu bringen. Als der Professor das Bewusstsein dann zwischenzeitig wiedererlangt hatte, erzählte er, wie Perrichon in der Höhle die fürchterlichen Zerstörungen angerichtet und ihn selbst dann auf bestialische Weise angegriffen hatte.

Conrad war absolut fassungslos. Er wusste, dass von dieser Geschichte nur die zweite Hälfte stimmte. Aber niemand außer ihm hatte gesehen, was er dort drinnen gesehen hatte. Und Tshakapesh schwieg, obwohl sie wusste, dass Rousseau log. Oder glaubte sie ihrem Mann nun doch? Spielte das überhaupt eine

Rolle? Conrad betrachtete es als Glücksfall, dass die Innu mit ihrem Mann in die Universitätsklinik nach Quebec geflogen war, bevor die Polizei eintraf. Er fühlte sich von ihr verraten, hätte mit seinen Vorwürfen wohl nicht an sich halten können und versucht, an ihre Ehrlichkeit zu appelieren, damit sie seine Version der Ereignisse bestätigte. Nur gut, dass er Rousseau nicht noch des Mordes an Scotte beschuldigt hatte. Die Polizei hätte ihn wahrscheinlich gleich mitgenommen.

Würde er ihn in diesem Moment nicht zutiefst verabscheuen, müsste er Rousseaus Vorgehen Anerkennung zollen. Trotz der schrecklichen Verletzungen hatte der Kerl gewonnen; niemand würde so bald diese Fundstelle oder gar die Höhle betreten, und die Malereien und die menschlichen Überreste im hinteren Teil der Höhle waren durch Chemikalien und Feuer vollständig zerstört. Falls sie überhaupt wissenschaftlich untersucht wurden, war zweifelhaft, welchen Wert die Ergebnisse noch hätten.

Conrad öffnete wie ein Schlafwandler die Außentür zum Labor. Er lehnte sich gegen die stählerne Trennwand und starrte auf die drei wikingischen Eismumien. Er wollte nicht glauben, dass sie jetzt einfach aufgaben. Aber die Entscheidung stand. Andererseits... Madsen und Herjolfsson hatten doch, was sie wollten. Ihre Ergebnisse zum wikingischen Kultplatz waren ihnen nicht zu nehmen, die konnten publiziert werden; und mit ein wenig Glück konnte man in den nächsten Jahren an der Carrière nach weiteren Grablegungen oder Opferresten forschen. Wenn man es nur geschickt betrieb, würde sich niemand darum scheren, woher der seltsame Kult gekommen war... oder die Parasiten...

Conrad stockte der Atem. Er verharrte bewegungslos, als sich das halbfertige Puzzle vor seinem geistigen Auge in einem einzigen Augenblick zusammensetzte: Die fehlenden Köpfe. Die Horrorfigur auf der Grabstele. Der König der Krieger. Der Parasit! Er fluchte leise. Er wusste nun genau, wie die Sache abgelaufen war – und er konnte mit diesem Wissen rein gar nichts anfangen. Es fühlte sich an, als müsste sein Kopf bersten.

Die Tür zur Wunderbox öffnete sich und ließ einen Schwall kalter Luft herein.

»Peter? Ah. Wusste ich doch, dass ich Sie hier finde.« Russler lächelte, runzelte dann die Stirn, als er nicht gleich reagierte.

»Jane!« Conrad erwachte aus seiner Starre. »Jane, ich weiß jetzt, wie das Ganze gelaufen ist. Ich weiß es…«

Die Archäobotanikerin machte eine beschwichtigende Geste und drückte Conrad auf einen der Laborhocker. »Sie meinen die Sache mit Ihren Eiszeitleichen?«

Conrad konnte nicht erkennen, ob sie sich über ihn lustig machte, aber es war ihm nun auch egal. »Ja. Ganz genau. Und es erklärt alles, was hier in den letzten Wochen passiert ist. Es fing damit an, dass Jean Scotte auf etwas gestoßen ist, das er eindeutig als eiszeitlich, europäisch-eiszeitlich, erkannte. Er ist mit diesem Wissen einige Tage herumgelaufen und wurde durch diese Zwangslage für seine Umgebung immer seltsamer – das haben schließlich Perrichon, Suzuki und etliche andere so geschildert. Schließlich hat er den Entschluss gefasst, den Verantwortlichen mit seinen Erkenntnissen zu konfrontieren. Da blieb Rousseau gar nichts anderes übrig–«

Russler starrte ihn gebannt an. »Langsam, langsam, Peter. Sie wollen doch nicht sagen, dass Professor Rousseau an Jean Scottes Tod Schuld hat?«

Conrad versuchte, sich zu beruhigen. Auch wenn Tshakapesh das ihm gegenüber so eingeräumt hatte, würde es dafür wahrscheinlich nie Beweise geben, und er brauchte nicht auch noch eine Klage wegen Verleumdung. Selbst das Lawinenattentat auf ihn konnte immer als Unfall dargestellt werden.

»Peter?« Russler wartete immer noch, dass er weitersprach.

»Lassen wir das... Jane, eine andere Frage. Sie haben als Einzige diesen Parasiten näher untersuchen können. Und Sie kennen sich offenbar mit solchen Befunden und Krankheitsverläufen aus. Wie lange, denken Sie, könnte ein solcher Befall virulent bleiben?«

Die Paläobotanikerin runzelte die Stirn. »Ich begreife nicht, Peter. Was meinen Sie? Haben Sie Angst, dass der Parasit heute immer noch gefährlich sein könnte?«

Er schüttelte den Kopf. »Ich möchte wissen, ob es möglich ist, dass der Parasit, den wir in den Wikingermumien gefunden haben, älter ist, ich meine *viel* älter«, berichtigte Conrad. »Anders gefragt: Könnten sich die Wikinger an den Leichen in der Höhle angesteckt haben?«

Man konnte zusehen, wie die Forscherin seine Frage durchdachte und sich ihr Gesicht schließlich aufhellte. »Mein Gott, Sie haben recht! Das wäre die plausibelste Erklärung für diese abnorme Parasitose. Wenn es sich um eine so alte, ausgestorbene Spezies handelt, dann erklärt das die fehlenden Vergleichsbefunde. Solche Lebensformen erhalten sich schließlich nur unter den günstigsten Bedigungen.« Russler stockte, ehe sie fortfuhr. »Und wissen Sie was, Peter? Bleiben wir bei Ihrer Hypothese, ist es gut möglich, dass es sich gar nicht um einen so außergewöhnlichen Parasitenstamm handelt, wie ich der enormen Größe wegen angenommen hatte.« Die Wissenschaftlerin redete sich in Fahrt. »Sagen wir, es handelte sich um einen frühen Typ des gemeinen Kratzwurms, der in der späten Eiszeit, so vor zwanzigtausend Jahren zum üblichen parasitären Inventar des Menschen gehörte...«

Conrad machte ein unwilliges Geräusch.

»Ja, das klingt nicht schön, aber so ist es nun einmal. Noch heute gehören Parasiten in weiten Teilen der Welt zum Leben der Menschen dazu. Insbesondere unter weniger hygienischen Bedingungen.« Sie überlegte. »Wenn dies in der späten Eiszeit eine gängige Parasitenart war, dann haben wir in den Wikingerleichen nur diese außerordentliche Ausformung vor uns, weil etliche Jahrtausende die beiden Spezies trennen – den Wikinger und den Kratzwurm.«

Conrad versuchte zu verstehen, was Russler meinte. »Es ergibt also Sinn? Dass der Befall von den eiszeitlichen Leichen in der Höhle stammt? Weil dieser, sagen wir 'primitive', Parasit dem mittelalterlichen menschlichen Immunsystem vollkommen unbekannt war?«

»Sehr schön zusammengefasst. Ja.« Russler nickte mehrmals. »Natürlich ist das kein eindeutiger Beweis. Etwas Vergleichbares könnte auch passieren, wenn der Parasit von einer geographisch völlig getrennten Gruppe stammt, also zum Beispiel von den Thule, die ja jeder hier in der Gegend vermutet. Aber ich will Ihnen sagen, warum ich das nicht für die wahrscheinlichere der beiden Erklärungen halte – obwohl Ihre Eiszeittheorie für... die meisten Wissenschaftler völlig hanebüchen ist.« Russler vermied es, Madsen oder Herjolfsson ins Spiel zu bringen.

»Ja? Jetzt bin ich gespannt.«

»Ganz einfach. Wenn die Wikinger sich bei einem der hiesigen Innuvölker infiziert hätten, dann müsste man davon ausgehen, dass bei den Handelskontakten auf Island oder bei anderen Kontakten, die nur ein oder zwei Jahrhunderte später stattfanden, dieser Parasit zahllose weitere Europäer befallen hätte. So ist es aber nicht. Es gibt überhaupt keinen Hinweis auf eine solche Übertragung.« Russler atmete tief durch. »Und jetzt wüsste ich gern, wie Sie auf diese Theorie gekommen sind?«

»Es waren die fehlenden Köpfe. Ich habe doch erzählt, dass zwei der Leichen keine Köpfe mehr hatten. Verstehen Sie? Als wir die vordere Höhle mit dem Adler fanden, da wurde klar, dass die Wikinger aus genau diesem Grund hier einen Kultplatz eingerichtet hatten. Und der Adler wird ja auf dem Bilderstein auch erwähnt. Wissen Sie noch? 'Sie gaben dem Adler Speise.'

Daher ein Opferplatz vor der Höhle, das passte hervorragend. Aber den anderen Teil habe ich vorhin erst begriffen.«

Russler machte große Augen. Sie verstand, was er immer noch nicht ausgesprochen hatte. »Sie glauben… Oh mein Gott. Sie meinen, dass die Wikinger von den Schädeln gegessen haben? Anthropophagie. Aber warum bloß?«

Conrad hatte sich auf Grundlage von Harstads und Herjolfssons Ausführungen eine Erklärung zurechtgelegt. »'Leif fand den König der Krieger'», zitierte er die Grabstele. »Ich bin mir sicher, dass damit niemand anderes gemeint ist als einer der Toten, die sie hinten in der Höhle gefunden haben. Stellen Sie sich die Situation vor, Jane. Wenn das, was Marte und Bjarni erzählt haben, ungefähr stimmt, dann waren die Wikinger überzeugt, in dieser Höhle am Rand der Welt ihren leichenverschlingenden Hraeswelg-Adler gefunden zu haben. Da mussten sie die großgewachsenen, ganz klar europäischen Toten doch für Figuren ihrer eigenen Mythologie halten. Für Ahnen, Asen, vielleicht irgendwelche Riesen, was weiß ich?«

»Sie meinen, dass wir es mit einem kultischen Verzehr zu tun haben. Dass dieser… Leif? Dass dieser Leif zum Diener des Kriegerkönigs werden wollte, indem er ihn sich wortwörtlich einverleibte?« Russler nickte langsam. »Natürlich, da wäre eine Übertragung des Parasiten absolut denkbar. Wir wissen noch viel zu wenig über den Lebenszyklus dieses Parasiten, doch das wäre eine typische Variante. Und sozusagen die sicherste…«

»Und ich gehe noch weiter. Ich glaube nämlich nicht, dass Rousseau mit seiner Theorie vom heldenhaften und siegreichen Kampf der Thule gegen die Wikinger Recht hatte. Was denken Sie, Jane? Welche Auswirkungen hatte der Befall mit diesen Parasiten auf die Wirte?«

»Nun, da die Larven sich ja nachweislich im Schädel befanden, muss man wohl davon ausgehen, dass der Befall wenigstens im fortgeschrittenen Stadium Auswirkungen auf

Wahrnehmung und Verhalten gehabt hat. Das würde ich voraussetzen.«

»Das dachte ich mir, nach dem was Sie mir im Labor gezeigt haben. Und trotzdem habe ich nicht geschaltet. Dabei hätte ich es spätestens bei Apikusis' Bissverletzung kapieren müssen. Verdammter Mist. Natürlich war das ein Mensch – ich habe es Apikusis noch gesagt. Kein wildgewordenes, erkranktes Tier war verantwortlich, sondern ganz klar ein Mensch. Aber doch wohl einer, der den Verstand verloren hatte und äußerst aggressiv geworden war. Oder zählen Sie Beißen zu den üblichen Kampftechniken?« Wenn es je einen Katshituashku gegeben hatte, dann würde Conrad wetten, dass es ein Mensch war, der sich mit diesem uralten Parasiten infiziert und darüber irgendwann jegliche Kontrolle verloren hatte.

»Moment, ich komme nicht ganz mit, Peter. Apikusis ist doch wohl von Maurice Perrichon angefallen worden?«

»Ganz genau! Aber wissen Sie noch... Nein, bei der Besprechung waren Sie gar nicht dabei«, erinnerte er sich. »Die Wikingermumien hatten so merkwürdige ovale Hämatome. Und ich hätte realisieren müssen, dass auch das Bissverletzungen waren. Ich sage Ihnen, die Wikinger haben Verhaltenstörungen entwickelt, wie Sie sie beschrieben haben und wie wir sie jetzt an Perrichon sehen: Kontrollverlust, enorme Kräfte und eine Art Blutrausch, der zumindest zu Beginn des Befalls nicht permanent andauert. Wenn man das Ganze ein wenig anders betrachtet, kann ich mir sehr gut vorstellen, was so einen Diener des 'Königs der Krieger' ausmacht...«

»Also, das ist jetzt reine Spekulation–«

»Jane, das hier ist nicht nur alles reine Spekulation, sondern wahrscheinlich auch vollkommen irrelevant, weil niemand außer uns beiden es je erfahren wird – und wenn, dann wird es niemand glauben.« Seltsamerweise war seine Wut darüber deutlich geschwunden. »Trotzdem würde ich wenigstens selbst gerne begreifen, was in Wirklichkeit dahintersteckt. Und da sind Sie die Einzige, die mir weiterhelfen wird.«

»Sie denken, dass das alles gar nicht an die Öffentlichkeit kommt?«

Er lachte humorlos auf. »Das weiß ich.«

»Aber...« Russler schluckte. »Das geht doch nicht. Die Funde, wir haben eindeutige Befunde, und das was Sie gesehen haben–«

»Ist komplett zerstört und außerdem völlig unter Rousseaus Kontrolle... und ich habe keine Zeugen...«

Russler starrte ihn schockiert an. Schließlich nickte sie fassungslos, als sie zu demselben Schluss kam, den Conrad wenige Minuten zuvor gezogen hatte: »Und der hat nicht das geringste Interesse daran, dass eine solche Theorie auch nur gerüchteweise die Runde macht... geschweige denn, dass auch noch Beweise für eine Erstbesiedlung Amerikas durch europäische Eiszeitjäger auftauchen. Das würde sein gesamtes Lebenswerk vernichten.... Und es würde die Ansprüche und die... moralische Position der heute als indigen geltenden Völker komplett infrage stellen – auf dem gesamten amerikanischen Kontinent!« Sie schloss die Augen. »Die Ersten... auf dem amerikanischen Kontinent. Die Ersten stammen aus dem eiszeitlichen Zentraleuropa.«

»Sehr schön zusammengefasst, Jane.«

»Peter! Kommen Sie endlich«, rief Herjolfsson hinter ihm. »Wir müssen los.«

Mit einem letzten Blick auf die verlassenen Container wandte er sich um und ging zum Helikopter-Landeplatz. Sie waren die Letzten: Herjolfsson, Madsen, Russler, Harstad und er. Den Rest der Mannschaft hatte die Polizei inzwischen ausgeflogen. Conrad atmete die gefrorene Luft tief ein. Niemand außer Jane

Russler glaubte ihm. Und wenn Madsen oder Herjolfsson es vielleicht doch taten, würden sie es öffentlich nicht zugeben.

Mit Enttäuschung im Bauch, die sich anfühlte wie ein Ziegelstein, ging er die letzten Schritte und trat an den Rand der Landeplattform neben den Grabungsleiter. Auch Madsen wirkte verstört. Conrad konnte es ihm nachfühlen, so war es, wenn die eigene Grabung plötzlich in Rauch aufging. »Stefan?«

Der Däne schenkte ihm einen kurzen Blick und wandte sich dann wieder seiner Zigarette zu.

»War es das jetzt?«

Der Däne schwieg, blies eine gewaltige Rauchwolke in die Kälte und nickte gedankenverloren.

Der Pilot rief ihnen zu: »Wir sollten starten, solange der Schneefall nicht zunimmt.«

Madsen nickt erneut, dann wandte er sich an Conrad. »Ich weiß es nicht, Peter. Ich weiß es nicht...« Er nahm einen tiefen Zug. »Ich begreife das alles nicht. Maurice... der Professor... das Feuer. Die Polizei wird das alles untersuchen, sobald es möglich ist. Ob es weitere archäologische Untersuchungen geben wird... wer kann das schon sagen.«

Conrad drehte die Feuersteinspitze, den letzten Beweis für eine amerikanische Eiszeitjägerkultur, in seiner Jackentasche. »Sie wissen doch, was ich–«

»Peter. Ich kann Sie wirklich leiden, aber was Sie da erzählt haben... was Sie meinen, gesehen zu haben... Das sollten Sie für sich behalten.« Madsen trat den Zigarettenstumpf in den Schnee. »Sie tun absolut niemandem einen Gefallen, am allerwenigsten sich selbst.«

»Und was ist mit der Wahrheit? Sie wissen so gut wie ich, was das bedeutet. Und es kann bewiesen–«

Madsen fiel ihm erneut ins Wort. »Hören Sie auf, Peter. Das ist alles schon schlimm genug, Scotte tot, Fujimoto tot, und Maurice hat den Verstand verloren und ist ein Mörder! Ganz zu schweigen von Rousseau... Es würde mich nicht wundern, wenn er und seine Theorien von den ganzen Vorkommnissen auch noch profitieren würden. Am Ende kann er aus der Geschichte machen, was er will. Wer weiß... Wissen Sie, wir können froh sein, wenn die Carrière überhaupt jemals als Wikingerfundplatz akzeptiert wird. Und Ihre fantastischen Geschichten – und als mehr wird die niemand aus universitären Forschungskreisen betrachten – können Sie ja diesem Däniken erzählen. So etwas scheint ja gerade groß im Kommen zu sein.«

»Stefan, Peter! Steigen Sie ein. Es geht los«, rief Herjolfsson.

»Sie wissen, dass ich recht habe«, sagte Conrad, während er und Madsen auf die Helikoptertür zutraten.

»Und damit muss Ihnen klar sein, dass Sie besser den Mund halten. Wie wir alle.«

29

Seit Stunden hockte er regungslos an der gepolsterten Wand seiner kargen Zelle. Sobald seine Verletzungen einigermaßen verheilt waren, hatte man ihn direkt aus der Klinik hierher gebracht. Er zog die Beine an, die kratzige Wolldecke höher und beobachtete die fette Fliege, die über seine Hand lief. Er habe sich mit einer unbekannten Krankheit infiziert, die seinen Geist zerstöre und benötige ab jetzt ständige psychiatrische Betreuung, hatten sie ihm gesagt. Sie hatten keine Ahnung. Er musste hier raus, und er würde ihnen beweisen, wie harmlos er war. Nicht einmal das widerliche Insekt auf seiner Haut verjagte er. Er leide unter zunehmendem Kontrollverlust und werde den Verstand verlieren... lächerlich! Sahen sie nicht, dass er nicht einmal einer Schmeißfliege etwas zu Leide tat? Er konnte sich beherrschen wie kein anderer. Und er hatte es sofort gespürt, als Jean und er die Kriegsgötter aus der Eiszeit entdeckt hatten. Kurz nachdem er, schon in der Höhle, mit der Untersuchung des Hirschkriegers begonnen hatte, hatten sie ihm, nur ihm, ihre Gabe geschenkt. Jean hatten sie überhaupt nicht beachtet. Aber er, er war nicht nur zu ihrem Diener geworden – er war jetzt der Adler, der Verschlinger der Toten, er war der König der Krieger und er würde sie lehren, ihn zu verehren. Die Fliege krabbelte über seine Unterlippe. Es reichte jetzt. Sie hatte jede Chance gehabt, ihre Demut zu zeigen. Mit einem schnellen Blick auf das Guckfenster versicherte er sich, dass sie ihn gerade nicht beobachteten. Perrichon ließ die Zunge blitzschnell über seine Lippen gleiten und verschlang die unwürdige Kreatur.

BLUT

Während einer Stadtgrabung in London entdecken Peter Conrad und Lisa Franks ein ausgedehntes Gräberfeld. Obwohl kostbare Beigaben gefunden werden, fehlen zahlreichen Leichen die Köpfe, Hände wurden abgerissen, Füße zertrümmert. Was sich anfangs wie ein mittelalterlicher High-Society-Friedhof darstellt, wird bald zu einem Ort, der von uralten Flüchen und blutigen Ritualen beherrscht zu sein scheint.

Dann werden auf Brompton Cemetery die gleichen mysteriösen Verstümmelungen entdeckt. Doch die Verstorbenen stammen offensichtlich aus viktorianischer Zeit und sind erstaunlich gut erhalten. Kurz darauf wird ein Reporter ausgeblutet und mit gebrochenen Beinen aufgefunden. Nachdem der Ermordete wenige Tage später von mehreren Zeugen gesehen wird, entwickelt sich der Fall zu einer Bedrohung, die das Weltbild der Archäologen ins Wanken bringt. Conrad und Franks entschließen sich zu einem Experiment, das sie um den Verstand bringen kann.

GREEN MAMBA

DDR, Februar 1974: Soldaten machen im militärischen Sperrgebiet Jagd auf Kinder. In einer psychiatrischen Klinik tötet ein Patient seinen Arzt. *Ich bin nicht verrückt* lautet die Nachricht des Mörders, die im Kopf des Toten gefunden wird. Bevor Josef Keller, Ermittler der Volkspolizei, den Täter befragen kann, stirbt dieser bei einer mysteriösen Operation. Als ein traumatisierter russischer Junge im Polizeipräsidium auftaucht und ein Kind tot aus einem Fluss gezogen wird, beschlagnahmen die Sowjets die Leiche und schalten den KGB ein.

Bei ihren Untersuchungen entdecken Oberleutnant Keller und sein neuer Partner Kosminsky verstörende Botschaften in den Zeichnungen Kaltenbrunns, die sie auf die Spur einer tödlichen Bedrohung führen. Ohne es zu ahnen, kommen sie den Spionen der Hauptverwaltung-Aufklärung gefährlich nahe und geraten ins Fadenkreuz der Stasi. Denn das Ministerium für Staatssicherheit wird mit allen Mitteln die Aufdeckung des gefährlichsten Geheimnisses der DDR verhindern.

INFORMIUM

Mitten in der ägyptischen Wüste stößt das Ausgrabungsteam um Peter Conrad auf ein riesiges Gräberfeld. Schnell wird den Archäologen klar, dass hier einiges nicht zusammen passt. Die Mumien lassen sich nicht datieren und zeigen Anzeichen von schweren Erbkrankheiten. Und auch die religiösen Inschriften, mit denen der Fundort übersät ist, geben Rätsel auf. Während Ägyptologin Lisa Franks Hinweise entdeckt, dass bereits die Nazis hier unter höchster Geheimhaltung gegraben haben, wird ein Mitarbeiter des Teams erstochen aufgefunden.

Zur gleichen Zeit wird Ost-Berlin von einer Mordserie erschüttert, die den Volkspolizei-Hauptmann Josef Keller mit einer Verschwörung konfrontiert, deren Ursprung in Zeiten des Dritten Reiches liegt und anscheinend mit den Ereignissen in Ägypten in Zusammenhang steht.

Nach einem Überfall auf das Grabungshaus können Peter und Lisa aus Ägypten fliehen. Doch das ist erst der Anfang einer tödlichen Jagd nach einer Geheimgesellschaft im geteilten Berlin.

INFORMIUM2

August Rosenberg wird vom verängstigten Paul Nickel, der vor Jahren jeden Kontakt abgebrochen hatte, zu einem nächtlichen Treffen gerufen. Doch er kommt zu spät. Der Jugendfreund stirbt in seinen Armen. »Der Zyklus« ist alles, was er Rosenberg noch mitteilen kann. Die Zeitungen verkünden einen Selbstmord Nickels.

Fassungslos beschließt Rosenberg, der Polizei zu offenbaren, dass er Zeuge des Mordes war. Doch anstatt Ermittlungen aufzunehmen, wird er unter Druck gesetzt. Misstrauisch geworden stößt Rosenberg auf regelmäßige Häufungen ungeklärter Todesfälle und bringt sich damit in Lebensgefahr.

Währenddessen werden in den Wäldern Thüringens immer mehr Massengräber entdeckt, die Hauptmann Keller und seinen Assistenten vor ein Rätsel stellen. Hinweise deuten auf eine Verbindung zu Menschenopfern der Maya und Azteken hin. Schließlich bittet er die westdeutschen Archäologen Peter Conrad und Lisa Franks um Hilfe.

STILLER & STILLER

Dana Stiller studierte Ägyptologie und Frühgeschichte, sowie die Archäologie Mesoamerikas und Keltische Sprachen. Es folgte ein Mathematik- und Anglistikstudium. Barry Stiller ist Journalist und arbeitete nach der Zeit bei einem privaten TV-Sender als Redakteur für Publikumszeitschriften in München. Danach schrieb er für ein Musikermagazin in Köln. Ende der 90er Jahre studierte er Ur- und Frühgeschichte und mesoamerikanische Archäologie.

Besuchen Sie die Autoren auf Facebook (@StillerBooks) oder auf der Webseite www.stillerstiller.com. Die Autoren freuen sich auch über Nachrichten an info@stillerstiller.com.

Romane von Stiller & Stiller:

INFORMIUM – Tödliches Experiment
GREEN MAMBA – Schatten des Todes
DIE ERSTEN – Peter Conrads erster Fall
BLUT - Peter Conrads zweiter Fall
INFORMIUM 2 (erscheint in 2018)

Zeitfracht Medien GmbH
Ferdinand-Jühlke-Straße 7,
99095 - DE, Erfurt
produktsicherheit@zeitfracht.de

FSC
www.fsc.org
MIX
Papier | Fördert
gute Waldnutzung
FSC® C083411